■ 王一民肖像

■ 从左至右：柳淑琴、王成军、王令君、王一民

■ 王一民母亲（前排左一）及三妹王清溪（前排右一）与亲人的合影

■ 王一民亲人合影。前一排从左至右：王令君（王一民女儿）刘桂甫（王一民大嫂）王成军（王一民儿子）王清溪（王一民三妹）后二排从左至右：王建军（王一民侄女）柳耀坤（王一民妻妹）柳淑琴（王一民妻子）

谜金

李佳蓉　崔运宏●著

新华出版社

图书在版编目（CIP）数据

谜金 / 李佳蓉，崔运宏著 . -- 北京 : 新华出版社 , 2015.8
ISBN 978-7-5166-1917-9

Ⅰ . ①谜… Ⅱ . ①崔… Ⅲ . ①长篇小说－中国－当代
Ⅳ . ① I247.5

中国版本图书馆 CIP 数据核字 (2015) 第 175324 号

谜金

作　　者：李佳蓉　崔运宏　著

出 版 人：张百新　　　　　　　　　责任编辑：蒋小云

出版发行：新华出版社
地　址：北京石景山区京原路 8 号　　　邮　编：100040
网　址：http://www.xinhuapub.com http://press.xinhuanet.com
经　销：新华书店
购书热线：010 — 63077122　　　　中国新闻书店购书热线：010 — 63072012

照　排：三鼎甲　　　　　　　　　印　刷：北京紫瑞利印刷有限公司

成品尺寸：170mm×240mm 1/16
印　张：16.25　　　　　　　　　字　数：250 千字
版　次：2015 年 8 月第一版　　　　印　次：2015 年 8 月第一次印刷

书　号：ISBN 978-7-5166-1917-9
定　价：39.00 元

图书如有印装问题请联系：010-85173824

让英雄照亮时代

徐贵祥

2014年4月的一天晚上，我正在理发，接到一个陌生人的电话，约谈一个电视剧本的创作事项。当时我的第一反应就是婉言谢绝，因为我刚刚由空政文艺创作室调到解放军艺术学院，从自由创作到教书育人，外行领导内行，很不适应，亟需补课，哪有时间写电视剧啊。出于礼貌，我让陌生的朋友一个小时后到我的办公室面谈。回去的路上我还在想，这年头怪事真多，很多企业都插手文化产业了，看来这个领域经济效益不错啊！

大约一个小时以后，一个仪表堂堂一脸敦厚的山东汉子来到我的办公室，自报家门名叫张辉。三言两语说明来意后，他拿出一本《王一民烈士专集》，告诉我书中介绍的这个人是他的姥爷，有家影视公司要为他的姥爷制作一个电视剧，他是慕名而来。说真的，我当时还是不以为然，现在为祖宗树碑立传的人太多，眼前又来了一位。我请客人喝茶看报，然后装模作样地翻阅他带来的那本书。那是一本内部资料性出版物，页码不多，除了战友、同事和亲人的回忆，还有两万多字的《王一民传》，我主要是看这一部分，没想到，这一看就看进去了，眼前就像过电影一样，不断浮现出七十多年前的那一幕：风在吼，马在跳，黄河在咆哮，胶东半岛烽火连天，有志之士挺身而出，登高振臂，率领跟随者汇入抗战的滚滚洪流……

在不到一个小时的阅读中，我被王一民的事迹深深地吸引，热血沸腾。多少年来，作为一名军旅作家，我一直行走在寻找英雄的道路上，从《历史的天空》里梁大牙那样的草莽英雄，到《八月桂花遍地开》里沈轩辕那样韬光养晦的英雄，再到《马上天下》里陈秋石那样智勇双全的英雄，一路走来，一路激动。而那天，我又被王一民激动了。从王一民的身上，我看到了中国式英雄的另一种风貌，那就是对于国家民族利益的担当。

　　王一民是个读书人，他的血液里流淌着修身齐家平国治天下的传统文化基因，他的精神世界里活跃着中国知识分子独善其身和兼济天下的理想。早在中学时代，他就在一篇作文里抒发了自己的志向：苟安于家庭小康，饱食终日，无所作为，乃是庸人之趣，效于国家社稷，解民倒悬，方为男儿之志……日军侵入山东招远的时候，王一民才19岁，是益都师范的学生，他当即结束求学，回到家乡拉起一支抗日队伍。这支队伍一无军饷，二无武器装备，但是，自从王一民说服父亲和八兄妹全部参加抗日活动之后，王家把经营"仁昶德"烧锅酒庄和家族票号等生意经营得来的钱财全部用作军用，毁家纾难。为了抗日，王家家道中落，最后几乎沦为乞讨的地步。王一民拉起抗日队伍后，日伪两次焚烧王家老宅，并先后把他的父亲和妹妹抓去当人质，百般折磨，向王一民发出通牒，要挟他停止战斗，王一民非但没有妥协，还告诉部队的同志们，如果抓了我的亲人我就妥协，他们还会继续抓。如果他们把我的亲人杀了，会更能激发我报仇雪恨，我定将以牙还牙！

　　王一民的抗日队伍扒公路，拔据点，截辎重，队伍不断壮大，有声有色。后来这支起始于民间的队伍被胶东军区整编为青年营，23岁的王一民担任营长。正是因为其具有文武双全的才干、独当一面的能力和孤胆英雄的气概，深得胶东军区首长的器重，在王一民25岁那年，委任他担任"大股伪军工作团团长"，深入汉奸部队，进行分化瓦解工作，直到抗战胜利。解放战争前夕，王一民又奉命潜入青岛，建立地下组织，长期潜伏，迎接青岛解放，并秘密筹备接管青岛的工作。他从一名驰骋疆场的军事指挥员到一名隐蔽战线的负责人，工作都卓有成效。

　　在王一民的故事中，有几个地方引起了我的注意，一是抗战初期，在日寇长驱直入而抗战力量十分薄弱、甚至出现消极和逃避的情况下，王一民却反其道而行之，举全家之力拉起了抗日队伍。二是在日伪多次抓捕王一民亲人的时候，王一民沉稳应对并拒绝交换条件。三是在青岛做地下工作时，因其名气大，身份易暴露，组织上多次安排他到后方学习，避敌锋芒，但王一民一直以"我最熟悉情况"、"我最合适"为由，坚持在最严酷的环境里战斗，最终牺牲在黎明前夕……

　　我在阅读有关王一民的资料时，脑子里不断出现"逆流而上"、"逆水行舟"、"知难而进"、"视死如归"这些词语，我想，这可能就是我要找的另一种英雄，不是战天斗地改天换地的英雄，不是像艾森豪威尔那样改变战争进程的战争英雄，也不是飞虎队那样改变战斗格局的战斗英雄。在王一民的身上，充分地体现了中国式英雄的特殊品质。近代中华民族，由于政治、经济、军事和外交等方面的原因，积弱积贫，江山风雨飘摇，大厦摇摇欲坠，在中华民族最危险的时候，我们最需要的就是敢于担当、敢于作为的民族英雄，最需要这种有血性的"舍我其谁"的气概！

那天晚上，就有关王一民的创作问题，我同张辉同志探讨了很长时间后很快就达成共识。尽管在中国历史上，具有"精忠报国"情怀的人物比比皆是，但我还是认为，像王一民这样有思想、有知识、有准备的革命者，具有军事斗争和地下工作的双重领导才干，更具有代表性。同时，像王一民这样举全家之力、并带动很多家庭献身国家民族事业的，也很有典型性。

当年暑假，我就和青岛方面的几个同志，沿着王一民当年的战斗足迹，先后在青岛、招远辛庄镇徐家疃村，见了很多人，听了很多闻所未闻的故事。

王一民的女儿王令君，当年只是个五岁的孩子，在王一民担任青岛地下工作负责人期间，很快就被训练成"转移专家"，一有风吹草动，五岁的小女孩很快就能背上早已准备好的小小背包，跟随大人颠沛流离。2014年，在青岛讲述往事的时候，老人家讲过这样一件事情：她长大后，老是胳膊疼，有一次爱人问她，为什么会有这个情况，王令君回答，当时因情况危急需要立即转移时，顾不上孩子的年幼，经常被大人架起胳膊就跑，多次被拖拽的脱臼，落下了这个病根。还有她的弟弟王成军，当时只是襁褓中的婴儿，仅一岁！在仓促转移中被摔下人力车，差点没了命，身体至今还留有后遗症。

有一次在青岛开座谈会，与会者有一位老人，名叫刘哲生，是王一民大姐王梅松的儿子，也就是王一民的外甥。刘哲生那天回忆了很多往事，激动时还唱了一首王一民为胶东军区青年营创作的营歌。我注意到一个异常的情况：刘哲生随身带了一个尼龙提袋，进门时，把它和大家的物品一起放在一个椅子上。但是，我很快就发现，这个尼龙袋不知道什么时候又回到刘哲生的身边，被牢牢地系在自己的椅背上，过了一会，他又把它解下来挎在自己的肩膀上。直到座谈会结束，这个尼龙袋都没有离开过刘哲生的肩膀，那里面其实只有一个茶杯。这个细节自然引起了我的注意，张辉的姐姐张炜解释说，哲生舅舅在抗战时期是在儿童团，经常站岗放哨通风报信，警惕性特别高，久而久之，已经成为下意识了，他现在会经常进入幻觉状态，把那个尼龙袋里面的物品当作鸡毛信。

我在招远辛庄镇徐家疃和洼孙村了解到，支持并跟随王一民参加抗战的，不仅是王一民一家，还有他的岳父柳绍堂和妻弟柳耀南。柳家祖上柳云培是个大书法家，曾经受到过乾隆的御赐，到了柳绍堂这一辈，仍是书香门第殷实人家，并入股过瑞蚨祥。柳淑琴在当地为名门大家闺秀，从小大门不出二门不迈，当时是带着侍女嫁到的王家。柳家是一个封建礼教甚严的家庭，王家则是一个进步、开明的家庭。相亲后，双方父母觉得，虽然两家门当户对，但思想上的差异将来也是件很麻烦的事儿。然而，柳淑琴很快就适应了王家的氛围，尤其是思想上很快融入了王家的抗日大家庭，并在王一民的影响下积极参加抗战。王一民在前方打仗，柳淑琴就跟王一民的姐妹们在后方组织村里的妇女做军鞋、纳鞋底、缝补衣裤、照顾伤病员、号召村里的青年参军。就从那时开始，抗日烽火非常热烈，柳淑琴也很好地配合了王一民在前方不断的打胜仗。自从柳淑琴嫁给王一民，柳家也不断变卖家产，支持抗战。后来王一民在青岛做地下工作，柳绍堂跟到了青岛，以做生意掩护女婿，最终也家破人亡。柳淑琴则因长期心理压力过大，在王一民牺牲后，受到刺激导致精神失常。后来听村里人讲，经常看到她神情呆滞地坐在街头，不久便病逝，留下两个可怜的孩子。

在招远县玲珑镇，我还见到了王一民的侄孙王国良，他是三哥王松山的孙子。当年，王一民拉队伍的时候，王松山是最积极的响应者，并成为王一民最得力的助手和战友，直至成为独当一面的军事指挥员。在担任武工队队长期间，王松山多次执行胶东军区赋予的向延安护送黄金的任务，从海上到陆地，在敌伪的眼皮子底下，建立了一条秘密但通畅的黄金运输线。王国良在工作之余，倾注了很大的精力搜集和整理王一民家族的抗战故事，就是从他那里，我们得知了王一民家族的总体情况，除了王松山，还有王一民的父亲王腾武、大哥王子耀、二哥王万寿、大姐王梅松、二姐王振溪、三妹王清溪、四妹王玉溪，甚至还有王一民的大嫂刘桂甫等等，先后都参加了抗战工作，在抗战烽火中锻炼成长。大姐和二姐负责护理和掩护伤员，三妹和四妹同时走出家门，在八路军的宣传队做宣传工作，新中国成立后，担任相当级别的领导职务。王家家产全部用于抗战军饷，王一民和王松山的两支队伍，早期供给保障也多数来自他们这个大家庭。这一家，真可以说是革命家族。

这些故事让我的心情久久不能平静。在走访中我们发现，真实的历史远远比我们看到的、知道的精彩得多，很多细节，很多过程，很多封尘在隐秘战线的隐秘线索，散珠碎玉一般珍藏在岁月的皱褶里，等待后人挖掘、擦拭，这就给我们的想象提供了辽阔的空间。我们无法还原历史，但是我们可以凭借文学和艺术的方式，展开想象的翅膀，力图接近真实、再接近真实、并具有高度艺术真实性地重新展示历史，展示英雄的战斗英姿和风貌。

同时，王一民能够以自己的两个家庭为基础，迅速拉起抗战队伍，也说明了中华民族是一个识大局、顾大体的民族，在国家和民族需要的时候，可以放弃个人的一切。中国有一座万里长城，可是这个长城并没有挡住侵略者的步伐。这里我插一个题外的故事，前不久解放军艺术学院文学系的一堂课上，老师谈到一位外国作家对中国长城的质疑：一座长城就能保证一个国家的安全吗？老师提问，有没有这样的城？一位来自青岛的学生王辰玮起立回答，有，众志成城！

我举这个例子，并不是说只有青岛人才有这样的境界，而是说，中国传统的英雄文化源远流长根深蒂固，世世代代一脉相承，家国天下的种子、为民族担当的责任意识，实际上就蛰伏在我们每个人的心中。王一民正是在这块土地上冉冉升起的民族英雄。

英国历史学家卡莱尔说，"英雄是自身有生命力的光源，这光源灿烂夺目，照亮了黑暗的世界"。王一民的故事给了我很多启示。首先，英雄是人不是神，不是遥不可及，其实英雄就在我们身边，就是在我们面临困境、国家民族处于危难的关头，那个挺身而出带领我们走出困境的人。其次，较之侠肝义胆的草莽英雄，知识分子更具有成为英雄的潜质，"宁为玉碎，不为瓦全"的人格理想，始终在培育着知识分子的精神信仰，从而使偶然成为必然。第三，英雄对于人类文明有强大的助推作用。常言道，时势造英雄，是说英雄诞生的时代和外部环境的作用。但是，我们也可以从相反的方向思考问题，也可以说英雄造时势。英雄和时势的关系，是互动的关系，是相辅相成、良性循环的过程，好比两个轮子，只有同时转动，才能匀速前进。

纵观历史，没有任何一个异族能够打败中华民族。今天的中国，改革开放的巨轮已经驶入深水区，方向坚定，百折不挠。我们的前方，各种文化浪潮碰撞，暗礁密布。在这样一个重大的转型时期，社会上出现了一些不谐的杂音，在所难免。但是，质疑历史，颠覆价值，消解英雄，迎合西方反华势力和平演变中国的阴谋，企图以否定历史和消解英雄作为杠杆，撬动中国人的理想信念，这是我们必须高度警惕的。正是在这样的背景下，金兰影视这群80后要把王一民的故事搬上荧幕，而且能与张辉同志以王一民烈士为原型，作为公益项目撰写这一部长篇小说《谜金》，讴歌英雄，携带、传播英雄精神，让历史告诉未来，让英雄照亮我们的今天，为改革开放提供精神文化的正能量，我认为是一件十分有意义的事情。

2015年6月

徐贵祥简介

徐贵祥，安徽省霍邱县人，1978年12月参军，1991年毕业于解放军艺术学院文学系，现为解放军艺术学院文学系主任，解放军军事文学研究中心主任，中国作家协会第七、第八届全委会委员，全国政协第十二届委员，享受政府特殊津贴。

主要作品有：中篇小说《潇洒行军》《弹道无痕》《决战》等；长篇小说《仰角》《历史的天空》《高地》《八月桂花遍地开》《明天战争》《特务连》《四面八方》《马上天下》等。获第七、八、九、十届中国人民解放军文艺奖，获全国精神文明第八、十、十一届"五个一工程奖"，获第六届矛盾文学奖。

前 言

金兰影视为什么要出这样一本书？

金兰影视是一群被称作"80后"的年轻人。在2014年6月着手于王一民烈士这个人物的电视剧创作之前，我们的确对这位革命英雄知之甚少。为了多方面地了解王一民烈士更多真实的史料，我们在王一民侄孙王国良先生的带领下，实地走访了王一民烈士曾经生活过和领导抗日战斗的招远徐家疃村故居，以及王一民烈士在生命最后时刻，仍然坚持革命尊严的青岛金口三路5号军统特务监狱旧址，采访了王一民烈士的狱友92岁高龄的葛敏老先生和柳淑琴的外甥女79岁的石淑华奶奶，以及多次采访王一民烈士的女儿74岁的王令君奶奶。

采访过程中，王奶奶多次在讲到当年抗战时期所发生的事情时情绪激动，潸然泪下。我们从奶奶的眼神里看到了期盼，看到了力量，坚定了我们要把王一民烈士的英雄事迹搬上荧幕的决心，也是对王一民烈士一份迟到的缅怀。

在挖掘、整理王一民烈士真实故事的过程当中，我们被一段段尘封已久的故事所感染，引发了心灵的震撼。发现王一民烈士身上所具备的正能量，正是我们身处在安稳环境中所需要的灵魂给养。

以前大家对"80后"的看法大多是认为这是一群在人文教育缺失、道德伦理滑坡的社会大环境中成长起来的群体，个性张扬，强调自我，缺乏爱国热情，对民族主义比较冷淡。我们金兰影视这群"80后"就是想用实际行动努力证明，其实，我们并不是迷失自我、没有使命感和责任感的一代，也不是缺乏对国家民族利益思考和担当的一代，更不是垮掉的一代。我们像当年的王一民一样，有理性、有教养、有朝气、有原则，是有抱负的热血青年，是充满激情、充满爱国情怀的一代。

　　爱国，不仅仅是一个口号，也不在于抵制日货，我们不去砸日本车，而是要用实力在各行各业都做得更好，我们的年轻人，要更有未来！在中国人民抗日战争暨世界反法西斯战争胜利 70 周年之际，我们这群"80后"在解放军艺术学院文学系主任徐贵祥老师的指导下，在中共青岛市委宣传部和中共青岛市委党史研究室的支持下，与王一民烈士的外孙张辉先生历时一年多的时间，将王一民率队秘密转运黄金的真实故事为背景，创作了这部在解放胜利前夕，牺牲在青岛级别最高的我党地下工作领导者的文学作品《谜金》，以献上我们"80后"对英雄的热爱和敬意。

　　"苟安于家庭小康，饱食终日，无所作为，乃是庸人之趣；而效于国家社稷，解民倒悬，方为男儿之志……"通过了解王一民，我们回顾了那场伟大的战争，深刻地学习到当年以王一民烈士为代表的英雄们，他们面对国难，是怎样用生死来转变祖国的命运。虽然我们现在身处和平年代，但是在关键时刻，我们"80后"也一定会肩负起我们这代人的使命，与祖国共命运同进退，为实现伟大的中国梦献上自己的一份力量！

　　在此，我代表金兰影视这群"80后"感谢王奶奶及其家人对我们的信任。并感恩所有关心帮助金兰影视的前辈们、朋友们。此书作为公益项目，将本着市场化运作的模式，在进行众筹和公开发行之后，收益全部用于创建慈善红基金，该基金将用于资助革命烈士家庭及所有需要帮助的人们，也希望能够通过此书带动更多的年轻人来学习革命烈士的爱国精神。

　　同时，金兰影视现面向全球征集抗战档案、照片、图书报刊、日记信件、实物等影像资料。联系方式：jinlanyingshi@163.com

李佳蓉

2015 年 8 月

引 子

1941 年春，青岛，雨晨。

宽阔的柏油马路上，一辆黄包车沿街冒雨奔来。

车上，一打扮妖艳的中年妇女焦急的不停催促已浑身淋透的车夫："快点，再快点！"

车夫脚下踏出片片水花，一路向湖北路 29 号的伪青岛警察总署奔去。

其时，刚过八点。警察署的二层走廊里，西装革履的局长傅鑫，挎着公文包刚刚走到自己的办公室门口，侦缉科科长李爱武就急匆匆的赶了过来："报告局长，有人前来报案……"

一堂堂的警察署科长，接到一宗报案，犯得着如此慌张的向局长汇报吗？

傅鑫的脸色一下子阴沉下来，转头刚要呵斥，忽听楼梯间传来了男女的吵闹声。

李爱武忙解释道："报告局长，是市政府政工科庞光祖科长的太太，我们已按照流程办理，可那女人非要见您……"

傅鑫闻听微微蹙了一下眉，他和庞光祖有过交际，但只是认识而已。他的夫人来报的什么案？难道姓庞的又在外面沾花惹草了？

"让她上来吧。"傅鑫丢下一句，开门进了办公室。

李爱武应了一声，便匆匆向楼梯间奔去。

办公室里，傅鑫的屁股刚坐到办公桌后面的皮椅上，那个打扮妖艳的中年女人就一步闯了进来，四下一看，冲着傅鑫就哭喊起来："傅局长，我男人失踪了，昨天晚上一夜都没回来，你们赶紧查查，是不是哪个王八犊子把他给绑架了啊……"

庞妻不管不顾，嚷嚷着就奔到办公桌前，哭天喊地，唾沫四溅，完全没有了平日里官太太的高傲模样。

傅鑫反感的示意了一下跟进来的李爱武，李爱武忙上前拉着庞太太坐到一边的红木椅子上："庞太太，你先别急，慢慢说，到底是怎么回事？"

庞太太抽泣着倒出了事情的原委：昨天，是她的生日，原本和丈夫说好下班后，邀几个好友一起去小鲍岛附近的春和楼。但她和朋友们在饭店一直等到晚上九点多，庞光祖都没有出现。她起初以为那个一肚子花花肠子的男人把她的生日忘了，又和狐朋狗友寻欢作乐去了，她在友人面前失了颜面，气的回家骂了大半宿，准备等他回去大闹一场。可直到天亮，姓庞的仍没踪影，她憋着一肚子气，一大早就打电话连问了几家他要好的朋友，得知昨晚根本就没有结伴，这才预感不妙，遂赶到警察署来报案。

傅鑫听罢，望着面色憔悴的庞妻，往身后的椅背一靠，笑着说："庞太太，先不要担心嘛，这才8点多，兴许庞科长昨天晚上……呵呵。"

他意味深长的把话说了一半，因为姓庞的是个出了名的老色鬼。他让李爱武拿来庞光祖的个人"档案"装模作样地翻阅起来。

伪青岛政府的行政人员都有两本档案，一本在政府里，另一本在警察署里。而警察署的这本档案是绝密的，上面仔细地记录着政府官员平常的喜好与交往人员的资料，还包括他们经常出入的地点，及其情妇的具体地址等等。必要时，照单拿人。这也是日本特高课的秘密训令。

傅鑫翻了翻庞光祖的"档案"，信心十足地对庞妻道："庞太太，你先回去，你们家庞科长丢不了，如果他真的失踪了，我向你保证，不出明天，不，今天晚上下班之前，我一定把他毫发无损的护送到你面前。"

傅鑫之所以敢说这番话，皆因于他对青岛时局的把握，虽然现在国共日三方打的不可开交，但在青岛这块地盘上，自从日本宪兵队和特高课接连端了国共两党潜伏的老巢之后，就再也没有人敢闹腾了，"大东亚治安模范城"可绝不是浪得虚名的。

庞太太前脚刚离开，傅鑫就向李爱武下达命令，搜查庞光祖的几个情妇住址。他坚信，不到中午，那姓庞的小子就会从某个女人的被窝里给揪出来。

但令他万万没有想到的是，这次他失算了。因为，李爱武的人搜遍了所有可疑地点，直到当天夜里，都没有发现庞光祖的身影。

傅鑫这才意识到事情并不像他想象的那么简单，暗暗焦虑起来。

目录

contents

第一章　神秘来客

1941 年春，青岛火车站。

淅淅沥沥的小雨从清晨飘到了傍晚。就连平日喧闹熙攘的火车站，都被这绵密的雨水吹打的冷冷清清。摆摊的小贩早早地收摊回家，连门口苦等生意的黄包车夫也早已没有了踪影。

车站门口，唯有两个身着雨衣全副武装的日本士兵扛着长枪站在大门边恪守职责。

车站对面，两层小楼的"平安旅馆"今天也冷清了许多，街边的路灯早已亮起，却始终没有在门口见到"客满"的那张木牌。

大街东边，出现了两个身穿雨衣的男人，他们手里各提着皮箱，沿路

不紧不慢地朝车站这边走来。

从他们的装束来看，应该是住店的。两个站岗的日本士兵大概是闲极无聊，便把目光齐齐瞄了过去。

这两个雨衣人被头顶的雨帽遮住了大半个面孔，似乎并没有注意到日本士兵在盯着他们，鞋子踩着泥水，径直走进了马路对面的"平安旅馆"。随着他们身影的消失，那两个日本士兵也没了兴趣，遂把目光移向了别处。

这是一家私人旅馆，虽然上下两层，但是房间并不多。老板名叫庞富贵，50 岁左右，脸肥眼小酒糟鼻，身材更是一副营养过剩的模样。

此时的庞富贵正仰坐在柜台后的椅子上闭眼假寐。突然，房门"咣当"被推开，庞富贵睁开眼，见到两个身披雨衣的人裹挟着一股冷风闯了进来，打破了片刻前的寂静。

"二位，住店吗？"见有客人来，庞富贵肥胖圆脸上的一双小眼眯成了一道缝，滚圆的身子也从椅子上坐直了起来。

"有单间吗？"两个雨衣人晃着高大的身躯，阔步走来。

庞富贵忙道："有，今天客人少，单人双人大通铺都有！呵呵，你们分开住吗？"

庞富贵一边招呼着，一边用小眼紧打量着柜台外的两个人，但因灯光昏暗，两人的面部又被雨帽遮挡，只能看到其中一个人的鼻梁挺直，另一个人的鼻头粗大。

"分开住，带我们去看看房间。"鼻梁挺直的男子嗓音浑厚。

庞富贵忙点头："好嘞，跟我来。"

他说着从抽屉里摸出一串钥匙，稀里哗啦地拐出柜台，沿楼梯向二楼走去。两个雨衣人互看了一眼，不动声色地跟了上去。

从他们进门的那一刻起，庞富贵就隐约感觉出对方来者不善，但在这个地盘上，还没有什么人敢在他这里撒野。因为，他弟弟可是青岛伪政府里的庞科长，所以他也就没怎么多心，而是满脑子在算计着怎么能狠宰一把。因为从这两个人的打扮举止来看，应该是匆匆过客，一锤子的买卖，不宰白不宰。

二楼走廊一溜总共有五个房间，北侧只是一面墙，墙上几扇窗户，正对着火车站大门。

庞富贵引领着二人，打开一个房间。刚进去，只觉脖子突然一酸，还没明白是怎么回事，就"咕咚"一下被扑倒在地。一只大手在摁住了他脑袋的同时，一支黑洞洞的枪口顶在了他的太阳穴上。

"哎呀妈呀！你们要干什么……"庞富贵一下子懵了。

"老实点，不许叫唤，再叫弄死你。"粗鼻头的男子低声严厉道。

庞富贵脑袋"轰"地一炸，在老子的地盘，还有人敢抢劫？是想找死吧！他刚要挣扎，后脑勺就挨了重重一击，痛的他呲牙咧嘴："好，好汉爷，别杀我，你们要啥尽管拿，钱都在柜台抽屉里……"好汉不吃眼前亏，先装孙子再说。依他的经验，即使这两个歹徒抢了钱，跑不了多远也会被警察逮住，说不定自己还可以因此在日本人那儿立个小功呢。

两个男子并不答话，从腰里抽出一根绳索，动作麻利的把他捆了个结实，抬着他扔进卫生间里，嘴巴用毛巾紧紧地塞住，带好门，闪身出了房间。

其时，天已经黑了，两个雨衣人分别走到二楼走廊两边的窗口，几乎同时打着了火机，火光在窗口处闪了几下，灭掉。不一会，十几个打扮各异的人三三两两地先后进了旅馆。

一进旅馆，皆动作迅速的上了二楼，从雨衣下面亮出了各式短枪，齐手"咔咔"拉动枪栓。腾腾杀气顿时弥漫了整个空间。

第二章　雨夜血战

雨越下越大。车站门前昏暗的灯光下，两个日本士兵依旧肩扛长枪，笔直地站在那里，任凭骤密的雨点打在身上，一动不动。

远处，一队巡逻的日军肩扛长枪，机械般的"咔咔"走来。

突然，夜空中一道刺眼的闪电，紧接着"咔嚓"一声，惊天动地的炸雷响彻空中，瓢泼大雨倾盆而至。

此时旅馆里，十几个黑影隐在一排窗户下。高鼻梁男子立在窗边，眯着眼观察着外面的一切。

他的雨帽已经褪下，露出真容：这男子大约二十多岁，小麦色的脸庞，透着棱角分明的冷俊，浓密的眉毛稍稍向上扬起，眼睛深邃有神，鼻梁高挺，眉宇之间散发英气。

他就是时任中共招远武工队队长王一民，也是屋内十几个雨衣人的队长。

他们今晚的任务就是在此劫持一队运送黄金的日军车辆。根据内部消息，该车队今天一早已从山东招远县玲珑金矿出发，若不出意外，今天晚上就能到达青岛火车站。

这次在日军的心脏里拼杀夺食，也是万不得已。据悉，日军对这次行动特别警惕，运送黄金的车辆沿路都有各个地段的日伪武装护送过境，而且在白天，突击队很难下手。而选择在敌人重兵驻守的火车站动手，出其不意地打他个灯下黑，这也是没有选择的选择。

对此次的行动，八路军山东纵队司令员许世友下达命令，要不惜一切代价夺下该批黄金，用于援助千里之外的中共中央总部延安。那里因为地贫人稀，战略生活物资已经极度匮乏，国民党当局又全面封锁了各界爱国人士的捐助通道，使得抗日将士们在非常恶劣的环境中与装备精良的日军拼杀，生存之难度，常人无法想象。

虽然刘少奇等中共领导人从胶东奔赴延安的时候随身携带了一批黄金物资，但对于几十万浴血奋战在抗日最前线的八路军将士来说，无异于杯水车薪。突击队若能截取到这批黄金，并顺利运送到延安，会极大地缓解中共的压力。

王一民盯着窗外空荡荡的大街，眉头紧锁。他接到密令后，秘密召集武工队 21 名身怀绝技的骨干匆匆赶赴青岛，严密分析部署了此次行动的战斗策略。但王一民内心还是忐忑不安：一是担心在敌人重兵包围下是否能够顺利突围出去，二是怕日军车队路上耽搁，今天晚上到不了青岛，如果在天亮后行动，那将会更加困难。

蹲在走廊右侧的那个粗鼻头，是副队长杜鼎铭，他怀抱机枪，似乎有些焦急，不时地看看表情凝重的王一民，忍不住小声问道："四哥，情报可靠吗？鬼子的车队怎么还没有个影啊？"

王一民紧紧地凝视着前方："稳住，应该快了。"

杜鼎铭和王一民是中学同学，人长得高大魁梧，两个人都是 22 岁，只是杜鼎铭的生日比王一民小两个月。对于这个发小，王一民最欣赏的是他拼命三郎的劲头，打起仗来不怕死，攻坚克难都少不了他的身影，美中不足的是，杜鼎铭行事太毛躁，遇到问题考虑不周，还不够沉稳。

雨依旧下个不停，杜鼎铭蹲在窗下，身子不时地扭动着，似乎有些不耐烦了。王一民从兜里摸出怀表，借着表盘微弱的荧光，看到时针已经指向了 10 点 35 分，不由轻轻蹙了一下眉，抬头又看向窗外。

突然，远处射来一束刺眼的亮光，几个人下意识地缩了一下头。亮光一闪即逝，紧接着传来一阵"隆隆"的汽车马达声。

"来了！"杜鼎铭惊喜地低声道。

王一民随即精神一振，伸头向外探视了一眼，只见大街的西端，两辆日军卡车，在浓密的雨雾中亮着耀眼的车灯，向这边驶来。

王一民闪回身，冲一溜蹲在窗户下的队员们低声道："准备行动！"

此时的队员们早已紧握武器，急不可待。

驶来的两辆日军卡车，就是早晨从招远玲珑金矿出发的运金车队。车队原本还有一辆军用三轮开道，但在半路上，驾驶三轮的日本士兵打了个喷嚏，胳膊一抖，"咕咚"一下撞在路边的一颗歪脖子树上，翻下了公路，车上三个人一死俩重伤。后面押车的日本兵不敢耽搁，草草地打扫了事故现场，载着死伤人员继续赶路，一路胆战心惊，更加小心。终于在晚上10点多到达了青岛。这让车上所有士兵都松了一口气。但令他们做梦都想不到的是，就在他们的大本营里，一场血战即将开始。

楼内，随着两辆卡车的驶近，一支日制97式狙击步枪从一扇窗户里悄悄地伸出，一名队员紧抱枪托，透过瞄准镜中的十字线，缓缓的随着第一辆卡车的驾驶室车窗慢慢移动。

突然"轰隆"一声炸雷在低沉的半空劈开，几乎同时，狙击手的食指扣动扳机，子弹从枪膛里呼啸飞出，穿过迷蒙的雨雾，击穿行驶中的卡车玻璃，精准地射进了驾驶员的太阳穴。这小子还未来得及叫一声，便斜在车座的靠背上。卡车失去了方向，轰鸣着冲向两个站岗的日本士兵。

就在日军士兵们惊慌失措之时，隐在楼内的王一民一声令下"开打！"

十几个队员同时从楼内闪出，十几颗手雷齐刷刷地凌空飞向了20米外的卡车。

随着一连串惊天动地的爆炸响声，火光闪处，无数肢体破铁被炸得漫空乱飞。

"上！"

王一民手举双枪，带领队员们飞一般的向燃烧的卡车冲去。一连串的子弹也从火光后面"突突"地射了过来。

"四哥……"

杜鼎铭见势，狂吼一声飞身扑在王一民身上，子弹"嗖嗖"地贴着头顶飞过，王一民躲过了一劫，但四五个队员却被飞窜的流弹击中，仰面摔了出去。

"我日他奶奶的！"

杜鼎铭抬头抱着机枪疯了般地向火堆处疯狂扫射，其他队员也举枪开射，密集的子弹如飞蝗般在敌我双方的头顶"嗖嗖"乱窜。不时有人中弹，发出瘆人的惨叫。敌我双方处在了胶着的枪战中。而这种形势是王一民最不愿意见到的，哪怕延迟一分钟，夺金行动不仅会彻底失败，还会牺牲太多战友的性命。

就在王一民率部在火车站激战的时刻，日军驻青岛太平路总部的最高长官长野荣二少将也听到了这惊天动地的声响，他像受惊的野兽一般发出咆哮，当即命令手下人马从各路向火车站疾驰增援。

火车站附近的中山路路口，街边的路灯泛着惨淡的光亮。一阵刺耳的警笛声划破雨幕，由远至近，随即射来几道刺眼的光束，两辆日军军车轰鸣着疾驰而来。

行驶在前面的是一辆驾着机枪的军用三轮摩托，一名日本兵紧抱枪托。后面，一辆带雨棚的日军军车紧随其后。三轮摩托刚拐过十字路口，突然从路两边窜出三个穿雨衣的身影，他们各抱一挺机枪，冲着日军的军车就疯狂扫射起来。子弹飞处，三轮摩托上的日本兵凌空栽了下去，失去控制的三轮摩托窜上了人行道，一头撞到墙上，后面军车里的日本兵们中弹惊吼着摔飞出去。

两个雨衣人被卡车里射出的子弹击中。就在这时，车棚里十几个日本兵争抢着往下跳，另一个雨衣枪手继续抱着机枪猛射，日本兵惨叫着跌进车里或掉落地上。车厢里又连续射出一串子弹，雨衣枪手身体一颤，机枪"突突"着，也慢慢倒下了。

就在他倒下的同时，枪口里射出的串串子弹击在了汽车油箱上，溅起一片火星。只听"轰"地一声巨响，卡车四分五裂，火光中，几个日本兵被炸到了半空。

就这样，第一路突击队员跟增援的日本兵同归于尽。

而第二路突击队员也正在火车站东北方向的天津路和增援的日军交火。

昏暗的灯光中，一辆载满日本兵的日军皮卡"隆隆"驶来，一群日本兵抱着枪紧跟其后。皮卡行驶到路口转弯处，只见三个雨衣人突然从树后冲了出来，齐掷手雷，爆炸连片。紧接着，雨衣人抱着机枪向皮卡车疯狂扫射，子弹击在车身上溅起耀眼的火星，密集的子弹也嗖嗖地从他们头上飞过。

皮卡车继续"隆隆"地向前驶来。只见路边大树上，一个身影抱着一捆手榴弹狂吼着跳落在皮卡车顶上，伴着一声巨响，冲天的火光中，皮卡车上的日本兵被生生炸飞。跟在后面的十几个日本兵也被这巨大的冲击波炸的横空弹出老远，路边楼房的玻璃也稀里哗啦的被震碎下来。

外围惨烈的狙击延迟了日军的增援，给正处在暴风中心的王一民最后冲刺的机会。几个队员嘶吼着从地上齐齐跳起，把成束的手榴弹掷向了卡车残骸后的日本兵们，而几乎同时，敌人的机枪也朝他们扫射而来，赤红的子弹飞出，几个队员随即中弹倒了下去。

随着一连串惊天动地的炸响，枪声戛然而止。

浓密的烟火中，王一民大吼："快！上去搬货！！"

然后他招手带领几个队员飞身扑向了燃烧中的卡车。只见王一民一个箭步跳上炸破的燃着火苗的车厢，扒开废墟，露出了一个铁皮箱子。他一枪嘣飞箱子上的铁锁，掀开铁盖，霎时，一排排耀眼夺目的金条呈现在他的眼前。

杜鼎铭和其他三个队员举枪在卡车周围掩护。王一民转头冲他们喊道："快，运走！"

"是！"

几个人奋力的抬起黄金箱，准备撤离之时，一个队员突然喊道："鬼子！鬼子来了！"

王一民几人顺着队员手指的方向望去，见远处，一队日军持枪向这里急奔。

"你们先走，我来掩护！"

王一民话刚落，杜鼎铭低吼："不！四哥，你们先走，我和顺子留下掩护！"

顺子忙一扬手："不！队长！你们先走，我来拖住那些狗日的！"

"我也留下收拾他们这些狗娘养的！"老雷喊道。

情势危机，谁都明白，留下就意味着牺牲。王一民刚要争执，敌人即开火了，密集的子弹"嗖嗖"地窜过来，打的车骸"铛铛"乱响。

"我日他奶奶的！"顺子抱起机枪，冲着远处的敌群就是突突一梭子，同时大叫："队长！你们快走呀！！"

"队长，快走！！"老雷几乎是撕心哭喊出来的。

"你们俩保重！"王一民一咬牙，从牙缝里挤出了这几个字。便和杜鼎铭麻利地抬起铁箱，趔趄着向东边奔去。回头即是生死离别，即使已练成钢铁之心，此时王一民却还是无法释怀。

赶来的日军远远看见有人要带着黄金逃跑，更是不顾一切地向这边冲来。顺子和老雷依托卡车残骸，向敌群猛烈射击。子弹飞处，几个日本兵惨叫着扑倒，其余日本兵伏地，双方随即展开了激烈的对射。

王一民和杜鼎铭抬着铁箱奋力地急奔了十几步，一辆黑色轿车突然从路边小巷里疾驰而至，车轮下擦出一阵火星，就地打了90度圈，停在两人身边。驾车的是突击队员小泰山，这也是行动前王一民策划好的。

小泰山伸出头喊："队长，快！"

王一民和杜鼎铭拉开车门，奋力的将铁箱扔进车内，随即闪身钻进了车里。轿车在密集的弹雨中绝尘而去。

第三章　围追堵截

等日军驻青岛宪兵队最高长官长野荣二少将和日本最高特务机构青岛分支侦缉组组长小松岱率部赶到事发现场时，火车站周边已布满了荷枪实弹的士兵。身着白大褂的日军军医们在尸体堆里搜索着幸存者。不时有笛声刺耳的救护车从远处直冲而来，或飞奔离去。现场一片恐怖又慌乱的气氛。

长野和小松岱大步来到事发中心，映入他们眼帘的是尸横遍地、惨不忍睹的场面——火车站进站大门被炸塌，门前的一棵比碗口还粗的槐树被拦腰截断，巨大的树冠横亘在人行道上，枝叶全无，通体乌黑。马路中央，两辆汽车残骸还在冒着缕缕黑烟，周边横七竖八地躺满了残尸遗体。

长野荣二立在那儿，望着眼前的惨象，气愤的浑身发抖。一日军小头目匆匆小跑过来，双腿用力一并，向长野荣二"啪"一个军礼（日语）："报告长官，据伤员目击，黄金箱被一辆黑色轿车截走，逃跑方向为中山路一带。车牌号码不详。"

长野荣二转头冲身后的副官道（日语）："立即通知各区警察，截停市区一切过往车辆，严格搜查！"

"哈咿！"副官领命转身小跑而去。

长野荣二，侵华日军第五混成旅团长，少将军衔，驻青岛日军最高指挥官。此人40多岁，瘦条脸，仁丹胡，作战手法阴狠毒辣，是日军中有名的悍将，其率领的第五混成旅团几次与中共悍将许世友将军的部队交战。

对于刚刚发生在自己眼皮子底下的这场夺金血案，完全出乎长野的意料，同时也意识到自己面临的巨大压力。必须尽快破案，夺回黄金，剿灭作案'匪徒'。他不顾脚下的血水横流，穿着皮靴走到几具雨衣尸体旁，几个随从也忙跟了上来。

长野拿过身旁一随从的手电筒，蹲下，灯光照在雨衣人的脸上。这是一张清秀而略显稚嫩的脸庞，看模样也就十七八岁，两眼圆睁，满身泥水，胸前的雨衣被子弹豁开了一个拳头大小的口子，虽然被雨水冲刷过，但依旧能看出周边的血渍。长野皱了皱眉，转身把灯光打在另一具尸体上扫了几下，微微眯眼，慢慢站起，回头冲一脸阴沉的小松岱（日语）："请尽快搞清这些支那武装的身份！"说完，又向不远处的汽车残骸走去。

小松岱，41 岁，日本特高课老牌特工。对于今晚的这场夺金血案，他此时的心情跟愁眉苦脸的长野还稍微有点不一样，他既惊又喜。惊的是一向太平无事，被上级称颂为"治安模范"的青岛，怎么会突然冒出这么多支那武装分子；喜的是，他这个特科出身的精英，又要大显身手了，这种案子，对于浸淫在岛城 10 多年的他来说，无疑是小菜一碟。破了案，就意味着他在竞争激烈的仕途上又稳稳地踏出一步，至于华北总部即将发来的怒火，可以完全旁观，因为，那是负责治安的宪兵队的责任，自己甚至可以趁机打压一下长野荣二的蛮横气焰。

小松岱抬头盯着马路对面的"平安旅馆"看了一眼，吩咐几个部下对雨衣尸体仔细搜查，然后带着三木武夫几个特务，迈过脚下的尸体，向旅馆走去。

此时，这肥头大耳的汉奸哥哥庞富贵正被五花大绑地捆在旅馆的卫生间里动弹不得。

两个特务把他拖出卫生间，一股尿骚味立即充斥了整个房间。小松岱蹙了一下鼻子，见这家伙嘴巴被堵的严严实实，脸色灰白，满眼惊恐，浑身似筛糠般地乱颤不停，不由得皱了一下眉，示意一特务把他嘴里的毛巾拽出来。

没等小松岱开口审问，这庞富贵就伏在地上捣头如蒜，连声喊冤："太君，太君，快救救我！为我做主啊！

小松岱低头盯着他，用中文一字一句地问道："你的，是干什么的？"

"太君，我，我是这家旅馆的老板，我弟弟是大日本青岛政府政工科的科长，我们都是大日本皇军最忠诚的良民啊……"庞富贵急忙解释道。

小松岱弯腰凑近了庞富贵，瞪着眼问："袭击皇军的支那武装事先躲在你这里吧？他们属于哪个部分？是国民党军队，还是中共军队？"

小松岱的这一串问话，把庞富贵问懵了，他压根就不知道这伙人是什么身份，甚至连对方的模样都没看清，就被扔进了厕所，其后除了半夜突发的枪炮声之外，再半点情况不知。

小松岱见庞富贵愣愣的看着自己，见在他身上目前也审不出什么有用的情报，就挥手让人把他押走了。小松岱接着在楼里仔细搜查了一遍，除了在靠近马路的窗户地面上发现了杂乱无章的脚印外，再无其他痕迹可循。

而搜查雨衣尸体身份的几个特务，也没有查出任何有价值的线索。小松岱让特务们用相机把这十几个雨衣人的遗体相貌拍下来，匆匆回到了太平路上的特高课驻地。派人通知在青所有线人，连夜前来查认死者的身份。

雷雨之夜的这场惨烈的夺金行动，我中共青岛地下党付出了巨大的代价，参加行动的 21 名优秀骨干，除王一民、杜鼎铭和小泰山全身而退之外，其他 18 人全部壮烈牺牲。而日军损失更加惨重，不但 300 斤黄金被劫，其死伤人数也创下了自占领青岛后的历史记录。

这不但让青岛日伪炸开了锅，而且震惊了日军驻华北总部，侵华日军最高长官冈村宁次暴跳如雷，命令青岛日军宪兵队和特高课，必须不惜一切力量夺回被劫的 300 斤黄金，全力清剿所有潜伏在岛城的支那武装份子。

日军驻青岛联队最高长官长野荣二少将从事发现场返回宪兵队营部后，当夜就下达了三道军令：一、命令宪兵队迅速全部封锁出入岛城的所有路口，对出入关卡的车辆行人严加盘查，身上如带有半根金条，也立即逮捕严讯。二、出动特高课和警备队，挖地三尺满城搜查。三、调集周边海域的所有海监船只，封锁海上所有通道，严禁各类船只出入青岛海域。总结起来就是一句话：不论陆路、海路，别说是运黄金，就是飞出去只鸟，也要拔下几根毛来查查里面有没有夹带黄金！

当夜，满城刺耳的警笛声，以及翌日青岛各大报纸的头版头条上加配发的日军卡车残骸的大幅图片，把整个青岛笼罩在了一片白色恐怖之中。

王一民当晚携黄金乘车撤移火车站后，按照原计划，是直接把黄金运到小港路附近的一处地下泄洪通道，再由蹲守在里面的同志辗转运出市区。

地下排洪通道是德国占领青岛时期设计修建的，通道坚固宽敞，网络四通八达。数十里的地下排洪管道几乎把当时青岛的各个重要排水点都连接了起来。当时的青岛地下排污管道，是全国最多最长的，这也是德国侵占青岛后修建的最浩大的工程产物。

但当汽车刚刚拐进小港路时，王一民他们便发现了大批日伪警察迎面奔来，给了他们一个措手不及。小泰山心里一慌，下意识地踩了一下刹车。

"继续开，别犹豫。"王一民紧盯着蜂拥而来的日伪军们，眉头紧锁。他不知这群日伪是不是冲着他们这辆车来的，在这种情势下，车辆如果掉头转向，无疑就是自寻死路。只有硬着头皮往前开，或许还有一线生机。

"都做好准备。"王一民紧握双枪，对身旁的杜鼎铭发出了备战的指令。而杜鼎铭的手指早已扣住了手雷的拉弦。

汽车减速靠边，迎着大批日伪径直向前行驶着。车里三个人的神经已经绷到了极点。车距那帮日伪愈来愈近，连伪军们脸上的汗水甚至都清晰可见了，小泰山紧握方向盘的双手也在微微颤抖。如果此时，奔跑的日伪队伍里只要有一句"停车"的喊声，那事情就会完全被逆转。

然而，轿车与日伪们擦肩而过，各奔东西。"我的个亲娘。"小泰山重重的喘了口长气。王一民也放松了紧握的枪，危机暂除。

原来，日伪们之所以没理会路上的车辆，皆因其还不清楚火车站那边到底发生了什么事情，也还没有接到通知堵查车辆的命令，只顾着去聚围了，哪还敢分心干别的。只是他们做梦都没有想到，聚围的目标就是刚刚从他们身边溜走的这辆轿车。

虽然王一民他们逃过一劫，但却错过了泄洪管道入口的地点。

"四哥，咱们接头地点在哪？"杜鼎铭透过车窗紧张地观察着前方。

王一民面色凝重地说："走过了，在后面的那段路。"

"啊？那咱们赶紧返回去吧！这不是越跑越远吗？"小泰山急了，下意识地又要踩刹车。

王一民："现在这种形势，咱们不能返回去，继续向前开吧！"其实，他心里比谁都焦急，他没想到日军的行动这么迅速，情势有变，若贸然返回去停车搬运黄金，风险太大。

轿车只好沿小港路直奔向前，就在这时，前方传来了刺耳的警笛声，一辆警车呼啸着从前面路口冲了出来。王一民立即指示小泰山把车子切入进另一个路口，直奔信号山方向行驶去。

青岛信号山，原名大石头山，因山上多花岗岩巨石而得名。青岛港建成后，山上建有信旗台，专为船只入港时传递信号，故得名"信号山"。它前临大海，背依市区，山势高大，草木繁茂，是青岛市区内众多小山头之一。

既然联络地点错失，只能暂时先找个地方把黄金箱藏好，还要把车毁掉，然后再想办法联系到上级组织，转运出黄金。而王一民情急之下决定的这个临时藏金地点，就是信号山，总不能在这血腥之夜，开着车像无头苍蝇似的到处乱跑吧。

此时，已是午夜零点多，雨明显的小了，但雾气却更浓。夜色很沉，浓重得如一把黑色的伞，紧紧收拢着整个天空，闷得让人透不过气来。

路上早已没有了行人，日伪军也还没有满街的铺开，车子连拐了几个街口，来到信号山北侧的山脚下停住。

王一民和杜鼎铭下车抬着沉重的黄金箱，沿小路急急向山上走去。而

小泰山则开车继续奔驰，他要把车开到偏僻的地方销毁，以至于不留下任何痕迹。况且，车后备箱里还装着一具死尸——伪青岛市政府政工科科长庞光祖。这家伙是个铁杆汉奸，坏事做了不少，我地下党组织早就想除掉他了。在王一民策划夺金行动时，因需要车辆，就盯上了他，连车带人一块给拿下了。从此，那个去警察署报案的官太太是再也见不到她那个贪财好色的老公了。

王一民和杜鼎铭抬着铁箱卯足了劲爬到半山腰，已累得大汗淋漓，气喘如牛。因为路滑，途中还摔倒过几次，弄的满身泥水。

"四哥，要到山顶吗？"杜鼎铭呼哧着问道。

王一民擦了一把脸上的汗水："对，上面林密草高，会隐蔽的更好。"

"好！"两个人抬着铁箱又呼哧着爬了一段路，来到山顶。

王一民曾经上来过，但对地貌并不是很熟悉。他罩着手四下观察了一下，隐约看到山南坡下面有一片黑黝黝的灌木林，突然想起那里是一片墓地，遂和杜鼎铭抬着铁箱跌跌撞撞地摸了过去。

放下铁箱，他先进入坟地，找了个已经废旧的坟茔筒子，和杜鼎铭把铁箱和枪支手雷一并移了进去。又用茅草掩好，边倒退着边把来时的脚印尽力恢复。

就在两个人忙活的当口，突然一道闪电照亮了天空。杜鼎铭"啊"的一声惊叫，一屁股坐在了地上，"四哥……"

王一民刚转过身，"咔嚓"一个炸雷在头顶劈开。

"怎么了？"

杜鼎铭指着左边的树林："刚才打闪，我，我看见那边好像有人影！"

王一民顺眼望去，远处漆黑一片。他一个翻滚扑到一坟茔后，顺手从鞋底抽出一只锋利的铁片，猫着腰向左边的树林窜去，杜鼎铭也赶紧从鞋底抽出一只铁片，猫着腰紧跟而上。

左边这片树林并不密集，灌木也不多，两个人在树林里溜了一圈，并没有发现人影。

"你确定看到的是人影吗？"王一民环顾着四周，低声问道。

杜鼎铭沮丧地："可能是我看花眼了，刚才电光一闪，我一转头，看到这边有个影子晃了一下。"

"别大惊小怪的，那可能是树影。"王一民道。

杜鼎铭不吭声了，他不敢确定，也不能否定。他们又返回墓地掩盖痕迹。忙活完这些，已经是凌晨一点多了。两个人已累的没了半点力气，就地寻了块石板坐下，借着休憩的时间，王一民思考起了下一步的对策。

王一民决定亲自留在山上看守，就安排杜鼎铭趁夜返回劈柴院的租住屋，换身干净衣服再带点饮食到山上。就现在的这一身泥巴，天亮之后根本藏不住身。杜鼎铭领命而去，王一民看着他匆匆消失的背影，做起了周密的部署。

王一民1919年出生于招远县徐家疃村一个富裕的家庭里，王家世代以酿酒为业，家里田地百亩，瓦房几十间，王家烧锅"仁昶德"酒庄远近闻名，家族生意还有金矿、票号、码头、商行。

王一民天资聪颖，自幼习武，且喜读书，有着超越年龄的沉稳。1934年，15岁的他考入招远县国立中学，18岁时，即1937年，日本侵华战争全面爆发，招远县旋即沦为日寇的殖民地。

面对日寇在当地的种种暴行，他愤然投笔从戎，抱着宁死不当亡国奴的壮志雄心，在父亲王腾武老先生的鼎力支持下，自发组织起以家族为骨干的抗日武装"胶东抗日救国大队"，带领兄妹八人（兄妹八人中，最大的大哥王子耀28岁，最小的妹妹王玉溪只有12岁）和几十名乡民，与残暴的日寇展开了生死血拼。他们利用熟知家乡地形地貌的优势，昼伏夜出，端炮楼，除汉奸，炸军车，打的日伪闻风丧胆。

王一民的抗日队伍迅速发展，且战绩卓著，引起八路军驻山东纵队总部的注意，司令员许世友派出联络组很快与王一民的队伍取得了联系，王一民随即加入了中国共产党。有了组织做靠山，"胶东抗日救国大队"战力倍增，不到两年，队伍就发展到三百多人，声势更加浩大。拔据点，攻县城，逼的招远县伪县长仓惶逃到烟台市苦求日军增援。而日军也早已把这支支那武装视为眼中钉肉中刺，调集大批兵力，出动坦克数十辆，前去疯狂镇压。

夜深沉，雾蒙蒙。

王一民坐在山顶上，听着山下一遍遍急促的警报声，心里既激动又担忧。黄金成功截下，完成了组织交给的任务，但错失了黄金交接的地点，无疑会给以后的行动造成意想不到的麻烦。尽快联系到组织，把黄金运送出去，是下一步的首要任务。可是，日军已连夜行动起来，天亮后肯定会满城戒严搜查堵截，到那时，更是寸步难行。

王一民拧着眉陷入了沉思中，一个个计划飞快的在他脑海中闪过。

而此时，太平路特高课驻地的小楼里灯火辉煌，侦缉组长小松岱也有了巨大的收获，在部下连夜带来的线人里，有个外号叫"歪嘴"的小贩对着十几张照片看了半天，认出了其中一个雨衣人的身份，死者是一家杂货店的伙计，叫大顺子，两个人很熟，曾向他聊起共产党的抗日政策，但他是不是共党，就无从而知了。

小松岱听闻如获至宝，既然死者倾向共党，那肯定就是共党分子，若否，也不会参加这次对火车站的偷袭。

确认了袭击者的身份后，小松岱把情报迅速通知给了长野荣二，并亲自率部突袭了线人歪嘴所说的那家杂货店，把店老板一家老小五口人全部带回了刑讯室，分头严审。折腾到天亮，打死三个，打残一个，吓疯一个，却没有审出半点有价值的信息。线索似乎就此中断。面对特高课总部的巨大压力，小松岱陷入了极度抓狂之中，只好动员各种力量，满城撒人，急探中共地下党组织的踪影。

在这里，我们不得不提到抗战时期岛城特有的一个组织，"青岛流亡政府"。

所谓的流亡政府，就是日本发动侵华战争前，国民党统治时期的青岛政府人员，他们既没胆量跟日军血拼到底，也不愿当汉奸。日军打来后，即逃亡外地避难，但人生地不熟的流亡生活并不是那么好过的，且整个山东地界到处都是日军，当地的汉奸也对这些"外地人"另眼相看，时常被搜刮凌辱，甚至被当成'敌特'抓起来交给日本人。

他们在外实在呆不下去了，只好又三三两两地潜回青岛，利用本地的各种人脉资源优势，抱团发展。至1939年底，"流亡政府"组织已形成了不可小觑的规模。这些人里鱼龙混杂，泥沙俱下。跟日本人、青岛伪政府、国民党以及共产党等组织有着千丝万缕的关系。

他们既不是铁杆汉奸，也不是真正的抗日份子。可以为一叠钞票，帮日本人效力。也能为几块大洋替共党砸日本人的黑石头。也愿意在收到军统特务的贿赂后给中共地下党使绊子。简单一句话就是"谁给钱就为谁办事"。比如这次黄金被夺，那个告密的线人歪嘴就是"流亡政府"里的一个双面小混混。

日军力量全部出动，搜寻黄金的踪迹。而我青岛中共地下党组织在预定的地点没有见到人和货物后，心也提到了嗓子眼。此前，他们第一时间获悉王一民等劫金成功，并顺利冲出了日军包围圈，这是极大的喜讯。可是，劫金成功的王一民等人却神秘地失踪了。

这让住在湖南路龙康客栈里的我党特派员王松山（王一民的三哥）骤然感到了空前地压力。面对满街疯狂搜查的日伪军，他束手无策，寸步难行。地下联络网暂时中断，只能等到天亮后再派人打探王一民等人的下落了。

这个雨夜对敌我双方来说都是漫长的。

信号山上，王一民躲在茂密的丛林里，眼看着东方天空慢慢变白。雨停了，山上各种树木的轮廓也清晰起来，不时有鸟鸣声从远处的灌木丛里传出。杜鼎铭的身影还没出现，他度秒如年，不知杜鼎铭和小泰山出了什么情况，有一种不祥的预感慢慢涌上心头。日军大规模的搜查，他俩会不会被限制起来或者……

一路走来，太多的战友离去，王一民不愿再想下去了，现在他很清楚，一旦天亮，山上山下都会有人活动，日伪大规模搜山的行动也不能排除。杜鼎铭还没回来，眼下最重要的是先把自己恢复成正常人，以免引起别人的注意。

他把沾满泥巴的裤褂脱下来，铺在草地上，用力摇晃着树干，树冠上的雨水哗哗落下，聚在衣服上，拿起搓洗。一棵树的雨水不够再到另一颗树下，如是再三，衣服上的泥巴终于冲洗干净，扭干后穿在身上，虽然湿漉漉凉飕飕的，但总算看起来也说的过去了。接着是鞋子，这个好办，脱下来往树干上连甩几下，再拿到草丛里来回猛搓几下，泥巴也就看不大出来了。

忙活完这些，天已经放亮。海面的薄雾逐渐散去，几里外的栈桥也褪去了朦胧的面纱，露出了"长虹卧波"的壮丽轮廓。远处，在鳞次栉比的红瓦绿树中，高耸的天主教堂双子塔顶部，两个巨大的十字架显得格外庄重夺眼。

山下，影影绰绰地出现了几簇快速移动的黑影，王一民迅速俯身细看，来的竟是两辆日军卡车，车上站满了全副武装的士兵。

第四章　黄金暴露

日军来干什么？搜山还是杜鼎铭或小泰山被抓后泄了密？

这个念头只在王一民心头一闪，他便旋即否定。这两个人是自己的生死兄弟，也是久经考验的战友，即使被抓用刑，也绝不可能对日军吐露半点信息。

杜鼎铭和王一民是中学同学，更是铁哥们，当初一起在招远县国立中学读书。七七事变后，王一民投笔从戎，杜鼎铭也抛弃学业，毅然决然地跟着王一民加入到抗日队伍，跟他出生入死，时时冲锋在前，几次奋不顾身把王一民从绝境中扑救出来，还因此多次中弹负伤。这样的兄弟战友，是绝对不会屈服于敌人的。

而小泰山，是个苦命的孩子。自小没了爹，3岁起跟娘讨饭，尝遍人间疾苦。1937年日军轰炸烟台，小泰山的娘在讨饭路上被日军飞机投下的炸弹炸飞，14岁的小泰山哭喊着满地找娘的尸骨，恰遇王一民的队伍经过。王一民帮他掩埋了娘以后，小泰山就加入了王一民的抗日队伍，从一个满脸稚气的孩子，历炼成一个机智勇敢的抗日战士，仅凭这一点，他也不会屈膝于日军脚下。

两辆载满日军的军车驶到山下，却并没有停下来，而是沿路径直向前驰去。他们是冲着湛山寺附近那辆被小泰山烧毁的轿车去的。

王一民看着军车奔远，紧揪着的心也放下了半截。放眼又向山脚下望去，猛然发现一前一后两个身影朝山上走来。杜鼎铭，还有小泰山！这两个身影虽然模糊，但对王一民来说，太熟悉不过了。可，他俩怎么天亮了才来？

原来，日军连夜戒严和大规模搜查也波及到了劈柴院。杜鼎铭和小泰山返回出租屋，换了一身干净衣服，刚把滚满泥巴的衣服处理干净，就被突然闯入的日军刺刀顶在了墙根下。

几个伪警先搜身，接着满屋乱翻，连地砖也被揭开探寻。折腾无果后，才匆匆离去。离开时警告他们天亮前不许出门，否则按通共处理。因此，才耽搁了这么长时间。

三人重聚，激动之情自不必说，互相问了几句，王一民边啃着窝头，边紧急布置起任务来。杜鼎铭和小泰山留守，保护藏在墓地里的黄金箱，自己匆匆下了山，向几里外的小鱼山走去。他要尽快跟上级组织取得联系，把自己目前所在的方位告知，以便来人尽快运走黄金。日军随时都有可能来搜山，而黄金随时都有被暴露的危险。

王一民沿着马路向小鱼山方向走去，他发现以往车水马龙的街道，现在冷清了许多，路上没有了来回穿梭的黄包车，路边兜售生意的小贩也没了踪影，偶尔有行单影只的路人出现，也是步履匆匆。有的只是成队巡逻的日军和抱着长枪来回溜达的伪警。

他正走着，身后突然传来一声暴呵："站住！"

两个日伪军要盘查了。王一民听到后转过身站在原地，见一高一矮两个伪警不知什么时候从身后的路口冒了出来。

"他妈的，过来过来，检查！"高个子伪警又呵斥了一声。

王一民走到了两个伪警面前，一脸无辜的看着他们。

"你是干啥的？"

矮个子伪警仰着头看着眼前这个高高瘦瘦的青年人，瓮声问道。

"老总，我要去干泥瓦匠活，刚才去雇主家看了一下，现在想回去拿点工具。"王一民不想浪费时间，佯装老实地解释道。

高个子伪警斜着眼打量着他："你家住哪儿啊？拿良民证来看看！"

"嗯。"王一民不慌不忙的从贴身衣兜里摸出良民证，却发现证件湿漉漉的，随口编道："不好意思老总，昨天下雨，俺在外面干活，衣服都淋透了，这个也……。"

高个子伪警没等王一民说完，便抢过良民证仔细地看了看，然后把证件往王一民怀里一丢："走吧。"

"嗯。谢谢老总。"王一民拿过良民证转身刚要走，矮个子伪警突然又叫道："站住！"

这些家伙，来回折腾想干什么呢？王一民这种事情遇的多了，便不慌不忙又装作无辜的问："怎么了老总……"

"搜一下！"矮个子伪警脑袋朝高个子一摆，高个子把枪挎在肩上，从上到下的把王一民搜了一个遍，没发现有什么可疑物品，这才不甘心地挥挥手，放行了。

遍布街巷的日伪警察，使王一民意识到，要想把 300 斤黄金转移出去而不被发现，几乎比登天还难。他必须要尽快联系到上级组织，并且要抓紧想出策略来打破日军这种汤水不漏的围堵网络。

他连续穿过几条街，小鱼山就在不远处了，那里是他跟组织单线联络的唯一地点。

王一民加快了脚步，突然，身后又响起一声怒喝："站住！"

他心想，又要搜查？回头看去，发现街边那几个伪警吆喝的不是自己，而是一个蓬头垢面，赤脚背袋的老乞丐。

那老头他认识，是个疯子，因一年四季都光着脚，人称"赤脚大仙"。大仙在青岛地区非常'有名'，不但他人脏的出奇，而且脸部表情常年保持着'天真灿烂'的笑容，即使在寒风凛冽、大雪纷飞的冬季，这老头也是笑呵呵的赤着双脚在雪地里乱走，仿佛在他的脑子里，这世间没有冬夏之分、好恶之辩，永远都是阳光灿烂。

赤脚大仙被几个伪警持枪堵住去路，依旧没有改变笑容，咧着嘴露着一口黑黄的大牙，笑嘻嘻地看着这几个凶神恶煞的伪警。

"特妈的……"一伪警捂着鼻子退了两步，可能是被赤脚大仙身上的恶臭味熏晕了吧。

"袋子！放下检查！"另一个伪警隔着老远，伸出长长的刺刀，把大仙背上的破袋子挑了下来。袋子落在地上，里面滚出一只女人的破高跟鞋，这应该是从哪个垃圾堆里捡的。

大仙一下子急了，像动了他的宝贝似的，忙不迭地扑身去捡，几个伪警顿时大笑起来，纷纷怂恿着："特妈的，啥赤脚大仙，这不有鞋嘛，穿上，快穿上，给爷几个走两步瞧瞧，哈哈……"

有热闹可看，两个过路的行人也止步远远地看起笑话来。

王一民轻叹一声，转身大步向前走去。又走了几分钟，便来到小鱼山脚下。

小鱼山，原本无正名，后因山下有条小路叫鱼山路而获"小鱼山"之称。

王一民仰头望了一下山顶，拾阶而上。山上植被茂密，不时有飞鸟鸣叫着从灌木丛里一掠而起，转瞬即逝。

王一民一边走一边不经意地弯腰捡起路边的一块巴掌大的石头，又顺手采了一把树叶，在石头上来摩擦，不停地在手里把玩着。

山上游人不多，山顶有几个身着黑外套白汗褂的男子在溜达，不时的向这边瞟几眼。

王一民并不理会，兀自来到半山腰的一处树林边，边走边扬起胳膊向树林里扔去，石头准确地飞进了不远处的一棵老槐树洞里。那棵树洞，就是我地下党组织和王一民单线联络的秘密地点。

"嗥～嗥……"随着王一民的吆喝声，几只惊鸟从树林里窜起，扑棱扑棱飞向远处。

山顶几个男子闻声转头，齐刷刷地把目光投向了这里，王一民手里拿着根枝条，一副神态自若的样子，边敲着路边的树干，边向远处树林走去。几个男子互相看了一眼，以为他是山上挂网捕鸟的，自嘲地撇了撇嘴，又把注意力移向了别处。

王一民用这一招，顺利地骗过了便衣们的眼目。把情报投到了该投的地方，只等组织行动了。

老槐树洞里的这块石头，不到中午，就被我另一地下党员送到了湖南路龙康客栈特派员王松山的手里。

"这块石头是什么意思？"王松山拿着石头，皱着眉反复在手里仔细看着，石头上，有绿色汁液不规则地画的圆圈，好像被绿色植被涂抹过的痕迹。这是……王松山脑子突然一闪，石头，是不是大石头山的意思？因为信号山也叫大石头山，难道……他顺着这个思路又慢慢琢磨着。突然，他眼光盯着石头上的绿色汁液不动了，这个歪歪扭扭的圆圈，细读起来，有点像电波符号，信号……信号山！

王松山想到这里，精神一振。暗暗攥了一下拳头。

这也真是难为他了，王一民也是迫不得已才出此谜招。在重兵围困，遍地耳目的情况下，他若按照原先的联络办法——截树枝来传送信号，那还要几道环节。第一步是秘密联络人把树枝取回交给王松山，第二步是王松山派人再在树洞里放下特定的信物，第三步是王一民再到树林里查证，然后再去龙康客栈秘见王松山。这几趟步骤走完，起码要两天，不但藏在信号山墓地里的黄金随时会被发现，而且更危险的是，目前这个状况下，如果一个人频繁地上山下山，肯定会引起已风声鹤唳的日伪特务的注意。

时间不等人，所以只能想出最快捷的办法，告知上级组织自己和黄金的所在方位。一母同胞，心有灵犀，自小跟松山三哥长大的王一民，坚信哥哥能破解这个特殊谜团。

王松山从石头里读懂了其中的'密码'，激动异常。这说明四弟他们还活着，黄金也没有落入日军手中。接下来他急迫要做的就是怎么想办法到信号山"取货运货"了。可是，在光天化日，满街重兵围堵之下，要想组团去营救，无疑是天方夜谭。

而王一民这边，把'暗号'送达秘密地点后，故意多走了几条路，他绕了个圈，从信号山南侧上了山坡，又与杜鼎铭和小泰山聚合了。

"发没发现'狗'？"王一民问道。

小泰山急摇头："暂时还没有，四哥，你去哪儿了，急死我们了。"

"问这干嘛。"杜鼎铭瞥了小泰山一眼，"别忘了不该问的别问，这是纪律！老提醒你，怎么就这么没记性。"

小泰山也觉得自己太冒失了，挠了一下头，和王一民对视一笑，不吭声了。

三个人在小树林里找了个干净的地方坐下。王一民见杜鼎铭和小泰山看着自己不说话，知道他们是在等他布置下一步的行动计划。可面对目前的窘境，除了等待组织的消息，他还没有盘算出可行的法子。但他不能把自己的焦虑带给他们两个，只淡淡地道："别急，组织正在部署行动方案，很快就会来人的。"

杜鼎铭点了点头没吭声，小泰山却眨眨眼，朝山下望了望，疑惑道："四哥，山下到处都是狗子，来了人能把货带出去吗？万一……"

"没有万一！"杜鼎铭瞪着眼对小泰山粗声道，"既然四哥这么说，就一定能行，你叨叨什么，要都是你这种想法，咱们昨天晚上劫车队连门都没有！就听四哥的吧！"

小泰山又挨了一顿呲，低下头不吭声了。

是啊，以往王一民决定的行动策略，十有八九都达到目标了，这都是经过他深思熟虑反复推演后拍板的。这一点确实不服不行。

但怎么才能在重兵围困之下，把 300 斤黄金神不知鬼不觉地从敌人眼皮子底下运出去呢？不止杜鼎铭和小泰山感到迷糊，甚至连王一民现在都很迷茫，他现在满脑子里都是青岛的地形图，几个方案一遍遍地在心里推演着。

中午的阳光暖洋洋地洒在树林里，恬静而又惬意。远处天主教堂的钟声隐约传来，时间已经是中午 12 点了。因为一晚上没睡，三个人都有些困了。王一民吩咐杜鼎铭和小泰山先去眯一会，自己监控山下的动静。

杜鼎铭和小泰山不同意，争执几番，拗不过王一民也只好妥协，倒头还没半分钟，两个人的呼噜声就响了起来。

王一民坐在山顶树下的一块石板上，望着周边山下巡逻的日伪警察和不时呼啸而过的军车，心中思绪万千。这是戒严的第一天，也许日军先向民宅或建筑物下手了，暂时还没有顾上这遍布市区的十多座小山头。这应该是难得的最佳转运黄金的时间，再晚一点，不知还有多少个意外。可山下重重岗哨的盘查，又堵住了这看似'最佳'的漏洞。他不确定党组织发现他的信号没有，更担心神秘的联络员疏忽了树洞里的那块石头，没把他送到三哥手里，那希望就会彻底破灭。

思绪翻滚中，他的视线里突然出现了几个活动的身影，忙定神细看，见北坡山脚下，四五个灰衣男子呈松散的一字队形，东张西望地往山上爬来。

王一民警觉起来：是敌还是友？

顾不得多想，他一个翻滚来到正在酣睡的杜鼎铭和小泰山身边，一手一个扯了起来："别睡了，来人了！"

"哪，哪儿？"小泰山脑子还没反应过来，睡眼惺忪地伸头四处张望。

"四哥，是咱的人吗？"杜鼎铭清醒的快，盯着下面那几个晃动的身影，低声问道。

"还不清楚，先散开秘密观察。"王一民胳膊往两边一张，"鼎铭，你去那边，小泰山，你去右边，都自然点，别让他们看出什么来。"

"知道。"

杜鼎铭和小泰山弯着腰各奔东西。王一民则又坐到刚才的那块石板上，倚在树上，把头埋在胳膊弯里假寐，眼睛透过空隙扫描着四周，没发现其他方向有人影，这才稍微松了一口气，只全神贯注起山坡上来的那几个人来。

此时，那几个男子已来到半山腰，边走边警惕地四下张望，不时回头瞥一眼山下，似乎有些顾虑。

王一民猜测，他们若是日伪便衣的话，在自己的地盘上，不会这么前顾后盼地谨慎警惕。

难道是自己人？

他想到这里，下意识地站起来，拍拍身上的碎草屑，神情自然的迎着几个人径直向山下走去。等走近了他才猛然意识到，这帮人的来头不是那么简单，因为按惯常经验，对方接头即使彼此不认识，也会反馈出些特殊的暗记，例如他投进树洞里的那块石头，或尺八长的半截树枝，以暗示对方自己的身份。即使这些特殊暗号都没有，最起码表情应该坦荡。但他们反而个个神情紧张，步子也慢了下来，似乎对王一民的突然出现而感到不知所措。

自己人不应该有这种举动，日伪便衣更不会这样。显然，这是一群来路不明的人。

难道是"流亡政府"的人？王一民已经来不及琢磨了，更不能转身而退，只有朝他们继续走去。

"你们是干什么的？"王一民朗声先问道。

几个男子互相看了一眼，一高个男子反问道："你是干啥的？"

"我？"王一民故作轻松，"捕鸟的呀，山顶都架好网了，别上去惊着鸟，走走……"

王一民张着胳膊，想把他们赶下去。

"特妈的！"高个男子突然从腰里掏出一支枪，对准了他的胸部。

"你，你们要干什么……"王一民假装惊慌，边说边倒退。

另一男子把枪一晃："老子便衣队的，举起手来！"

"别开枪……"王一民佯装出一副小老百姓神态。

"趴下！"持枪的高个男子厉声呵道。

"好好，别开枪……"王一民忙抱头趴在了地上，脑子里飞快的转着，要让他们先放松警惕，再伺机行动。

几个男子对望一眼，脸上露出得意的笑容。高个男子颠着手里的枪朝王一民呵斥道："算你小子命大，爷几个今天有任务在身，不跟你浪费时间，老实趴在这儿别动，否则嘣了你的狗头！听见没？"

王一民依旧紧紧抱头："听见了老总，我不动……"

高个子一挥手，几个特务又向山上走去。

脚步声远去，王一民忙抬头，看着他们的身影上了山顶，慢慢站了起来，张开胳膊，双手一挥，伏在左右两侧灌木后的杜鼎铭和小泰山握着飞镖，匆匆地移了过来。

"四哥。他们是干啥的？"杜鼎铭急促地小声问道。

"还没摸清。"

"不会是找那个的吧？"小泰山朝山顶瞥了一眼。

此时王一民已恢复了他冷峻从容的神态："走！跟上去，他们只有两支枪，若他们发现了货，就立即做掉。注意，先把带枪的那两个灭了，别搞出太大的动静来。"

他说着从鞋底夹层里抽出两片尖利而细长的铁片。三个人猫着腰窜上了山顶。

而此时，五个灰衣男子已进入了墓地，正弯腰弓背地伸头在灌木丛里探寻着。压根没发现王一民三人已经上来，并躲在他们身后十几米外的树干后面。

一瘦男子持枪走到一坟茔旁，低头朝堆积的杂草踢了一脚，突然叫了一声，转头冲同伴："坟洞！坟洞里有……"

话刚到这，一支锋利的铁片在阳光下一闪即逝，"噗"地刺进了男子的太阳穴。

第五章　锁定目标

瘦男子发现了坟筒子里的秘密，刚惊叫一声就被十几米外飞来的铁片刺中脑袋，"嗷"地一声抱头跳起来，还没等他吆喝第二声，又一支铁片飞来，咔嚓刺进了他的后脑勺，瘦男子咕咚扑倒在地便没了声息。

王一民果断出手了。杜鼎铭和小泰山也几乎同时把手中的利器飞射向了离他们最近的男子，两名男子还未来得及出声便倒了下去。剩下的俩人旋即就地扑倒，高个男子朝着王一民他们就开始"啪啪"猛射，呼啸的子弹击在树干上，木屑乱飞。

不好！枪声就是警报，王一民就地一个翻滚，顺手抓到一块石头，朝着目标就掷了过去，随着一声凄厉的惨嚎，这男子一个就地十八滚，爬起来借着密集的坟头遮挡，拔腿向西北坡窜去。

此时，一旁的杜鼎铭奋力扔出手中的石块，击中了男子的小腿，男子一个前抢扑倒在地，翻身就是一枪，所幸子弹贴着杜鼎铭的头皮飞了过去。

"他娘的！"

杜鼎铭怒吼着弯腰抄起一根干木棍，刚要往前冲去杀死高个男。便听王一民轻吼了一声："回来！货要紧！"

杜鼎铭转头看着趁机跑远的男子，愤愤地将手中的木棍狠狠地插在面前的泥土里。

此时此刻，最首要任务就是迅速转移黄金箱，枪声已惊动山下的敌人，不用几分钟他们就会蜂拥而至。三个人顾不得收拾那几个伤残，跑进墓地，拖出黄金箱就趔趔趄趄地朝南面山下奔去。王一民和杜鼎铭力气大，抬着箱，小泰山左手持枪，右手握着手雷在后面掩护。

而山下的日伪们听到山上的枪声，立刻组织起周边人马，纷纷向山顶冲来，那神秘的高个男子瘸着条腿刚逃到半山腰，迎面见大批日伪军蜂拥而上，转身又想往山顶跑，无奈脚踝受伤，行动迟缓，还没跑几步就被一串子弹击中，受伤扑倒在地。

"抓活的，抓活的！"

随着伪警中队长胡长林的呼喊，众日伪抱枪冲了过来。高个男子见逃命无望，举枪对着自己的太阳穴就扣紧了扳机。只听"啪"的一声爆响，男子侧身倒在了地上。

伪警们呼哧着奔到跟前，见其已死亡，伪警头目气愤地朝尸体狠狠地踢了一脚，吆喝着众人向山顶奔去。

等他们窜上山顶，远远看见有人影窜进了山脚的树林里。

"下面，下面有人，快追！"日伪们呼喊着持枪向山下奔去。

树林边，负责阻击的小泰山手起枪响，子弹呼啸着穿过冲锋的人流，"咔嚓"击断了靠近山顶处的一根灌木条。

"抓住他们！别让他们跑了！"

众日伪抢地扑倒，举枪朝着下面的树林就齐齐开了火，密集的子弹飞处，林边的灌木枝叶"霹雳咔嚓"摺倒一片。

"抓活的！"

大批日伪起身又向山下冲来。突然一颗手雷凌空飞来。

"卧倒……"人群中一声惊喊，随着"轰"地一声惊天动地的爆响，四处激起了漫天尘土和草屑。

这是小泰山最后的一点弹药了。趁着手雷爆炸敌人卧倒之时，他转身向山下奔去。

此时，王一民和杜鼎铭抬着沉重的黄金箱已经来到了山脚边的马路上，四目张望的发现，空旷的马路上没有一个人影，也没有车辆经过，敌人很快就会追下来，王一民疯一般地梳理着思路。跑？周边空荡荡的没有任何遮挡物，抬着黄金箱，跑不了多远就会被敌人追上。也不能坐以待毙，他拽着杜鼎铭抬着箱子就向马路右侧跑去。谁料，刚奔了没几步，前面的路边下突然冒出一个蓬头垢面的脑袋来。

王一民和杜鼎铭定睛一看，竟是赫赫有名的"赤脚大仙"。

赤脚大仙见有人奔来，吓的"啊"地一声缩了下去。原来这里是一口古力井（排污井）。赤脚大仙这一冒头，让王一民眼睛一闪，原来这古力盖下面能藏人！

"快！下去！"

杜鼎铭马上心领神会，两个人抬着箱子奔到古力旁，向下一看，发现井有两米多深，而赤脚大仙早已没了踪影。两个人急三火四地把箱子抛了下去，杜鼎铭随后"哧溜"钻了进去。王一民等着小泰山呼哧着从山上跑下来，忙招手。小泰山奔至，带着满脸的惊诧，也急急地下了井。随后，王一民再次四处张望了一圈，确定没有人发现他们，便抓过古力盖，身子一缩，古力盖"哗啦"一下，被严严实实地扣在了地面上。

十几个日伪从山上冲下来，发现一个人影也看不到，诧异的茫然四顾，一头雾水。伪警中队长胡长林抻了抻脖子，皱了皱眉，手枪一挥："你们几个，分东西两路，给我追！快！"

十几个人旋即分成两路，沿马路向东西两个方向追去。

与此同时，大批军车也满载着全副武装的日伪军呼啸赶来，几百号人把原本就不大的信号山围了个严严实实。

日军少将长野荣二和特高课侦缉组长小松岱也随后乘车赶到。在听取了胡长林等伪警的汇报后，长野一面部署人马加紧搜山，一面分兵对信号山周边展开地毯式搜索。毕竟在如此重兵堵截且时间紧促的的情况下，支那武装分子应该跑不了多远，说不定就猫在哪个隐蔽的旮旯里躲着呢。更重要的是，被劫的黄金很可能就隐藏在山上或周边的某个地方。这也是长野和小松岱内心最为牵动的。

山下周边的马路上，车辆成排，士兵林立。

小松岱带着几个特工从山脚刚爬到半山腰时，突然听到上面墓地里传来一阵嘈杂声。

一伪警小头目大叫着跌跌撞撞从上面跑下来："太君，有人，墓地里有人！"

小松岱急切的问："是活的还是死的？"

"活的，还……还喘气！"小头目激动地话都说不成个了。

小松岱大喜，急忙带着随从向山顶奔去。还没赶到墓地，就见几个日军和伪警抬着一个人大声吆喝着向下奔来。

小松岱急上前查看，见这人一脸血污，已经昏迷了过去，急忙命令众日伪将其护送去医院救治。

日伪们抬着那人向山下窜去。这重伤昏迷的男子，正是被小泰山用石块击中的那个，是五个神秘人当中唯一一个还喘气的。

小松岱闯进墓地，在几个日伪的引领下，走到了那个疑似隐藏黄金箱的坟茔前。他蹲下身，眯着眼仔细查看了周边，又四肢伏地，伸头拱进坟筒，见地上有重物施压的痕迹，遂慢慢缩回身，一声不吭地绕着墓地转悠起来，还不时地弯腰仔细查看。几个特务也各司其职，有的拍照，有的搜查倒在草丛里的尸体。

大批日伪军在信号山上反复折腾了一个多时辰，无奈除了四具尸体和一个重伤员之外，再一无所获。

长野荣二有些失望，而小松岱却信心满满。虽然没有搜到黄金，但发现藏金点并抓获一名活口，认为这足以打开这个迷局的窗口。

小松岱下山后，立即奔赴宪兵队医疗所，查问了那个重伤员的病情，事不宜迟，他直接命令军医给伤员打了一剂强心针，待其意识稍微清晰时，旋即开始了突审。而这次的口供令他有了意外的收获。

原来，那五个人是国民党军统特务，奉命到信号山搜查夺取的黄金，他们发现了藏金点，但在跟对方的激战中败北。至于黄金何去何从，就不清楚了。

军统？军统是怎么获悉中共地下党藏金地点的？跟他们激战的中共是多少人，外表有什么特征？军统组织的窝点或联络地点在哪？其在青岛的最高负责人是谁？

小松岱在惊奇的同时，也被这重重谜团缠住了。看着再次昏死过去的这个人，撇着嘴咬了咬牙。他匆匆返回驻地，展开地图，对着事发点周边的地形地貌陷入了沉思。几个人带着300斤黄金转眼没了踪影，难道他们还有飞天入地的特异功能？他呆了足有十分钟的工夫，突然一拍桌子："入地！污水井！地下污水井！"

除了污水井，信号山周边再无其他通道能让他们在众目睽睽之下隐身。

小松岱想到这里，激动地整个身子都颤栗起来，立即带领随从，驱车风驰电掣地赶到信号山下，向还在督战的长野荣二报告了自己的想法。

长野眼睛顿时一亮，也意识到自己忽略了一个致命的线索，急忙下令十几个日伪持枪团团围住了马路上仅有的这个排水井盖。

众所周知，城市里的雨水井都是"甘"字形状，"甘"字最上面那道横，就是水井的排水管道，管道下面部分就是沉积层了。水通过管道流进水井，泥沙沉入井底，水则顺着管道继续流淌。

机枪架好，刺刀闪亮，为了不给水井内的武装分子有丝毫反击的机会，几个日军还紧急捆绑了几束手雷，以便随时投掷进狭小的井内，彻底摧毁里面的人。

这时，已是傍晚时分，太阳西落，暗夜降临，阵阵冷风从海上吹来。但岛城春季的凉意丝毫没让漫山遍野忙活的众日伪感到冷清，反而个个汗流浃背。几十只大灯和近百只手电筒把山上山下映照的如同白昼。

马路上，小松岱退到了离井盖十几米的地方，朝两个伪警挥了挥手，示意他们上前去揭井盖。

两个伪警一看昏头了，我的个亲娘啊，这不是上去送死吗？本来想装傻不去，可几十双狼眼紧盯着自己，随时都会脑袋开花。上去是死，不上也是死，干脆充一回英雄吧，至少死了以后还能让老婆孩子领几块大洋。

两个伪警互相看了一眼，咬咬牙悲壮地："兄弟，上吧！"

"哥，上！"

两个人手持刺刀，弓着腰一步步向井口移来。后面的日伪们也紧握武器，全神贯注的盯着井盖。

这俩伪警弓腰缩头，磨磨唧唧来到井盖边，看了看严实的铁盖，那年龄大的伪警道："兄弟，你揭盖子，我来掩护！"

"好！"小伪警哆嗦着弯腰就要揭，突然眨了眨眼，好像明白了什么。不对呀，让我伏身挡子弹，你在一边猫着，还美其名曰掩护我？这不是扯淡吗！

小伪警不乐意了，转头道："哥，你力气大，你揭盖子，我掩护你！"

大伪警当然不是棒槌，脸一沉："这是皇军的命令，让你揭你就揭，快点！惹火了皇军可不是好玩的。"

狗屁，鬼子也没说让谁揭呀，你小子想玩心眼子？没门！你精明我也不傻，要死一块死，谁也甭想占便宜。

小伪警道："我自己揭不动，咱俩一块揭。"

小松岱在远处见这俩东西站在井盖边嘀嘀咕咕老不下手，火了："八嘎！快快的！"

"死了死了的！"以粗暴著称的特高课小头目三木武夫举枪就要打。

"好好，太君，我们马上揭。"俩伪警一见日军举起了枪，马上老实了，忙弯下腰用刺刀把盖子边缘撬开一条缝。

"别直着揭，平着往后拖，咱们还能跑的快一点，子弹打不着。"大伪警提醒道。

"好，哥，还是你有经验！"小伪警感激道。

两个人撅着屁股，抓住井盖暗喊一声"拖"，只听"哗啦"一下，人倒井盖开。两个人在仰面倒地的一刹那，抱着脑袋就地十八滚，翻滚到了马路对面。

第六章 赤脚大仙

井盖被掀开，虚惊一场，并没有子弹射出来。

小松岱眉毛一紧，手枪一挥，两个日军立即端着刺刀，来到了井口，战战兢兢地探头一看，里面除了半井水，什么都没有。

远处的小松岱和长野荣二互看了一眼，彼此点点头，起身走到井边，用手电筒往下面来回探了个遍，光束照在井壁的管道口不动了。

这井因沉积水位高，看似不深，口小肚大，直径约一米半左右，而水位上侧的管道直径也近一米，且水流潺潺。

小松岱让三木找来一根长杆子，试着插进水里，竟有一米多深。他眼珠子转了转，又回头叫来了刚才开井盖的大伪警，让他下去探探井底有没有其他物体。大伪警只好拿着手电筒，硬着头皮下到井里。他先探着头地往两侧的管道里照了照，见没什么危险，就下到了水里，用脚在井底划拉了几下，仰头喊道："太君，下面啥也没有！"

小松岱皱着眉点了一下头。

大伪警抓着井壁的铁踏就要往上攀。

"慢着。"

"咋，咋了？"大伪警身子一个激灵，要知道，两侧黑黝黝的管道里随时都有可能射出子弹，这小命刚要保住，老鬼子却又来了个"定身针"，不害怕是假的。

"你的，沿着管道，搜查一下。"

大伪警一听又昏头了，这不是让老子找死吗？万一管道里藏着几杆子机枪，自己想逃都没地方逃，可若违抗命令，后果肯定比被一枪爆头更惨。不行，老子得拉个作伴的。

大伪警仰着头喊道："太君，这下面两条管道，必须要两个人啊，一个人钻一条，正好！"

对，这小子鬼头蛤蟆眼的还挺细心。小松岱又立即命令刚才那个小伪警下去。小伪警本来以为躲过了一劫，正在路边擦汗呢，突然听老鬼子要他下井，咕咚一屁股砸在了地上："太君，俺家还有 80 岁的老娘呀……"

"八嘎！"三木武夫上前一脚把他踹翻，伸手跟提溜小鸡仔似的把他扔到了井边，"下去！"

面对一圈明晃晃的刺刀，小伪警不下去也不行了。只好哭丧着脸，战战兢兢地探腿。三木武夫不耐烦地一脚把他踹了下去，随着一声凄厉的惊叫，"噗通"一声闷响，小伪警落到了井底。

这俩伪警拿着手电筒，分别爬进了井壁两侧的管道，开始了心惊胆战的搜索。

小松岱和长野荣二蹲在水井边，持着手电筒紧张地听着下面的动静。

不一会儿，两个伪警从管道里退了出来，仰着头嚷道："太君，里面全是水，也不知道通到哪里啊。"

小松岱转头冲身旁的一个特工问道（日语）："这条排洪通道通到哪里？"那特工眨眨眼（日语）："长官，暂不清楚。"

小松岱要对这条排洪管道来个两头堵，（日语）："命令建设局韩鹏九，立即查明。"。而韩鹏九就是当时的伪青岛市政府建设局局长。

特工领命而去。那俩伪警浑身湿淋淋地从井里爬了上来，一屁股坐在地上，连连发起牢骚来。

"我的个娘来，里面根本进不去人，漆黑漆黑的。"

"可不是么，黑不要紧，关键是直不起身子，必须得低着头学狗爬，太君您看，我这脑袋都磕出了个大包。"

一伪警手掰着头皮，让长野看。

"八嘎！"一日军上前踢了他一脚，"滚开！"

俩伪警这才突然意识到现在不是邀功的时候，吓的连滚带爬地退到了一边。

其时，已经是晚上八点多了。山上的士兵一无所获，周边的搜索也没发现有什么可疑。长野有些急躁了，来回踱步频频看表。

小松岱眯着眼看着井底，呆了半天，转头叫来三木和福田，命令他俩各带一人，从井口左右两面管道深入搜索。两人二话不说，回头朝手下一挥手，利索地潜入了水井。

小松岱伏在井沿上，提醒道（日语）："注意，一直往前，直到尽头！"

几人高应一声，带着枪支电筒，消失在了漆黑的地下管道里。小松岱紧接着又派出几十名日伪军，沿路揭开了所有井口的盖子，就地监控。

日军对排洪道的搜索，是王一民三人最担心的。他们情急之下进入水井后，知道此处不可久留，还不知该往哪边逃才能逃出去。就在三人在管道里探望时，右侧管道里突然闪出了一丝火光，映出了赤脚大仙肮脏的身影。

他这是要抽烟吗？烟雾会从井盖里冒出去的！王一民心头一紧，心想不能让他引来麻烦，他忙探身爬过去，怎料，他伸手刚要阻止，黑暗中突然被一只大手紧紧攥住。

王一民突然感觉，这手坚韧有力，绝不是一个五六十岁的疯子所能发出的力度。他到底是谁？就在王一民下意识地一个反抓，想要制住他时，却突然感觉到手心里多了一个物件。在他错愕之时，一张喷着恶臭的大嘴附到了他耳边，低声道："照着图，往西一直走，会有人接应。"

王一民突然明白，这个疯老头子绝对不是他印象中的那个傻子，而是……他激动的心脏狂跳不止，黑暗中他虽然看不清对方的表情，却能够感觉到有双坚定的眼睛在凝视着自己。

"快走吧。保重！"赤脚大仙用手在他的肩膀上重重地按了一下。

"您也保重！"王一民也紧紧地握了一下他的手。他倒退着回到井里。三人随即带着铁箱向西爬去。

赤脚大仙，一个露宿街头，终年乞食的疯子，一个在大夏天还穿着棉袄棉裤，在大雪地里赤脚跳舞的老乞丐怎么突然变了个模样？

王一民现在顾不得研究大仙了，三人携黄金箱钻入井内管道后，王一民把上衣撕成布条，连结起来拧成一长一短两根绳子，和小泰山一人一根绑在肩膀上，后头拴住铁箱。他在前面拉，小泰山随后，而杜鼎铭则在铁箱后面推，推搡着沉重的黄金箱一点点往前移动。每到一个岔口，王一民就会划一根赤脚大仙塞给他的火柴，对照手里的'通行图'，继续向前爬行。

管道里空间狭小，黑暗无边，身下水流汩汩。三个人在里面蹲着直不起身，也抬不起头，只能四肢并用，一点一点往前挪。还没爬多久，膝盖就被粗糙坚硬的水泥管壁磨破，沙子污水被揉进肉里，再被磨掉，再揉再磨，那种剜心刺痛的滋味，常人根本无法想象。他们三人每爬一步都要忍受巨大的痛疼，汗水、血水混合着冷水流向身后。为了最大程度地减轻肉体跟管壁摩擦所带来的剧痛，他们只好脱下裤子缠在膝盖上咬牙前行。黑暗中，他们不知爬行了多远，每个人都累的气喘吁吁。尤其年少体弱的小泰山，几次累的趴在水里几乎快要虚脱。但是，没有人叫停，因为大家都很清楚，日军在山上陆地搜寻不着，肯定会对这条排洪道起疑，所以要拼尽全力争取时间，拉长与追踪日军的距离，是他们摆脱危险的唯一希望。

前路还有多长？搜索的日军离他们还有多远？他们都不知道，更令他们想不到的是，他们的目标尽头，地下排洪主干道的入口，一场意想不到的敌我双方激烈冲突已经展开。

原来，王松山领会了四弟王一民发出的特殊暗号后，就紧急研究营救方案。但陆上派人接应是不可能的，只有想别的途径行动。他想到了青岛独有的地下网络通道，查看了市政地图后，惊喜地发现了信号山南侧脚下的这处地下排洪道。一边派人前往信号山跟王一民接头，一边令两名地下党员秘密潜入位于单县路地下排洪主干渠接应。

而跟王一民接头的正是所谓的"赤脚大仙"，他真实的身份其实是一我党中共地下党员。

"赤脚大仙"这个三四十年代在青岛家喻户晓的老乞丐，其真实姓名叫赖可可，1910 年出生于广东省大埔县枫朗镇上山下村人。1928 年参加革命，曾随叶剑英、肖劲光等中共领导人转战南北。三十年代末随司令员许世友入鲁，是八路军山东纵队胶东支队的地下联络员，1941 年跟王一民认识时只有 31 岁。解放后历任中共青岛市第一任市委书记、山东省交通部长、浙江省委书记。时任当时青岛地下党领导人，于 1987 年去世。

"赤脚大仙"利用自己的"特殊"身份整年游走于市内及胶县周边地区，为我抗日武装组织输送了大量情报。他也多次被抓，但因其'疯子'的身份迷惑了敌人，屡屡脱险。

"赤脚大仙"奉命来到信号山，正想登山时，山上突然响起激烈的枪声，暗叫不好，忙透过山脚树林向上窥望，发现有两个人抬着一只沉重的箱子跌跌撞撞的往山下跑，而山顶上，一大批日伪军疯狂呼喊着紧追。

他急中生智，转身跑到马路边的那个井口前揭开盖子缩身进入，在听见脚步声后探头显身，引领王一民等迅速隐蔽起来。

他之所以装作无意，主要是自己'疯子'的形象已深入岛城每个人的脑海，若突然招呼，不定会让对方迟疑，反而耽误时间。

在及时引领王一民三人进入水井后，赤脚大仙从管道一直往前爬了大约三四里路后，从另一处较为隐蔽的井口上来，又装疯卖傻地继续在岛城的大街小巷中游荡。

而我另外两名地下党员秘密潜入单县路附近的排洪主干后，摸到那条分支的排洪口边，蹲守在此准备接应王一民等人。

没有料到的是，小松岱在查明了排洪道的出入口之后也分兵赶来，准备卡死这条出口，来个前后夹击瓮中捉鳖。

敌人突然到来，令两名我地下党员错愕不已。他们不知道日军怎么会这么快窜到这里，为了不让敌人察觉到他们这次行动的目的，两名地下党员在猛然发现有亮光在渠道闪烁后，迅速抽身准备隐退。但由于暗渠积水过膝，导致行动非常缓慢，而且走动时搅起"哗啦、哗啦"的水声也惊动了日军。

十几个日军和特高课特务听见声响，凭借优势的兵力和照明设备，疯狂地向我两名地下党员扑来。干渠里一时间子弹纷飞，回声如雷。

这两名地下党员冲着远处几束光柱频频射击，随着几声凄厉的惨叫，灯光旋即灭掉。敌人也同时意识到了自己愚蠢的做法，遂丢弃手电筒，持枪在漆黑的通道里摸索着向前。

我两名地下党员在接连阻击了日军数次的冲锋后，子弹打光，唯有剩下一颗手雷，并且还有一名队员腿部受伤。两个人搀扶着涉水在黑暗的干渠里艰难地向前。日军发现我方没了回击，知道一定是弹尽粮绝，便肆无忌惮嚎叫着疯狂追来。情势危机之下，两个人找到了一个安全的通道口，一个队员爬出通道刚想回头拉受伤的队员出井，谁知受伤的队员一把拖过通道口旁边的井盖，一手在井里死死地抓紧，一手握着仅剩的那颗手雷，静等敌人扑上。

打红了眼的日军只顾抓活的，压根没想到自己的死期已到，就在他们扑到那队员面前的一刹那，手雷轰然炸响。巨大的雷声在漆黑的干渠里隆隆翻滚，久久回荡。

青岛的抗战史里没有留下这名以身殉国的英雄名字，我们也无从查询到他的资料，但在无名烈士纪念碑上，肯定有他的英魂所在。

特派员王松山在获悉日军堵截了出口通道后，震惊之余同时也意识到了情势的巨大危机，在查看地图之后，紧急改变策略，只身来到了位于天主教堂附近的一处别墅院落。

这座别墅是两层复式，欧式风格，外加一个不大的院子。别墅的主人是青岛瑞蚨祥绸布店的股东柳先生。

柳先生是山东招远人，知名的爱国人士，跟王松山的父亲王腾武是同乡。他的女儿柳淑清和王一民曾指腹为婚，因此，王松山称他表叔。

此时，已经是晚上近九点了。王松山来到别墅院子门前，发现门口停着一辆高档的黑色轿车，又见楼内灯火通

明，便知道柳家来了客人。稍一犹豫后，他还是按响了门铃。若是以往的时候，他必然不会贸然打扰，但此次前来关系重大，时间紧迫，也就顾不得那么多了。

不一会，一个50多岁，佣人打扮的妇女从楼内出来，边走边问："谁呀。"

"李妈，是我。"王松山应道。

门开处，女佣和王松山四目相碰。

"噢，是王先生啊，快进来快进来。"

女佣和王松山见过几次面，知道是柳先生的老乡，便热情地招呼道。

"李妈，你家小姐在家吗？"王松山一进门，便问道。

"在呀，正在屋里陪水川殿下说话呢，老爷太太也在。"李妈热情的回应着，随手关上门。

王松山闻听一愣，忙道："那我就不打扰客人了，请让你家小姐出来一下，我要找她借几本书。"

"那，好，您稍等啊。"李妈应着，便向屋里走去。

李妈说的水川殿下，是一个非常特殊的人物，全名叫水川鸠夫，日本天皇裕仁的远房表弟，也是日本皇族。

柳先生与水川鸠夫的相识交往，起因于他的绸布店。中国丝绸天下闻名，居住在青岛多年的水川自小仰慕中华文化，中文说的很好，对中国丝绸也非常感兴趣。他的衣服也多是从瑞蚨祥店里购买并制作的，一来二去，两个人也就熟络起来。

柳先生虽然有爱国之心，但他不是我中共地下党员，而他的女儿柳淑清则早在北平求学之时，就秘密地加入中国共产党。

水川鸠夫到柳府是来了解情况的。今天上午，一群日本兵强行搜查了柳先生家，砸坏了一个古董瓷瓶和一幅字画。古瓷是南宋皇宫里的摆件，字画是清代郑板桥的，这两件珍宝恰恰都是柳先生非常珍爱的。日本人的野蛮搜查激怒了他，遂打电话邀水川来府上向他陈情，施压日军宪兵队来给个说法。

王松山来到柳府时，水川还没走。

李妈进客厅告诉柳先生王家大少爷来找小姐，便让女儿柳淑清在另一间屋里招待他。

两个人一进屋，王松山就赶忙说明来意，告诉柳淑清日军的前后堵截。柳淑清听得心惊肉跳，忙问下一步应该怎么办？

王松山看着她，低声道："你家墙外的马路上有一个排水井，我们想从那里把货提出来。"

"好。"柳淑清点了一下头，眨眨眼，又迟疑地问："咱们的同志知道我们临时改变路线了吗？"

王松山："不用担心，线路就只有这一条，只要他们能到达这个地方，咱们就能截住。"

柳淑清点了下头："太好了！那需要我做什么？"

"你的任务是想办法守住井口附近的路段，不让日伪警察来捣乱。我进入排水道里去接应运送货物的同志。"

柳淑清抿嘴想了想，眼睛一亮："好的，我知道该怎么办了。"

两个人迅速出了院子，来到墙外的马路边。昏暗的灯光下，望见一队巡逻日军刚刚过去。

王松山低声道："我若要上来，会敲击井盖三下，外面若安全，你就回应两下。明白吗？"

柳淑清："明白了，三哥。"

两人彼此点了一下头，王松山几步走到了井盖前，弯腰掀开盖子，缩身钻了进去，接过柳淑清递给他的手电筒，井盖旋即恢复原位。

柳淑清来回扫了一眼周围，匆匆返回家里，跟水川的仆人要了车钥匙，说天色已晚，外面宵禁，她要开车送表哥回去。

轿车就停在柳家大院门口，柳淑清拿着钥匙出来，把车开到墙外马路上的井口处停了下来，刚下车，几个巡视的伪警便从远处匆匆奔了过来。

"咦？小妞～干啥的？举起手来，让爷几个搜搜身！"一个伪警小头目举着枪，不怀好意的冲柳淑清吆喝道，眼睛色眯眯的在她身上游走。

"哟？还开这么好的车！妈的，大半夜的在这干什么呢！跟爷几个回局子里聊聊！"

"对，不定还是共党分子呢，最好连人带车一块押回去好好审审……"

其他伪警也咋呼上了。在这枯燥劳累且提心吊胆的晚上，突然遇到了香车美女，不兴奋那是假的。

柳淑清双手交叉抱着胳膊，高傲地倚靠在车边，看着眼前这几个猴子一样的伪警，淡定地说了一声："你们的眼睛看不到车牌吗？不认识这是谁的车？"

几个伪警被她这一句话问愣了，纷纷看看彼此，摇头晃脑地伸头向轿车的前面看去。因路灯昏暗，小头目打开手电筒，也在车尾处晃了几下。这一看，令他猛地倒吸一口凉气，我的个亲娘，这不是日本皇族水川殿下的车吗？对于这副车牌，日军宪兵队、特高课侦缉组和伪青岛市长以及伪警察局长都曾反复交代过，在任何地方任何时间都绝不能拦阻刁难该车，否则后果自负。

所以，全青岛的所有日伪警察都牢牢地记住了这个车牌。生怕脑袋一旦短路，小命可就难保了。

小头目一看车牌直接腿软了，连连哈腰："对不起，对不起小姐，小的有眼不识泰山，多有冒犯，请您原谅……"

他边说着边往后退，突然转头冲身旁还在呆愣的一个伪警抬腿便踹了一脚："都给我滚！妈的，你眼瞎了？老子差点上了你的当！"

"嘿嘿……多谢，多谢小姐提醒。"小头目回头朝柳淑清讪笑着点点头，然后领着伪警们头也不回地撒丫子窜了。

柳淑清冷眼看着他们狼狈地跑远，赶紧抬手看看手表，已经是晚上九点二十分了。也就是说，王松山进入井内已经十多分钟。下面什么情况，她一无所知，望着远处冷清昏暗的街道上不时晃动着的鬼魅身影，心里既焦急又忐忑。昨晚的火车站大战，她是从今天的报纸上看到的，也猜想到应该就是我党组织劫持的黄金，但没想到事情会发展到这种地步，一旦行动失败，那我青岛地下党组织就会遭受到前所未有的毁灭性打击。

而这个"一旦"现在就系在自己的肩膀上，柳淑清无形中感到沉重的责任和巨大的压力。

凉风习习，夜空如墨。昏暗清冷的街道远端，一队日军扛着明晃晃的刺刀"咔咔"走来，柳淑清见此情形，咬了一下嘴唇。躲开？不行，万一井盖此时突然敲响怎么办？她急中生智，遂蹲身低头，装作吐酒的醉态，哇哇干呕。

巡逻队的四个日本兵眼光齐刷刷地射了过来，肩上的刺刀也同时端在了手里。

"八嘎，干什么的！"

领头的小个子日本兵端着刺刀走了过来。另外三个也把枪口对准了她。

柳淑清一昂头，用手指了指车，又指了指身后的别墅，挥手用日语道："不要过来，走开！"

小个子日本兵瞅瞅那辆车，又看了一眼灯火通明的别墅窗户，似乎明白了什么，嘴角露出一丝坏笑，朝身后几个日本兵一挥手："开路！"

四个人又跟机器人似地扛起枪，步伐整齐地"咔咔"向前走去。

又过了一关，但井盖还没被敲响。下面发生了什么？柳淑清心急如焚，双手不自觉地紧紧握着，手心也捏出了汗，湿漉漉的有些油腻。她屏住呼吸，侧耳细听。

突然，"铛、铛、铛。"三声闷响从脚边的井盖下传来。

来了！柳淑清激动地差点跳起来，伸手刚要回应，身后突然响起一个日本人声音。

"小姐！"

柳淑清被这突如其来的声音惊得身体一哆嗦，差点叫出声来，猛回头，只见一个穿和服的男子站在她身后。

第七章　紧急搜捕

来的是安倍晋太郎，水川鸠夫的仆人。

柳淑清定了定神，起身用日语问道："安倍君，您怎么来了？"

安倍晋太郎恭敬地一哈腰（日语）："柳小姐，殿下要回府，让我出来看看您回来了没有。"

柳淑清暗暗松了一口气，声音明亮了一些（日语）："哦，是这样啊安倍君，不过，殿下这车子开起来太舒服了，我要绕着这条路再转一圈，练练手，您先回去吧，我一会就回来。"

安倍晋太郎又一哈腰（日语）："柳小姐，这么晚了……"

"哎呀，你先回房间跟殿下说一声，我一会就回来！"柳淑清急了，车子是绝对不能离开这儿的，它是这段路的安全屏障，有了这辆车，伪警绝不敢过来，而一旦开走，整条路段一望无余，出现在马路上的任何身影都会被日伪监视到。

"那……好吧，我在这里等您。"安倍妥协了，却站在那儿一动不动。

这下柳淑清没话说了，这可怎么办？井下的同志在急等，日军在步步紧逼，一分一秒都耽搁不起。偏偏这日本人又赖着不走，该死的奴仆。她上前一把抓住安倍用中文说道："快去呀，你怎么这么能磨叽，那我去跟殿下说。"

她这话是说给井下的王松山的，告诉他们上面有人，稍等。

一向文静礼貌的柳小姐突然的烦躁，令安倍愣了，他不敢得罪这女孩，连连倒退着（日语）："对不起柳小姐，请您见谅，我只是奉命……"

柳淑清不等他说完，拉着他就进了院子，疾步来到一楼客厅，冲着坐在沙发上的水川娇嗔地一笑，（日语）："殿下，您着急回去吗？您的车子我还没开够呢，我再转一圈可以吗？五分钟，只五分钟就回来，好吗，殿下？"

话已经说到这份上了，水川也没有理由不答应了，他呵呵笑着点了一下头："好的，柳小姐。"

而柳老先生觉得女儿这突如其来的举动太过任性，便责备道："淑清，别胡闹，殿下的车子你能乱动吗？一个女孩子风风火火的成何体统！"

父亲的反对，是柳淑清意料到的，她一蹙鼻子："爹，我回来您再批评我，我保证洗耳恭听！拜拜~"

她说着跟父亲和水川摆了摆手，就跳着出了屋。

柳先生叹了口气，对水川："唉，这丫头，怎么不听话了呢？"

水川笑笑："随她玩去，小孩子嘛，任性的，没关系的。"

柳淑清出了院门，疾步来到墙外的马路上，回头见仆人安倍没有跟来，又向前后的路段扫了一眼，确定没有人后赶紧蹲下身，在井盖上轻轻敲了两下。下面紧接着回了三下。

没等她伸手掀井盖，盖子已被从下面顶起挪开了。王松山从井里伸出头。

"哥。"

"快！"

短促的两个字。紧接着王松山从井里钻出来，又弯腰奋力和下面的同志把一个沉重的铁箱拽了上来。王一民、小泰山和杜鼎铭泥猴似的从井里钻了出来。

柳淑清站起身，又警觉的向路两端扫了一眼，就这一眼，让柳淑清一下子僵在那里。远处，一队巡逻的日军迈着整齐的步伐"咔咔"向这里走来。而日军似乎也发现了异常，步子骤然加快。

"鬼子来了，快。"柳淑清低叫一声，迎面向车前走去。王松山和王一民三人抬着铁箱溜进了院门。

"什么的干活？"巡逻队里领头的小个子日军持枪奔了过来。

柳淑清挺身挡住了他张望的目光，用流利的日语道："看什么，有什么可看的，出来散散步都不行吗？"

小个子日军并不理她，又低头朝车后看，一蹙眉头，忙开始用手电筒探照。

柳淑清转头顺着灯光看去，遂浅浅地倒吸了一口气，因为她看到身后的井盖没盖严实，露出了约二指宽的缝隙。

"刚才什么人在这里？"小个子满脸疑惑地用日语问道。显然，他们也看到了王松山等人的身影。

"什么人？哪儿有人，你看花眼了吧。"柳淑清眼睛一转，用日语回道："噢！是我喝醉酒吐了，我家仆人出来打扫了一下，丢进井盖里了。"

小个子日军看着她，半信半疑，又抬头朝别墅窗户望了望，问柳淑清（日语）："殿下还在？"

"你想去见他吗？走，我带你去见他老人家。"柳淑清说着伸手就要扯他。

"不，不，打扰您了。"小个子日军吓的忙后退，朝其他士兵一摆头，"开路！"

四个日军昂头挺胸地继续向前走去。

望着他们的身影走远，柳淑清暗暗松了一口气，用脚把井盖一蹬，盖严，急忙跑进了院里。

院子墙根下是一片郁郁葱葱的翠竹，王松山他们进来后，按照事先和柳淑清计划好的直接藏进了竹丛。

而此时，长野荣二和小松岱等日伪军还在信号山下的排水井边上焦急地等待搜查的消息。一个多小时前在单县路附近的主干渠里发生的那场遭遇战，使他们更加坚信，截走的黄金和中共地下党就在这条线上。

转眼已经晚上快十点了，信号山下灯火通明。小松岱和长野荣二虽然从昨晚到至今都没合眼，但这条暗渠刺激着他们的神经，使两个人没有丝毫的困意。

小松岱手握怀表，激动地在马路上来回踱步，如果今晚能人赃俱获，那自己的功劳可就大了，不但马上会官运亨通，自己的威望也会急剧提升。在黄金大劫案发生前，他领导的青岛特高课侦缉组在华北地区的特高课里就已经是模范典型。不论是国民党军统还是共党组织，很难在青岛这块地盘上有所作为。因为，他对青岛的人文地理太熟悉了。

自 1919 年日军侵占青岛后，虽然因种种原因被迫撤出青岛，但大批特务和日资企业却在这片美丽的土地上隐秘地留存了下来。小松岱就是当初第一批踏上青岛这片土地的日本'商人'。那时他还不到 30 岁，是一名最底层的特工。妻子冈田优美和刚出生不到几个月的女儿小松百惠，也跟着来到青岛。小松岱很快学会了中文，名义上是个生意人，但以妻女做掩护，暗地里为特高课搜集情报。

1937 年七七事变后，驻青特高课组织立即对外公开了身份。为了防备妻女遭受中国人的报复，小松岱不得不将妻女返送回日本，从此天各一方。眨眼四年过去了，女儿百惠也已长成大姑娘了。

思乡之情，妻女之念，经常折磨着他这个天皇最忠诚的子民。他的钱夹里至终存放着一张四年前和妻女在青岛栈桥分别时合影的照片。每到深夜想念家乡、思念妻女的时候，他就会看着照片默默地发呆。妻子美丽贤惠，女儿聪明可爱。浓浓的思乡之情几次让他心底冒出弃职回家的冲动。但现实又把他从飘渺的幻想中硬拽回来，他很清楚，战争不结束，他向往的天伦之乐的神仙生活就是海市蜃楼。

所以，只有全身心的投入这场战争，尽心尽力协助天皇争取早日扫平脚下的这个泱泱大国，才能实现自己的愿望。

小松岱在青岛浸淫十几年，对这里的每一条街巷和人情关系都烂熟于心。这也是我中共地下党和国民党军统组织几年来很难在岛城有大作为的最重要原因之一。

"人不过三"就是国共两党对青岛沦陷区最精确的总结。意思是不论什么人，只要来到青岛，最多超不过三天，其身份大多会被日伪掌握，大批优秀地下党员就是这样被日伪军抓获杀害。1940 年震惊中外的"青岛大康纱厂罢工惨案"就是小松岱一手制造的，我中共地下党负责人于景友等三十六人全部被小松岱率特务抓捕，并押往济南杀害。致使我党在青岛的地下网络几近瘫痪。

在我党组织付出重大牺牲后，吸取了教训，采取单线联系，才又在这块土地上艰难地立住脚。火车站激战的参战人员，也是王一民当天紧急从周边区县临时调来配合行动的，结果全部壮烈牺牲。而唯一被日军线人辨认出的那个杂货铺伙计大顺子，是王一民本土四人组中的一员。

老道的小松岱怎么也想不明白，无数次荣获"治安模范"的岛城，怎么会一夜之间突然冒出那么多的中共武装分子，这也是他要搞清楚的谜团之一。

时针指向晚上 11 点，地下排洪通道里传来消息，四路围堵的日军全部空手而归，一无所获。

人呢？难道人间蒸发了？小松岱和长野站在那里大眼瞪小眼，全傻了。

看着副手三木和福田等几个搜索人员个个累的疲惫不堪，小松岱皱着眉揉了揉太阳穴，眯眼问（日语）："人没发现，疑迹也没有吗？"

三木武夫肯定道（日语）："长官，我们什么也没发现，里面除了水就是泥沙，其他可疑痕迹统统没有。"而向西搜索的福田康夫跟着点了点头。

小松岱听到这里，失望地看了长野荣二一眼，一时不知该怎么办。撤兵？太不甘心；继续留守搜索？又没了目标。

就在进退两难之时，传来一阵急促的轰鸣声。

亮光闪过，一辆军用三轮车驶近。还没等车停稳，两名日军就从车上跳了下来，穿过人群直奔长野而来（日语）："报告长官，宪兵队一大队第三中队少佐山本友和有紧急情报向您汇报！"

"曹长三浦雄丸向您报到！"

两个日军给长野敬了个军礼，急促地说道。

突如其来的这俩人吸引了在场的所有官兵，眼光皆齐刷刷地投向了这一高一矮俩小子。

"说！"长野荣二一头雾水。

小个子日军急促地汇报（日语）："报告长官，我们巡逻队在天主教堂附近的一座别墅旁，发现了几个可疑身影……"

原来，日军巡逻队隐约发现了柳淑清等几个可疑身影后，因慑于水川鸠夫的身份，没敢对柳淑清动粗，更不敢擅自展开搜查。但从井边离开后，那小个子日军三浦越琢磨越不对，便先命令两名伪警对别墅进行监视，然后赶紧向中队长山本友和汇报。他们又紧急赶到了信号山下。

"殿下？殿下怎么会去那里？"小松岱问道。

三浦雄丸答道（日语）："殿下跟那家的主人应该是朋友，否则也不会在那喝酒。"

小松岱眯着眼点了一下头，又问（日语）："你来的时候，殿下的车还在那里吗？"

三浦点头，"是的长官。"

小松岱暗暗咬了咬牙，然后手一挥（日语）："迅速包围那栋别墅！"

旋即，大批日伪乘坐车辆跟着三浦呼啸的向天主教堂方向驰去。

而此时的柳先生家，水川鸠夫已经乘车离开。柳先生也和夫人睡下了。女儿柳淑清则回到一楼偷偷地忙活开了。她首先叮嘱李妈，自己的两个朋友要来，要她回屋别出来打扰，而后，又去找了几件男式衣裤放到地下室里。

做完这些，便把一楼客厅里的灯关了又打开，这是告诉躲在竹丛里的王松山，一切准备就绪。

王松山见楼下的灯光灭了又开，知道这是柳淑清给他的暗号，便带着王一民他们悄悄溜进了屋，柳淑清则返回了自己的卧室。

王一民三人还不知道这别墅的主人是谁，懵懵懂懂地抬着铁箱进了屋，匆匆穿过客厅，进入到地下室。他们没有想到的是，外面已经有大批日伪特务悄悄的把这栋别墅围了个水泄不通。

墙外马路上，小松岱和三浦雄丸等人手持电筒，蹲在井盖旁仔细查看。而长野荣二此时已返回宪兵队，因为他知道侦缉破案小松岱比他高明的多，所以也不想当木偶了。

井盖被轻轻移开，小松岱探头朝里面看了看，没有发现任何疑迹，又把光束移到了井沿，见沿口处沾着些许泥沙，紧接着又把目光移到了井边，一摊不大的水迹映入了他的眼帘。他探寻地看向三浦。

三浦雄丸低声道（日语）："长官，那个女人说她喝醉了，在这里吐过，仆人也打扫过。"

小松岱没吭声，朝身边的福田康夫摆了一下头，福田会意，拿着手电筒蹲在井边仔细地观察了一圈，周围地面上没有发现有污物，也没有刚刚被擦拭或打扫过的痕迹，抬头朝小松岱摇了摇头。

小松岱眯着眼抖了一下脸皮。谎言被揭穿，内情基本可以确定，运送黄金的中共人员就是从这里逃走的，而别墅里的那个富家小姐就是接应人。至于运黄金的人上来又躲到哪里去了，用脚趾头都能想出来，现在全城宵禁，到处都是自己的人，他们几个抬着 300 斤黄金，根本跑不了多远。面前的这座别墅，就是他们继地下通道后唯一的去处。

小松岱在心里笑了。笑的是狐狸再狡猾，也逃不过自己这个猎人的眼睛。他脸一沉，冲几个特工瓮声道（日语）："翻墙进入，彻底搜查。其他人员火力准备。"

性格粗蛮的三木武夫得令，几步走到墙边，仰头看了眼墙头，见上面栽满尖利的玻璃碎片，便戴上军用手套，一个窜跳攀上墙头，反身便没有了踪影。紧接着，大院的门从里面被打开，十几个特工和手持刺刀的日军蜂拥而入。小松岱随后跟进。而别墅四周的日伪警察也做好了随时战斗的准备。

第八章　秘密通道

别墅里，一楼的客厅灯火通明。

三木武夫带着几个特务猫着腰溜到窗边探头，见客厅里没人，三木便持枪推门，发现门在里面被锁住了。他"咣"地踹了一脚，用蹩脚的中国话喊道："开门，搜查！"

话刚落，柳淑清便穿着睡衣从室内的楼梯上匆匆地冲了下来："什么人？你们是怎么进来的？"

三木怒吼："大日本宪兵队，奉命搜查你们的住所。快开门！"

说完又朝门踢了一脚。

"宪兵队？半夜三更的你们来干什么？今天不是已经搜查过了吗！请你们马上离开！"柳淑清嘴上这么霸气，心里却紧张的要命。她很明白，日本人是冲着黄金来的。必须想方设法把他们阻挡在门外。

三木武夫见柳淑清不开门，便倒退两步冲上去一个大脚，楼门"咣当"一下被踹开。几个特务蜂拥冲进，持枪把柳淑清团团围住。

就在这时，楼上的柳先生也听到动静，穿着睡衣匆匆忙忙地奔了下来："这么晚了！你们要干什么？"

"奉命搜查，抓八路！"三木武夫蛮横地用中文回了一句，带着两个特工就要往楼上奔。

"站住！你们简直是太放肆了！"柳先生张着胳膊把三木等几个特务拦住，"你们带队的是谁，站出来！"

小松岱从门外进来，朝柳先生一点头："就是我，你要跟我交代什么吗？"

没等父亲开口，柳淑清用日语抢先道："先生，我们家今天上午就被你们搜查过了，你们的人还砸坏了我们家的古董，不但没有道歉，反而还强闯私宅，对于这种强盗行为，不是应该你们先跟我们有所交代吗？"

小松岱鄙夷地看着她（日语）："小姐，你说完了吗？大日本帝国的军令是不需要向你解释的。"

说完，小松岱一挥手（日语）："立即搜查！"几个特务推开父女两人就往楼上冲去。

"你们简直是太无法无天了！我现在就给水川殿下打电话！你们必须立刻停止！"柳先生见阻拦无效，怒吼着跟着几个特务向楼上奔去。

而柳淑清依旧站在原地不动，她是要防备面前的日军进入到地下室里。

小松岱顾不得阻拦柳先生给水川打电话，他要赶在水川到来之前迅速解决麻烦，到时人赃俱获，水川也保不了他们。

他朝几个日军一挥手（日语）："所有的房间，包括地下室，统统的搜查！"

柳淑清一怔，大吼一声（日语）："慢着！我要警告你们！"

这家人的身份毕竟跟其他中国人不同，小松岱也有所顾忌，他眯着眼走近了柳淑清，盯着他（日语）："怎么小姐，你还有什么要说的？"

柳淑清道（日语）："你们接二连三地强闯私宅，这件事情水川殿下已经知道了，如果你们不立刻从我家里离开，出现的一切后果自负！到时候，别说我没有警告过你们！"

小松岱早就考虑到水川的因素，否则早把这父女拿下了，何必跟他们这么磨叽。他脸皮一抖（日语）："殿下？你敢拿殿下来做挡箭牌？殿下能跟你们支那人交朋友吗？不要拿殿下来威胁我，否则别怪我对你不客气！"

他朝几个愣怔的日军一挥手（日语）："快快搜查！不许遗漏任何地方！"

"你们没有权力搜查，这是我们的私宅……"

柳淑清张着胳膊阻拦，几个日军野蛮地把她撞到了墙边，持枪向一楼其他房间和地下室冲去。

"你们给我站住……"柳淑清一把扯住一个日军，奋力把他拽了回来，那个日军恼羞成怒，一枪托把她击倒在地，匆匆进入了地下室。

这时，柳先生看到女儿被击倒，忙从楼上趔趄着赶下来扶起柳淑清，用颤抖的声音吼道："你们简直是太过分了！水川殿下马上就会过来！看你们怎么跟他交代！"

柳淑清又想扑上前去阻拦，小松岱一摆头，俩日军上前死死擒住了她。"放开我！你们放开我！"她一边挣扎一边喊叫着。

小松岱看着柳淑清如此阻拦，疑心愈发强烈。难道黄金就在地下室里？他想到这里，转头冲屋外一声喊："来人！"

七八个日伪警察应声而入。

"地下室的重点搜查！"小松岱由于过于激动，太阳穴上的青筋都暴了出来。

"是！"几个伪警持枪便向地下室入口奔去。

小松岱看了一眼拼命挣扎的柳淑清，冷哼了一声，大步向地下室走去。

"放开我的女儿！你们看好什么都可以拿去！不要伤害我的女儿……"柳夫人哭喊着从楼上跌跌撞撞地奔下来，和柳先生齐齐扑向了被两个日伪擒住的女儿。

小松岱一看不好，转头大吼一声："来人！"

几个日伪警察从屋外冲了进来，七手八脚地就把柳先生夫妻俩控制住。紧接着从一楼的房间里，李妈和几个佣人也被日本士兵拖拽进了客厅。李妈被吓得浑身哆嗦，嘴里念叨着："作孽啊，作孽啊……"

小松岱疾步就要向地下室走去。

"停手！"

一声标准的日语突然从身后响起，他没想到他最担心的事情这么快就来了。

小松岱立即屏住呼吸转过头，见客厅门口，一身材矮胖，蓄着仁丹胡，穿着和服的中年男子正怒眼盯着他。这人就是日本皇族水川鸠夫殿下。

小松岱"嗳嗳"大步走到水川面前，猛地一哈腰："殿下安好！"

擒着柳家三口的几个日伪警察则目瞪口呆地愣在那儿不知所措。

"殿下……"被反手擒住的柳先生冲着水川发出了愤怒的吼声。

"啪啪"两记清脆悦耳的耳光抽的小松岱眼冒金星。

"立刻放人！"水川因极度愤怒，脸部都变形了。

几个伪警这才猛然惊醒过来，立即撒开手中的柳家三口，齐齐后退了一步，鞠躬问好。

"殿下，您终于来了，快进屋里坐。"柳先生一边揉着胳膊一边迎了上去，招呼着水川坐到了沙发上。'救星'来了，他也镇定了。

"殿下，你可要主持公道啊！你看这家里，你看……唉！"柳夫人哽咽着指着杂乱的客厅抱怨到，"还有楼上，全被他们翻乱了！"

李妈则跑到柳淑清跟前，关心的问柳淑清有没有受伤。

水川看着这一幕，双眉紧皱，冲哈腰站在那儿的小松岱怒吼道（日语）："立即停止搜查！你的人先统统出去！"

小松岱心里苦逼的要死，但这是不可违抗的"圣旨"，冒死也必须服从。楼上楼下以及在地下室里搜查的日伪警察全部被清了出去。小松岱则仍站在原地，身体呈90度角一动不动。虽然行动被不期终止，但他绝不能放弃这次人赃俱获的大好机会，必须想办法做最后的一搏。

柳淑清已从愤怒惊悸中缓和过来，安抚着李妈，然后冷冷地看着小松岱。险情暂时解除，她紧揪着的心也放了下来，接下来，就看水川怎么处理这件事了。

"小松君……"水川坐在沙发上，双手按着两腿膝盖，看着茶几对面的小松岱，语气缓和了许多。

"殿下，我们……也是万不得已，我们正在全城搜查追捕大日本皇军被劫持的黄金，而今晚巡逻队发现有几个可疑人影潜入了这个别墅，所以……请殿下谅解。"小松岱说着再次把呈90度的身体又放的更低，头部都快碰到茶几上了。

柳淑清告诉父亲他们向水川解释的搜查理由，话还没说完，柳先生就火了，"胡扯！绝对是胡扯！"转头对水川，"殿下，我以人格担保，今天晚上您和安倍君离开后，再无任何人来到这里。您刚刚离开，我们就关门休息了。根本就没有人来过！"

一直没吭声的柳淑清突然问道："小松岱先生，你说你的部下看见有人进了我家，那请问，是殿下在这儿的时候进来的，还是殿下走以后进来的呢？"

小松岱知道柳淑清这话里暗藏陷阱。他若照实说，会把水川牵扯进来，不但会激怒于他，自己这次的后续行动也肯定会泡汤。

小松岱语气坚定地回答道："小姐，是殿下离开这里之后，巡逻队发现几个人影从马路上的地下排洪道里上来，并潜入了您的别墅。"

柳淑清心里暗骂，这老狐狸，真够狡猾的，她应声道："笑话，小松先生，在殿下面前你也敢撒谎？请把你们那支巡逻队的人叫进来，我和他们当着殿下的面对证，你说出他的名字，我出去请他。"她担心小松岱出去跟那几个日军串供。

小松岱一听急了，他不理会柳淑清，忙朝水川哈腰（日语）："殿下，我对天皇发誓，我们真的发现有可疑人员进入了这栋别墅。"

"好好，我看还是这样吧！"柳先生忽地站起，他忍不住了，不想让他们在这磨叽，为证明自己的清白，也为彻底打消水川和小松岱等人的疑虑，朗声道："我和殿下在这儿看着，让他们搜吧，若在我家里真能搜出他们所说的可疑人员，我甘愿接受任何惩罚，但是，他们如若搜不出来，必须向我和我的家人道歉，并全额赔偿给我们造成的一切损失！"

柳淑清没想到父亲突然说出这些话，现在想挽回也已经来不及了，她恨恨地一跺脚："爹……"

"淑清，你先不要说话了！"柳先生看来是真的火了，可这股怒火是冲着小松岱去的。

小松岱脸皮一抖抢先回道："好的柳先生，咱们说话算话。"然后看向坐在对面的水川鸠夫。

水川眯着眼默默点了一下头："就这样，你们行动吧。"

获得了水川的认可，小松岱激动地几乎要跳起来，他亲自带着几名得力的助手，直奔地下室而去。其他日军也小心翼翼地进入各个房间，仔细搜查起来。

柳先生坦然地坐回到沙发上，和水川聊起了刚才事情发生的经过。而柳淑清则在一旁紧张起来，她不能阻止这一"君子协定"，她表面上平静如常的拾起打落在地上的物品，内心却砰砰直跳，耳朵高度警觉着，不放过任何细小的响动，额头上也冒出了细汗。

地下室里，小松岱、福田康夫和三木武夫等五六个特工，一手持枪，一手握着手电筒在一寸一寸地搜索蛛丝马迹。

地下室面积不大，约有六十多平米，经过细致的装修。天花板、地面和四面墙壁全部用红松木板贴面，给人的感觉就好像进入了一个巨大的木柜里。这'木柜'四面堆满了各种名贵的杂物，有陈旧的红木家具，有成箱的威士忌和茅台陈酿以及大大小小的瓷器摆件。因惧怕水川鸠夫的威严，特工们不敢鲁莽，只好搜完一个地方，再把紧邻的杂物移过来，一点一点查探。小锤敲地板，手指震墙壁，既仔细又缜密。

几个人弓着身，小心翼翼地查了大半天，才进展了一半多，皆一无所获。小松岱连急躁带忐忑，汗珠子顺着脸颊直往下淌。他站起身从兜里掏出条手帕擦了擦汗，眼睛打量着立在左侧墙壁边的一个高大坚实的衣橱，朝两个特务摆了一下头，两个人上前把衣橱奋力慢慢移开。福田康夫上前对着木墙壁从上到下仔细地敲了个遍，没有听到有什么异样的空鼓声。又蹲下身子掀开垫着衣橱腿的一块地毯，猛然发现地毯下露出了一个用方板盖住的洞口。福田康夫打了个激灵，下意识地后退两步，四五只枪口齐齐地对准了这个二尺见方的地洞。

"你们搜完了没有？搜完了可以离开了吧！"

这突如其来的声音把几个神经高度紧张的特务吓得一哆嗦，转头看去，柳淑清沿着楼梯"噔噔"走了下来。特务们在地下室的时间越长，王松山他们暴露的危险程度就越大，柳淑清忍受不住这巨大的心理压力，进入了地下室，她要搅合一下小松岱等人的行动。

而老奸巨猾的小松岱是不会给她机会的。"小姐请留步，我们马上就好。"小松岱上前堵住了柳淑清，"请您先上楼，好吗小姐。"

他嘴上这么柔和，心里却恨得要死，等会人赃俱获，还叫你小姐，反身就是女共匪，天王老子也救不了你。

柳淑清瞄过小松岱的头顶见其身后几个特务弓着身背对着她，在左墙壁围成个半圈，暗叫不好，不能让他们再继续搜寻下去了（日语）："你们还想干什么？都检查完了还赖在这里，请马上离开！"

　　然后她一把抓住小松岱的胳膊就往楼上拖。小松岱一个反手捏住了她纤细白净的手腕厉声道（日语）："小姐，我们在执行任务，请你不要干扰。"

　　柳淑清手腕被捏的生痛，挣扎着喊道："放开我，放开我！"

　　她这是喊给上面水川听的。柳父和水川听到下面闹了起来，急忙赶了过来。

　　"你们这是干什么？快放开我女儿！"柳先生见女儿被欺，再也忍不了怒火了。

　　小松岱一见水川也下来了，忙松开柳淑清，哈腰道（日语）："殿下，我们刚刚发现地下室下面还有一个空间，而柳小姐阻挠不让我们查看。"

　　"殿下，下面是个小酒窖，除了酒坛子，什么也没有。"柳淑清遂用日语解释道。

　　柳先生看到他们围聚在洞口边，恍然大悟："噢，好，继续查！必须查个遍，今天若搜不出携带黄金的共党分子，他们必须给我一个交代，淑清，回来，别捣乱。"

　　"爹，他们这是在故意侮辱咱们。什么共产党国民党，我看他们纯粹是打着搜查共党的幌子，来探咱们的家底。"柳淑清转头又冲着小松岱，"我告诉你们，我们家的家底你们现在都探明白了，若以后我们家里被盗，或少了什么东西，你们就要负责！"

　　这话不但对水川，即使对小松岱来说也是一种侮辱。水川咧了咧嘴："柳小姐，你的怨气我理解，请再给他们几分钟，好吗？我们特高课的人也是纪律严明的。"

　　既然水川鸠夫说到这里，柳淑清也不好再继续阻止，气冲冲地擦过站在楼梯上的父亲和水川，径直上了一楼。

　　小松岱看着她离去的背影，暗暗舒了口气。搜查继续，随着几个身体的慢慢前移，几束灯光也照进了洞口的底部，此洞深约两米，四周空洞，这说明下面是一个密室。

　　小松岱激动得手都颤抖了，他朝三木一摆头，三木伏在洞沿上，握着枪探手在洞壁下朝四周划了两圈，里面没有半点反应。福田康夫忙从过道里抓过来一架木质短梯放进洞里，三木带枪拿着手电筒反身踩着梯子下到了洞底，缩着头地用手电在下面探照起来。

三木没出声，小松岱心里既沮丧又兴奋，也许'罪犯'正猫在墙角的某个地方装鸵鸟吧。紧接着福田康夫和另一个特务也相继下去。

本来小松岱对福田的行事缜密是绝对信任的，但毕竟这次搜索事关重大，他回头跟剩下的两名随从嘀咕了一句，也亲自爬下了短梯。

密室空间不大，十几个瓷质酒坛一溜摆在墙边，浓浓的霉味和酒香味交错地充溢了整个空间。灯光照射下，每个酒坛子全都蒙着厚布被黄泥巴严严地封死。三木上去伸手就要扒掉，被福田一把拉住，他凑近抱起一个酒坛，用力摇晃了几下，里面发出沉闷的液体碰撞声。小松岱皱了一下眉，示意几个特工挨个把酒坛搬起摇晃查验，皆是一种声音，显然，里面没有固体物质。

小松岱这下真有些懵了，又在地洞的墙壁及水泥地面仔细探查了一两遍，直到确认没有任何可疑漏洞之后，沮丧地返回上了地下室。又继续搜查剩余的空间。

同时，在一楼和二楼及院子里搜查的日伪都一无所获，这更让小松岱感到了巨大的压力。在搜完地下室最后一块空间后，小松岱几乎崩溃了。他踉踉跄跄地奔上一楼，朝着坐在客厅沙发上等待结果的水川和柳先生深鞠一躬："对不起殿下，对不起柳先生，我的情报有误，请处罚！"

到了这份上，柳先生也不想再说什么了。水川咬牙瞪眼地指指小松岱又指指身边的柳先生，对小松岱吐出了几个字："马上从这里滚出去！"

小松岱应声又深鞠一躬，转身大步冲出屋门，迎面碰上了在院子里听动静的三浦雄丸，颜面尽失的小松岱抬腿就是一脚。三浦知道没查到人，心早就虚了，一个趔趄摔倒在地，赶忙又爬起来立正鞠躬解释（日语）："长官，我是亲眼看到，河川、山谷、小泉君也都看到了……"

还没等他说完，小松岱又"啪啪"抽了他两个大嘴巴。抽身头也不回地大步出了院门。

日军特工灰溜溜地撤了。柳淑清一直悬着的心也终于放下了。可她也疑惑，王松山他们究竟藏在哪里了呢？

原来，秘密就在地下室的墙板上。左侧墙壁有一个一米八高，九十公分宽的活动墙垛，墙垛厚三十公分，材料是坚固的钢筋混凝土。外表加贴四公分厚的红木板。该暗道不是常用的翻转式，而是采用更隐秘的直线轨道式，外面人若要进去，需要用力把墙板推进去，跟邻边的墙壁错开。进去后，再把墙板推回原位，插住固定在两边的插销，皆是另一个洞天。因是直接推入式，没了翻转所必须预留的缝隙，所以从外面看，暗道门跟墙壁之间浑若一体，没有丝毫缝隙。而厚达三十公分的混凝土结构，也阻隔了外力冲击而产生的空洞效应，这也是松井等人敲击无数遍却得不到答案的谜底所在。

这栋别墅是柳家当初从德国商人汉斯·克里斯安·奥古特手里买下的。而奥古特就是现在享誉世界的"青岛啤酒"创始人。

此时，杜鼎铭和小泰山早已倚坐在密室的墙边进入梦乡，一天一夜没合眼，搁谁也扛不住这么折腾。当然，他们对刚才外面特务搜查的事情是浑然不知的。暗道长度约十多米，空气足够四个人在里面用几天的。

王一民和三哥王松山却没敢合眼，白天在山上出现的不明武装事件，令他们百思不得其解。

"他们是直接冲着黄金去的吗？"黑暗里，王松山低语道。"流亡政府里的那些人，都是见钱不要命的主，这么大的动作，他们不可能不参与。"王松山皱着眉分析道。

王一民摇了摇头："我看那些人不像是流亡政府里的，他们没有那么大的胆子。"

王松山向着身边的王一民："那……你的意思是军统的人？"

王一民默默地点了点头，不吭声了。作为一个地下工作者，他始终保持着谨慎警惕的职业习惯。每天闲暇的时间，他都要把当天所有发生的事情和细节在脑子里反复过滤几遍，理清头绪，观察周边事物的细微变化，随时审查自己的语言举止是否得当。而对于今天信号山上突然出现不明武装这种不可思议的事，更要赶紧理清思路，以便实施下一步的应对策略。

从不明武装上山直奔"主题"的举动来看，他们显然是此前已经获得消息或有所察觉了。按照这个逻辑推下去，那问题就来了：他们是怎么知道黄金藏在山上的？难道是有人走漏了风声？黄金埋藏地点因为是临时决定的，除了他和杜鼎铭、小泰山，其他任何人都不会知晓。难道是他两个人出了什么问题？

王一民轻轻一皱眉，继续分析着。假设他俩其中有一个是军统特务，那应该是谁？谁最有机会和时间把情报透露出去？王一民回想起昨天晚上运送黄金的经过：车子在信号山下停住，或许，他和杜鼎铭抬黄金箱上山时，小泰山开着车去跟军统汇报了此消息，然后再烧车，返回租住地？这样推来，小泰山单独活动的时间最多，嫌疑也最大。当然，这只是推理。另外，杜鼎铭下山后，绕道跟军统取得了联系，告诉他们藏金的地点，然后才返回出租屋……

王一民想到这儿，不自觉地苦笑着摇了摇头，他俩都是自己知根知底的生死兄弟，怎么会呢？

这两种假设排除后，只能有一种解释了，那就是他们把车子开到山下时，被居住在不远处的军统特务或线人无意中发现。至于不明武装直扑藏金的墓地，也许是他们觉得山上再无其他更好的隐藏地点了……

王一民轻叹一口气，用手揉了揉已经麻木的脑袋，转头问向身旁一动不动的的三哥："哥，在想什么呢？"

王松山蹲靠在墙壁上，双手抱腿，下巴支在膝盖上，心事重重地吐出了四个字："娘想你了。"

这句话已经憋在他肚子里好长时间了。他年前接到组织任务，路过招远，顺便回了趟家，见娘病了。母亲最挂念的就是他们兄弟姊妹的安危，他知道娘很苦，也知道兄妹们的险恶处境，但总是报喜不报忧。回青岛后，几次与四弟接触见面，也都是有任务在身。怕他分心，也就没有过多地透露家里的事情。现在难得有稍许空闲，便吐出了这四个埋在心里许久的字。

王松山虽然极力把话说的很轻很淡，但还是触动了王一民心底那根最脆弱的神经。娘？王一民心头猛地一颤，脑海里闪现出娘瘦弱的身影，泪水险些夺眶而出。娘，一个年近六旬的裹脚老太太，为了她的八个儿女，操碎了心。是她，把自己的儿女一个个抚养大，又把他们一个个送上抗日的战场。娘在他们面前，从来没流过一次眼泪，有的只是暖暖的笑容和发自内心的自豪。他清晰地记得，当他要离开招远老家远赴危险的青岛时，娘一声没吭，只是盘着腿坐在炕上，一针一针地为他缝补了一宿的衣裤。

当他匆匆背着行囊趁天不亮出发，回头瞥了一眼生他养他的这片土地时，猛然发现，村口的那棵大柳树下，一个熟悉瘦弱的身影静静地立在了那儿，好似一尊雕像，一动不动。那是娘，他身子一颤，对远处娘的身影双膝扑通跪地："娘啊，儿不孝，让您受苦了，等打完鬼子，俺再回来孝敬您养您老！"

月光朦胧下，娘仍一动不动，花白的脑袋高高仰起，似一面战海中的旗帜，深深镌刻在他的脑海里。他知道，娘无时不刻都在牵挂着自己的儿女，用坚忍的意志，强压住心中巨大的担忧和悲苦，为的就是有朝一日，能让这片古老丰茂的大地重归宁静。

"没有强的国，哪有富的家啊。"王一民耳畔又响起娘的这句话。他强忍彻肺之痛，埋头咬牙垂泪。

暗道里压抑无声，而外面的柳淑清则急了。因为她发现，虽然日伪警察都撤走了，但透过二楼的窗户，远处的树后还隐约有几个身影不时晃动着。显然，小松岱表面上撤军，内心还始终怀有疑虑和不甘。王松山是我青岛地下党承上启下的轴心人员，没了他这一关键链条，上面的指示下不来，下面的情报上不去，整个青岛地下党组织就将陷入瘫痪状态，这后果不堪设想。

可是，现在他们人在哪里呢？柳淑清万分着急，不知该怎么办才好，只好硬着头皮跟父亲说出了秘密。

柳先生在惊愕之余，告诉女儿："你安排他们一进院子，李妈就来跟我说了，我知道他们肯定不是些一般人物。我就让李妈时刻注意着屋外的情况，一旦有人进来，就赶紧安排他们躲进密室。为了保咱家上下老小的安全，这次若不是万不得已，我也不会对你说出这个密室的。哪像你个傻丫头，竟把祸事往家里带。"

柳淑清一听大喜，冲着柳先生："原来咱家还有密室啊，这次多亏了父亲想得周到，不然真就出大事了。"

柳先生："你啊，做好水川殿下的翻译工作就好，别整天瞎凑热闹，乱闯祸，现在只有想办法把困在家里的那几个人和货物安全转移出去，才是真的安全了啊！”

柳淑清着急地连连点头：“对对对，可怎么才能避开特务的眼线呢？让他们男扮女装，单个出去？或者打扮成送货的伙计结伴而出？但那个松井既然对别墅起了疑心，还在监控我们，那进出别墅的所有人和物品，都会被半道拦截检查，还是会被他们发现的，怎么办啊？父亲。”

柳先生仔细斟酌之后，告诉了女儿一个绝密信息。原来，地下室暗道不只现在看见的十多米长，而是蜿蜒几百米，直达天主教堂后面的一条暗渠。暗道连接暗渠的出口用一块石头遮蔽，跟整个教堂工程用的石材毫无二致，不知情的人是绝对发现不了的。这是当初德国人奥古特为躲避义和团的追杀而设计挖掘的。柳先生买下这座别墅后，就把这条暗道用砖石堵死了。目前仅留下的这段十多米的空间，也是当初为预防万一而暂时避难保命用的。

柳淑清听后惊喜异常，忙来到地下室，用木槌按特定的暗号“前三后二”的方式使劲在那面暗墙上敲了几分钟。里面的人隐约听到有敲击声，瞬间警觉的弹起身，盯着那道暗门。王松山轻轻地靠近并用耳朵贴在暗门上，仔细听认，知道是柳淑清的开门暗号，便先出去打探消息。柳淑清当即就告诉了他这个秘密，两人决定，人先出去，货物暂时藏在暗道里，等风声平稳之后再伺机来取。

而后，王松山带着柳淑清准备的工具返回暗道，对王一民说了这个计划，王一民听后心里有些踌躇，问道：“三哥，这家人可不可靠？”王松山笑着拍拍王一民的肩膀：“放心！”

当天夜里，四人就把堵在暗道上的那些砖头刨开，通过暗道，顺利地返回了各自的住处。

王一民心里并没有放松警惕，因为他不了解这家人的背景。虽然三哥说没有问题，但抓紧把黄金运送出去他才最放心。

王一民、杜鼎铭和小泰山三人都住在劈柴院周边的小巷子里。经历了一天两夜的惊涛骇浪，现在，人安全了，黄金也藏起来了，生活看似又重新步入了正常的轨迹。虽然日军还在疯狂搜查中，王一民等人的住处也被日伪特务翻了个底朝天，但这些在王一民眼里都只是小儿科。

第九章　军统突现

接连三天没有任何消息。王一民身心淡定了许多，按以往的经验，在这种时候，没有消息就是最大的好消息。

夺金第四天，也就是1941年4月25号的中午，王一民外出采购工具，为掩饰自己的身份，也以备不时之需。

他从团岛西路步行往住处走，路上在被盘查了两次之后，离劈柴院租住的地方不远时，王一民心里却越来越忐忑。因为，身后不远处，一个戴礼帽，着长褂的男子始终不离不弃地悄悄跟着他。他快，礼帽男也快，他慢，礼帽男也慢，就像他的影子，亦步亦趋。

此人是谁？日本特务？流亡政府里的混混？还是……绝对不能带着尾巴回家。王一民想到这里，转头看见前面路口处有一家饭馆，遂大步向那里走去。

饭馆里人不多，靠窗口的一中年男子在低头看报纸。王一民刚进门，中年男子抬头看了他一眼，又继续看报纸。这个人应该不是单纯的食客。

王一民找了个靠墙的桌子坐下，那礼帽男子就走了进来，两人四目相对，面生的很。

"先生，您吃点什么？"饭馆伙计头戴瓜皮帽，肩搭一根油渍麻花的毛巾，满脸堆笑地走到了王一民桌前。

王一民刚要开口，那礼帽男却抢声道："掌柜的，有包间吗，我们去包间喝两杯。"

我们？王一民转头向门口看去，却没见有人进来。倒是那看报的男子下意识地抬头扫了他俩一眼，顺手从兜里摸出了一根烟，凑手点燃。

"好好，先生，有，二楼请！"伙计热情地伸出胳膊，做了个请的姿势。

"王老弟，走，二楼吃去！"礼帽男用不容置疑的口吻，冲王一民说道。

他居然知道我姓王？到底是什么来头？王一民虽然疑惑，但此时不能有半点回避或犹豫，以免招来不必要的怀疑和目光。他心里想，既然躲不开，那不如就会会他。

王一民遂痛快地："好啊，又让兄弟破费了啊，先请。"

王一民装作老熟人的样子，跟着礼帽男上了二楼。两个人在房间里坐定，礼帽男点了几个菜，店小二就忙活去了。房间里只剩下王一民和这个陌生的男子。

王一民不动声色地看着坐在对面的礼帽男不说话，他在等对方先开口。因为这种莫名的情况下，沉默是最好的选择。

果然，礼帽男在点了一支烟后，说话了："王先生，你不想知道我是什么身份，请你来干什么的吗？"

王一民淡淡地一笑："对我来说，您是什么身份并不重要，我只是个出苦力的，垒墙铺地砖样样行，重要的是工钱给多少。"

"哈哈……"礼帽男子夸张地笑了起来。

突然盯着他，"王一山！"叫了一声。

王一民一愣，但表情依旧，他不知对方是故意叫错还是真不知道自己的名字。

礼帽男见他不动声色，随即表情严肃地："兄弟，别装了，咱们是同行，你明白了吧。"

"是吗？"王一民惊讶地打量着他，慢慢摇了摇头，"您别拿我逗乐了，瞧您那细皮嫩肉的手，是干苦力的手吗？呵呵。咱俩可不像是同行啊大哥。"王一民话里有话，他确定这个人不是共产党，而且来者不善。

礼帽男不想无谓地跟他磨下去，盯着他点了一下头，伸出手做了个八字形状："不愧是这个！好吧，咱兄弟实话实说，你们那批货，我们也是出过力的，俗话说见面分一半，怎么样？"

王一民终于明白了，他是来敲竹杠的。但，他究竟是流亡政府里的混混，还是军统特务？这点暂时还不清楚，还得装下去。王一民眨着眼奇怪地问："老兄，你怎么越说我越听不懂了？"

礼帽男眯着眼看着王一民，低声道："几天前，市府里那个汉奸，你们连人带车，干的漂亮。"

王一民刚要再跟他打太极，礼帽男紧接道："不过，也有我们的功劳，你明白了吧？"

五天前，王一民等劫持并除掉了伪青岛市府政工科长庞光祖。给他们透露其行踪的正是"流亡政府"里一个做生意的小贩。难道礼帽男和他们是一伙的？

不等王一民开口，礼帽男又道："那个给你们透露消息的，是我们的人！现在明白了吧。"

军统！王一民立刻意识到了事情的严重性。因为，能在白色恐怖下的青岛潜伏下来的中国地下党人，都绝不是乏乏之辈，不论是共产党还是国民党。这个，王一民早有耳闻。

1940 年 1 月，汪精卫、王克敏、梁鸿志三大汉奸先后来青，准备在青岛龙山路迎宾馆聚会密谈卖国事宜。为保障三大汉奸巨头的人身安全，伪青岛警察局长傅鑫亲自坐镇指挥，调动伪警倾巢出动，配合日本军警宪特，严密布防。龙山路迎宾馆一带三步一岗五步一哨，如临大敌。

国民党军统总部闻讯后，急令潜伏在青岛的军统华北区青岛站站长傅胜兰，希望不计一切代价除掉汪精卫。傅胜兰侦知汪精卫一伙会谈的地点，便选择有利地形，布置火力，准备聚歼群奸。但因军统华北区副区长王天木叛变，刺汪行动失败。参与刺杀行动的十几名军统人员与前来围捕的日军宪特展开了生死血拼，战死五人，其余全部被俘，除女特工丁美珍忍受屈辱，以身换取傅胜兰保释外，其他被捕人员皆壮烈殉国。

此后，军统在青岛的活动进入低潮期，行动更加隐秘谨慎。但通过几天前"信号山诡异事件"和今天礼帽男的突然显身，说明现在军统组织在青岛已恢复了元气。国民党军统参与进来，事情就变得更加复杂险恶了。王一民看着他，眼里露出怪异的表情："老兄，我真的不知道你在说什么，越听越糊涂。"

礼帽男朝他微微一点头："兄弟，实话跟你说，我们的人无处不在，你们这几天的情况其实我们早就已经全部掌握。雷雨之夜，你们在山上没发现远处有人吧，在别墅外也只有日伪警察吧，包括昨天在天主教堂下的暗渠里……"

话刚到这儿，房门突然被敲响，礼帽男立刻打住话头，门口，店伙计端着酒菜和一小坛酒走了进来。

"先生，您的酒菜来了。"店伙计满脸堆笑着把木盘放到桌上，双手麻利地摆着酒菜。

礼帽男抄起筷子，朝王一民一指："兄弟，来，先吃点垫垫肚子，忙了一上午，早饿了吧。"

他说着夹起菜就往嘴里塞。王一民点了下头，也动筷吃了起来，但内心却愈发疑惑，他不明白，这几天的所有动向，军统是怎么知道的？暗渠里发生了什么？难道是军统……

店伙计带门出了房间，两人又拿着筷子不动了，眼光相对着，气氛凝固起来。

"是这么回事，那座别墅的内部设计构造，我们早已掌握，所以……你明白的。"礼帽男盯着王一民，微笑道。

这么说，军统获悉黄金藏匿之处，派人去抢夺，但从他的话可以判定，他们还是没有得手，我方又把黄金转移了。王一民想到这里，暗暗松了口气。当然，他不相信礼帽男说的"无处不在"的鬼话，但这里面肯定隐藏着惊人的秘密。或许，日伪警察里就有他们军统的人，否则，根本无法解释这一连串不可思议的怪事。

王一民该反击了，他奇怪地看着礼帽男："老兄，您这是在讲故事吗？首先，我不知您说的是什么，其次，我也不叫王一山。您这一顿饭，请错人了，抱歉！"

王一民说完，弯腰抓起工具袋就要往外走。楼下突然传来一阵嘈杂声。应该是日伪警察在例行搜查了。

王一民转身发现礼帽男眼里闪过一丝不安，遂返回座位，抄起筷子就夹菜。突然，礼帽男弯腰从脚踝处摸出一把短枪，起身就要往窗外扔，王一民一个探身抓过，不容礼帽男反应，就把短枪放进一盆汤里，几筷子掩好。这一连串动作让礼帽男目瞪口呆。杂乱的脚步声临近，王一民坐稳，仰头灌下一杯酒，拿起筷子欲夹菜。

房门"咣"地一声被踹开。

"举起手来！"四五个伪警持枪闯了进来。

王一民和礼帽男转头惊讶地看着他们，乖乖地举起了胳膊。

"面朝墙站好。"

一伪警小头目手枪一晃，两人起身站到了墙壁前，四五只枪口顶住了他们俩的后背。

"干什么的？"小头目又问道。

礼帽男答："老总，前几天下雨，我们家院墙塌了，找这伙计忙活了一上午，中午顺便请他吃个饭。苦力，不容易。"

小头目打量了他们一眼："良民证拿出来看看。"

两人忙从兜里摸出证件，小头目拿过扫了一眼，顺手撇在桌子上，朝两个伪警一摆头，俩伪警上前就开始了搜身。从头摸到脚，除了礼帽男兜里的几块大洋，再没查到其他什么东西。

"你俩好好听着，现在满城抓捕中共地下党，若发现有可疑对象，立马向我们汇报，皇军大大有赏，知道了吗？"

小头目说着，用大拇指按住手里的两块大洋，剩余的几块"咣啷"丢在桌子上，"走！"

小头目迅速把手里的两块大洋揣进了兜里。转身向门外走去。伪警离开，两人松了口气。礼帽男眼光看向了藏枪的汤盆。

"路上有狗。"王一民自言自语道。

礼帽男感激地点了一下头："兄弟，多谢，我姓张，张振环。"

王一民一边拿起工具袋，一边淡淡地道："只有正义的事业才能取得成功。"

礼帽男被王一民的这一句话说的一愣："兄弟，后会有期，保重！"

王一民目光坚定的看着他："彼此！"

张振环从汤里拿出手枪往身上擦了两下掖进脚踝里，冲王一民拱了一下手，大步迈出了房间。王一民转身望了眼窗外，轻叹口气，心情沉重地背起工具袋，转身向外走去。

他不知道哪个环节出了纰漏。如果说信号山之夜是被国民党军统无意中窥见，那就印证了自己的推理没有错。但那别墅暗道也被掌握，这就让人匪夷所思了。礼帽男跟他见面恐怕不只是炫耀和讹诈那么简单，更深的目的应该是在为军统对我党的行动了如指掌做的一种诠释。但他们为什么要这么做？难道组织里有国民党的内奸？那个内奸会是谁？如果按这条思路分析下去，只有别墅的主人才是最大的嫌疑对象。王一民担心起三哥王松山和那批黄金的安危。这些，应尽快跟组织汇报上去。

军统特务张振环莫名其妙地对王一民抛出了一连串看似真相的解释，反而使王一民更加满腹狐疑。也许，王一民的疑虑是对的。因为别墅的主人跟日本皇族关系甚好，显然这家人的来头不小，那晚为了黄金而保护了我们，就更说得通了，但还是缺少证据，只能猜测和怀疑。

因父亲与水川的特殊关系，她也因此成为水川家中的座上客，当了他的中英文老师兼翻译。她的经历和身份是复杂的，这一点，连王松山都心存顾虑。所以不到万不得已，也不会让她参与其中。

那晚的别墅惊魂及水川的及时出手，令柳家感激不尽。就在王一民被军统特务张振环在饭馆里'邀请'吃饭的当口，柳淑清来到了水川府上。

水川鸠夫的别墅坐落在青岛著名的风景区八大关之一的嘉峪关路附近。这里林木葱郁，曲径幽深，自古就是达官贵人栖息的圣地。

柳淑清因为是这里的熟客，所以仆人安倍晋太郎并没有打扰正在琴房弹钢琴的主人，柳淑清顺着优美的琴声漫步进了琴房，站在门口静静地看着已经完全沉浸在音乐中的水川宽厚的背影。眼光如水，清澈而又动人。

琴房宽大而又豪华，乳黄色的软包顶棚，华丽的水晶吊灯，淡雅的壁纸和淡花色的地毯浑然一体，窗户因遮蔽耀眼的阳光而被一层白色纱帘遮住。一架巨大的钢琴就摆在靠窗的位置，一色的红木家具，一尘不染的酒柜书橱，无一不透视着主人高贵的身份。

水川鸠夫好似感觉到了背后的这双眼睛，琴声戛然而止，目光茫然地盯着窗外，淡淡地道："柳小姐。"

声音柔和又略带忧伤。

柳淑清抬手轻拍了几下："殿下，您家乡的樱花在这个季节已经盛开了吧。"

水川闭眼仰头轻轻叹了口气，慢慢转过身来，看着这个美丽的姑娘，在和柳淑清单独在一起的时候，他喜欢和她说中文："繁花似雪，满目飘白，大日本帝国，是樱花的故乡，你若有机会，一定要去我的家乡看看，我会带你登上美丽的富士山，去眺望我们壮丽的河川美景。"

水川这话已经说了不是一次两次了，柳淑清也从中读出了其中的意味，她淡淡地笑道："好的殿下，感谢您的盛情邀请，等有机会我一定会去的。"

"是吗？"水川眼里闪出一丝光亮，看着她，"柳小姐，来，请抚琴一曲，我高歌伴唱。一解我的乡愁之苦。"

"好啊。"柳淑清轻盈地上前，坐到了琴前，芊芊玉指在琴键上轻轻优雅地弹奏，旋即流淌出了一阵动人的乐律。

水川站在琴边，随着她的音乐节奏，深情地唱起了日本歌曲《樱花》"桜ですね、桜、晩春三月晴れた空の下、云ひとつも多くありますを通じて(通って)だ……（樱花啊，樱花啊，暮春三月晴空下，万里无云多明净……）"

水川嗓音低沉浑厚，极具穿透力。琴声、歌声，浑若天籁，久久回荡。

身为日本皇族，38 岁的水川内心是孤独寂寞的，他儒雅中庸的性格与堂兄——日军中将水川伊夫那种狂热的军国主义思想格格不入，也因此，在水川伊夫被国民党傅作义部队打死后，他并没发表任何追悼言论，内心反而认为他的哥哥是咎由自取。他完全把自己置身于事外，埋头苦攻中国博大精深的古文化，把这当做是毕生的追求。此时，年轻漂亮又才华横溢的柳淑清的出现，犹如一个绚丽的五彩石，在他孤独寂寞，平静如水的心田里激起了一股莫名的涟漪。涟漪荡漾，温柔如梦，既幸福甜蜜，又苦涩无奈，这种感觉，是他从来没有过的。他不敢向她吐露自己内心的感受，怕她象受惊的兔子从他视野里逃走。只有珍惜跟她在一起的每一分钟，默默享受着她所带来的曼妙。

而柳淑清这次来到水川府上，并不单纯是来弹琴和帮他翻译古文的，她要说服水川，跟她心甘情愿的走一遭，帮她完成一个极其重大的秘密任务。当然，这个秘密任务，只有她自己知道，水川只不过是个遮人耳目的保护伞罢了。

第十章　绝密任务

王一民跟那个军统特务分手后，预感事情极为不妙。遂决定尽快跟上级组织取得联系，把情报汇报上去。

当天下午，他一个人溜达着来到小鱼山半坡的树林里，走到一颗老槐树边假装系鞋带，发现了树干的小洞里多了一支筷子，趁着起身的瞬间，王一民伸手从洞里拿出那根筷子，转身便往回走，边把玩似的折断筷子，扔向了路边的草丛。

我地下党组织为了在敌人的眼皮底下保持政令畅通，在青岛市区内布设了几处接头地点。王一民跟组织接头，就是通过这种暗号传达的。那根筷子的意思，就是命令王一民尽快与上级负责人取得联系。其实，看似普通的筷子上也有密码，就是末端刻有两道极不明显的刻痕，肉眼很难发觉，需用手摸才能感觉出密码的对否，这也是组织为防止敌人捣鬼而特定的"密码"。

王一民意识到又一次重大的行动即将要开始了。

入夜，他着一件长衫，头戴礼帽，手里提着一个小包裹。刚从小巷里出来，就迎面碰上了几个巡逻的伪警，几条枪挡住了他的去路。

"干啥的？"

一胖伪警手持短枪，气势汹汹的问。

对于这种场面，王一民经历多了，他镇定的回答："去湖南路那边串个门。"

"串门？"

胖伪警疑惑地看了一眼他手里的包裹，朝另一伪警一摆头："搜身！"

王一民任由他们在自己身上忙活着："老总，我就住在这里，是良民，你看，这还有良民证……"

王一民说着刚要摸兜，胖伪警警惕的把枪指到了他眼前："老实站着！别动！"

然后，他手里的包裹被伪警一把夺了过去，扯开一看，是一包桃酥。

另两个伪警把王一民从头到脚的摸了一遍，没发现有什么可疑。胖伪警似乎并不甘心，斜着眼看了看同伙手里拿着的那包桃酥："看看里面藏没藏金条？"

"这是我刚给我亲戚买的礼物……"

王一民刚要阻止，一伪警就把枪指向了他的脑门："别动！"。那伪警掰开一个，里面什么也没有，又想接着掰，胖伪警不耐烦地："你他妈磨叽个啥！"一把把包裹摔在地上，用脚用力捻了几下，桃酥成面，没发现有可疑物。

胖伪警遂抬头瞪着眼冲王一民："9点宵禁，你小子好好记着，一过9点，你他妈的还敢在街上溜达，老子一枪嘣了你，明白吗？"

王一民强压住内心的怒火："好，我记着。"

胖伪警朝地上吐了一口唾沫，带着几个伪警大摇大摆的向前走去。王一民站在原地看着他们嚣张的背影，轻叹了一声沿街走去。

自从来到青岛以后，他早已习惯乔装成各种模样，与各路人马周旋，身处敌人心脏，唯有能屈能伸才是好汉。

王一民穿过一条条小巷，走了近半小时，来到湖南路。这条路45号的"龙康客栈"就是他和组织的秘密接头地点。

其时，海风习习，灯光昏暗。由于日军的全城戒严，街上行人稀少，偶尔有日军警车鸣着刺耳的警笛一路呼啸而过。

王一民不紧不慢地向龙康客栈走去。路边，一胸前挂着木盒的烟贩见有人走来，忙上前推销："先生，买烟吗，正宗的德国老刀、纯香哈德门，您抽什么牌子的？"

王一民刚要摆手拒绝，突然发现一队巡逻的日军从前面大步"咔咔"走来。

他遂停下，低头看了一眼，道："来一盒老刀。"

"好嘞！"

小贩响亮应着，低头拿了盒烟递给王一民，接过钱，又走向后面的路人。日军巡逻队迈着整齐的步伐，咔咔走过。

王一民抽出一根烟，转身用火柴点燃，他深吸一口，后吐出长长的一道烟雾，随着烟雾升腾，他扫了下四周，见没有人跟踪，便大步向前面的龙康客栈走去。

龙康客栈，是中共党组织设在青岛的一处秘密联络点，每次有重要指示传达，都会通过在小渔山上那颗槐树洞里放一根筷子来通知。客栈不大，二层小楼，门旁挂着"青岛龙康客栈"的门匾。客栈一层只有一间门面，二层才住客，六七个房间。不过这几天日军戒严，旅客很少。

掌柜的在柜台后面低着头看报纸。王一民推门进来，掌柜的带着圆边眼睛，听见动静，抬起头。四目相对，彼此都不熟悉。王一民一愣，怎么回事？换人了？

掌柜的眨着眼问道："先生，住店吗？"

王一民不置可否，警惕地问："这里……李老板呢？"

掌柜的脸上瞬间闪过一丝疑惑："哦，他老婆得了急病，陪她去医院了。你找他有什么事？"

王一民应声回道，脑子疾速思索：难道这里出问题了？退身而出还是直接上楼按计划接头？不行，在没摸清楚情况之前，不能就这么离开。

掌柜的见他似乎在犹豫，又问："先生，你是住店还是找人？"

王一民随口答道："我住店，以前来过几次，所以认识李老板。"

掌柜的："噢，好，先拿良民证我登记一下。"

王一民："稍等，我先看看有没有合适的房间，看好了就下来登记。"

王一民说着，不容掌柜的反应，抬步向楼梯走去。他找这个借口，一是要打探虚实，若该店和组织真遭到了变故，自己也有托词的理由，二是绝不能在这里留下住店的记录。

掌柜的下意识的张胳膊阻拦："先生，店里有规矩，你，不能……"

不等掌柜的从柜台里跑出来，王一民已疾步上了楼梯。掌柜的也小跑跟上去："先生，还有两间空房，我带你看。"

说话的工夫，两人一前一后的上了二楼。王一民见脱不开身，就大声说道："只剩两间空房了？不对吧，你怕我住不起好房间是不是，你放心，我一分钱都不会少你的。"

"不是钱的事，就剩两间空房了，店里有规矩。"掌柜的急了，伸手一把扯住王一民的胳膊："我先带您下去登记吧……"

掌柜的刚要拉扯王一民，走廊尽头的房间里出来了一个身穿睡衣的青年。王一民惊喜地："三……胖子？！"掌柜的歪头一看。

这人就是王一民要找的三哥王松山。王一民一激动，脱口而出个"三"但又马上加了个"胖子"来掩饰。在没弄清楚掌柜的身份之前，他必需倍加谨慎，或许隔墙有耳呢。

"是你呀猴子，我还以为是警察又来查房了呢，来来，快进来坐。"

王松山是在房间里听到了四弟的声音，才出来的。王一民大声跟掌柜的说话也正是这个目的。兄弟俩寒暄着进了屋，门随即被关上。掌柜的杵在走廊上呆立了一会，悻悻地下了楼。

哥俩一进房间，表情立即严肃起来。两人走到床边坐下，王一民急切的小声问道："三哥，怎么换人了？吓我一跳。"

王松山摇摇头："李老板家里有急事，临时拉来他表弟过来照应。"

"此人可靠吗？"王一民朝门口瞥了一眼。

"李老板找的人，应该没问题。"

王一民点了点头，刚要问黄金的事，王松山就道："那批货还没运出去，鬼子查的太严。"

"不只日本人查的严，军统也盯上咱了。"他接着说出了自己和军统特务张振环见面的遭遇以及此前一连串的意外。

王松山默默点了一下头："我们也怀疑这里面有问题，但反复摸排，就是找不出问题出在哪个环节上。所以要尽快把黄金运出去，不能给对方空出时间。"

王一民想了想："要不搞辆军车，我带队假扮宪兵队突出去？"

王松山轻叹了口气："这个办法组织也想过，但根据实地查探，日军卡哨非常严密，连他们自己人都不放过。"

王松山："不过……今天有一艘去天津的英国邮轮停靠了青岛港，经过组织研究，准备通过那艘邮轮把货运出去。"

王一民眼睛一亮："英国邮轮？"

王松山："对，叫"玛利亚号"。所以，咱们现在就得赶紧制定出具体的行动计划，初定是这样……"王松山凑近了王一民，把行动计划和盘托出。

自那晚黄金得手后，按计划是准备用小船从海路送到青岛对岸的黄岛，再通过陆路运往天津，但没想到日军行动如此迅速，当晚就把整个青岛周边的海域封锁了，黄金运不出去，地下党组织和山东八路军总部非常焦急，更担心夜长梦多，出现意外。所以紧急研判了十几种通行的办法，但都认为没有十足的把握。要知道，夺金行动付出了青岛地下党的大半代价，牺牲的同志都是经过多年的考验且能够独挡一面的绝对精英，若黄金再失手，损失会更加惨重。

所以组织反复研究，决定从外围入手，借助于外部势力把黄金运送出去。恰巧获悉英国邮轮"玛利亚号"从香港起航，途径上海、青岛开往天津，而且，邮轮上有一名苏共党员，常年工作在这条航线，略懂中文和日语。这可是千载难逢的机会。所以，才紧急通知王一民，部署制定秘运计划。具体行动计划是：把黄金装入啤酒桶，先秘密运上邮轮，船上的苏共伊万诺夫接应。黄金若顺利上船后，再由王一民扮成富商公子，带领杜鼎铭和小泰山上船护送。另外，为了防止突发事件，上级组织又让王松山秘密通知了在青岛的另一名我地下党员柳淑清，要她随船掩护。

"柳淑清？"王一民听到这个名字，一下子激动了："她！也在青岛？"

王一民和柳淑清曾被两家父辈指腹为婚，青梅竹马，后来，在不同的学校读书。抗日战争爆发后，两家发生了很大的变故，有十多年没音讯了。

王松山看着王一民激动的表情，低声道："其实你们俩前几天见过。"

王一民立即恍然大悟，"原来那晚在别墅的就是淑清啊！大晚上的看不清，只知道是个女的，就没在意。"这时，他突然想起了别墅暗道被泄密的事。

王松山见四弟眼神闪过一丝变化，低声道："一民，柳淑清也是咱们的人，她比你早一年来青岛，因为种种原因，所以就没告诉你，也是觉得还没到时候。"

王一民点头，自己人也要单线联系，严守秘密是铁的纪律。他理解。

"这次的行动很危险，她个女孩子上船能干什么？我觉得队伍越精干越好。"王一民有些顾虑。

王松山看着四弟说这话，不由的笑了："一民，你不了解现在的淑清，她可是个才女啊，上过燕京大学，会说四国语言，而且，更重要的是她现在的身份是日本皇族水川鸠夫的中英文翻译。这样的身份，会为我们的这次行动增加一层保护网。这也是我们选中她的主要目的。"

柳淑清，1919 年出生，自小聪慧好学，15 岁考入北平燕京大学外国语学院，主攻俄、英、日、德四国语言。在校期间接受了进步思想，17 岁即加入了中国共产党。1937 年抗战爆发，我北平地下党组织遭到破坏，她返回山东招远老家，当年，又来到青岛帮助父亲打理生意上的事情，并重新与我党组织取得联系。

"那…她在这次行动中……"王一民欲言又止。

王松山接着说："淑清已经说动了那个水川，两个人也乘'玛利亚号'邮轮去天津，参观一个文物汇展……"

就在他们两个悄悄密谈的时候，一个身影也蹑手蹑脚地来到了他们房间门口。这人就是刚才那个临时掌柜。他伏在门上听了半天，因为里面声音太小，什么也没有听到。他轻轻皱了一下眉，两眼一转，又蹑手蹑脚地回到一楼，提起一把盛着热水的暖壶，又匆匆上了楼。

此时房间内，王松山和王一民已经把这次行动的计划部署清楚了。

最后，王松山又说："明天上午，柳淑清要陪水川去天主教堂做礼拜，你可以趁这个机会，去跟她见一面，你们俩十多年没见了，别到时候互相不认识，闹出什么误会来。"

王一民点了点头："好。"

话刚落，房门突然被敲响，两个人同时迅速警觉。互相看了一眼之后，王一民刚要起身，被王松山一把按下，给了他一个眼色，然后站起身，对着门口问道："谁啊？"

外面传来掌柜的声音："先生，我给您送开水来了。"

两个人眼神一碰，点了点头，王松山去开门，王一民弯腰整理裤脚。两只鞋底里各藏着锋利的飞镖，这是万不得已时用做护身的暗器。当年在假扮日军少佐巡查二鬼子驻守的炮楼时，被汉奸一眼认出。危机之中，拔枪连发，子弹瞬间打空。就在两个二鬼子要对他开枪的一刹那，他就地一个翻滚，掷出了护身飞镖，二鬼子双双毙命，他以己身之力，拔掉了这个据点，从此威名远扬。

不过，掌柜的并没有进门，而是借着把暖壶递给王松山的时候向房间里瞅了一眼，转身走了。两个人虚惊一场，看看时间已过八点二十，王一民离开客栈，返回了住处。

杜鼎铭和小泰山早已等的心焦了。他一回来，两个人就急切地询问起来。王一民只说了句"你们俩准备一下，明天跟我上船护送货物。"就回屋躺下了。

杜鼎铭和小泰山一听这话，激动地眼睛都亮了，两人举拳碰了一下，彼此点点头，也草草地躺下了。

这两个人各有特点，杜鼎铭打仗特别狠，是个不要命的主。而小泰山则是人小鬼大，聪明灵活，每次对敌行动，不但能出色完成任务，还能锦上添花。这"铁三角"的组合，缺一不可。所以，王一民从招远来青岛的时候自然就带上了他们俩。

这一夜，王一民失眠了。他兴奋于组织把这次重大的行动交给了自己，更激动于明天要跟久别的"未婚妻"见面。柳淑清童年俊俏稚气的脸蛋和邮轮的轮廓结构不断在他脑海里反复闪现。王一民脸上不知不觉露出了久违的笑容。

她，还是那个瞪着大眼，嘟着嘴叫"一民哥哥"的小姑娘吗？不，现在应该是个大姑娘了，都说女大十八变，也许，自己见了她，会认不出来了，或者，她也认不出我了，毕竟，都十多年没见了。王一民下意识的伸手摸了摸下巴上粗硬的胡茬，默默地叮嘱自己：明天早上得好好刮刮胡须了……

第十一章　情报泄露

青岛的春天，乍暖还寒。因受海洋季风的影响，气温总比内陆地区低几度。虽然路边的槐树、法桐都已枝繁叶茂，但海上的冷风习习，还是使人有种侵肤的凉意。

王一民头戴礼帽，身穿大褂，缓步来到了天主教堂前的广场上。

青岛天主教堂是德国占领时期建造的，哥特式的建筑风格和双子塔顶竖立的两个巨大的十字架无形中给人以肃穆神圣的感觉。

广场干净整洁，人流稀少，偶尔有黄包车夫载着几个老年信徒从远处奔来，放下人后又旋即跑远。王一民不紧不慢地踱到教堂门口，借着掏怀表看时间的瞬间，眼光朝四周扫了一遍，没有发现有可疑人跟踪，便整了一下衣帽，大步迈进了教堂。

教堂大厅宽敞明亮，色彩斑斓的花窗玻璃折射出柔和的光线，大厅两侧设有走廊，后面设有两个大祭台，四个小祭台，大厅的穹顶绘以圣象壁画，灯光炫目，充满浓厚的宗

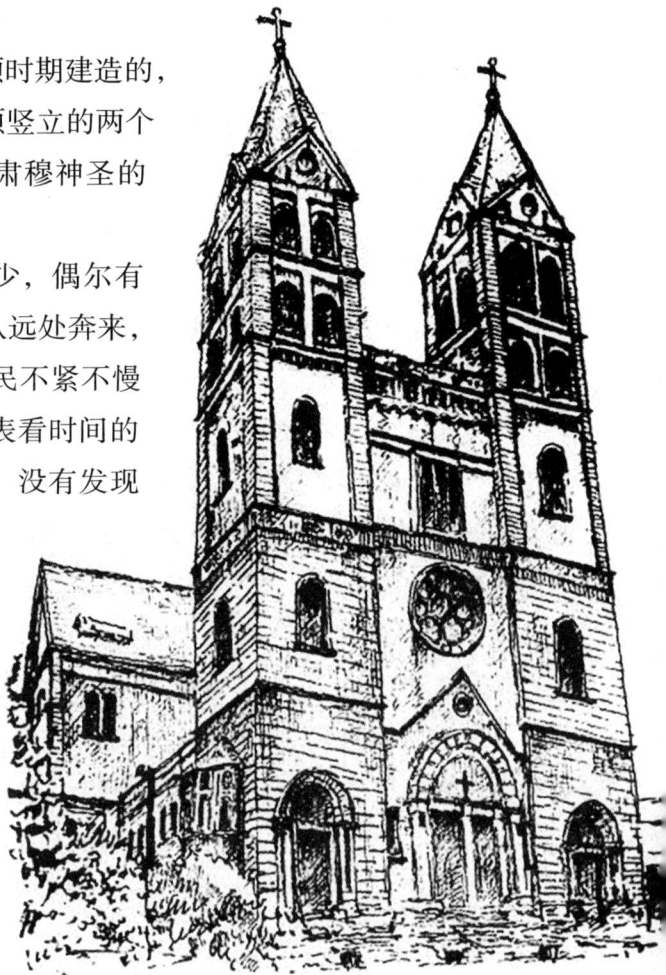

教气息。

大厅的听众席上，只有前面的两三排座椅前站着十几个老少信徒，跟着洋人牧师虔诚地祷告着。

王一民来到了人群的后排，没发现有日本人或穿藕荷色旗袍的女子。他轻舒了一口气，平息了一下砰砰乱跳的心脏。低头看了一眼握在手里的怀表，指针已指向九点零四分。他又回头看了一眼大门，空荡荡的，什么人也没有。

应该快来了吧，十多年没见面了，她现在是什么样子？王一民闭着眼在心里猜想着。

冥冥之中，王一民感觉身旁多了一个人，他猛地转头看了一下，还是那排空椅。他稍微有些失望，抬起头顺眼看向前方，一个美丽高挑的藕荷色身影站在了大厅右侧的排椅前。

淑清？！

王一民心底一颤，赶忙眨眼定睛看去，披肩的长发，淡淡的柳叶眉，挺直的鼻梁，微微翘起的下巴，一身藕荷色旗袍遮不住青春荡漾的身材。那女孩是她吗？

王一民心潮急剧起伏，如果是她，那变化也太大了。他又闭上眼睛，脑海里浮现出一个穿着花袄扎着牛角辫，因褪了门牙，而捂着嘴笑的小姑娘。在他心里，那才是他记忆中的淑清妹妹。

时光匆匆，日月飞转。如今的她，成熟了，更漂亮了，优雅的气质、高挑的身材，冷艳的面孔，一切都感觉那么的陌生。也许，她也认不出我来了吧，要不，怎么只专注于经台，视若无人呢。

等他再次睁开眼睛，看向右前方的一刹那，突然愣住了：那里空空如也。人呢？王一民急忙回头，见一男一女两个身影已走到了大厅的门口。也许那不是淑清，仅是衣服巧合而已？王一民心里刚刚闪出这个念头，就见那女子在拐出大门的瞬间，转头朝他深情地看了一眼，四目相碰，电光火石。

"是淑清！"那身影旋即消失。

刚刚回眸的一瞬，触动了王一民心底最柔软的部分。那年，在乡间的小道上，一对稚气的孩子，硬生生地被大人拽开，当坐在马车上渐行渐远的小女孩回头幽怨眷恋的一瞥，令王一民不顾一切地疯狂追去，却被脚下的石头绊倒。当他忍住剧痛再次爬起来时，马车已经走远了。女孩撕心裂肺的哭喊声久久在乡野上空回荡，那一刻，他感到了前所未有的绝望和悲怨。十几年来魂牵梦绕的那惊鸿一瞥，今日又重现。王一民的眼睛模糊了。神父祈祷完毕，传来沉闷的一声"阿门——"他回过神来，借着整理礼帽的瞬间，揉了揉双眼，见没人注意，便转身向门口走去。

王一民走出教堂，空旷的广场上早已没有了柳淑清俏丽的身影。这些许有些遗憾，好在双方彼此都见过了，也就不会在此后的行动中闹出误会，王一民既失落又欣慰。有黄包车夫跑过来招揽生意，他摆了摆手，径直沿路走去。

青岛的小巷狭窄而喧闹，小巷两边的海鲜店铺鳞次栉比，店铺门口皆摆着大大小小盛着各种海鲜的木盆，店小二们站在各自门前，竭力地向路人叫卖着。

"百年老店王老五，啤酒八带大虾虎，大哥，进来看看吧，刚酿的正宗青岛鲜啤酒，旺活的八带鲕，满肚籽的大虾虎，再不吃就下市了啊……"

"张记醉蟹顶盖肥了，青岛啤酒不要钱了，随便喝，大哥，来这里吧，物美价廉，公平合理，绝对杠杠的……不吃不要紧，你先进来看看，看不好不要钱……"

店小二们手抄竹笊篱，边做着往盆里捞海货的姿势，边冲着路人吆喝，不时有路人被硬拽进店里

王一民知道，这些路边店都是受"流亡政府"控制的黑店，不欺当地人而专宰外地客。只要你受不住花言巧语的诱惑被骗进店里，那不榨光你身上的钱物，是出不来的。

王一民大步流星地穿过这条长长的小巷，刚要拐进一个胡同，迎面突然奔出一辆黄包车，在他闪身避让之时，突然听到车上传来一个女人的声音："大哥，去海滨公园。"

王一民闻声抬头看去，车上坐的竟是柳淑清，车子擦肩而去，王一民旋即领会了柳淑清这句话的意指。忙急走几步，截住了一辆黄包车，向青岛著名的八大关风景区海滨公园奔去。

海滨公园是青岛前海岸线上一颗璀璨的明珠，园区不大，但林木繁茂，一条石板铺成的幽径环绕了大半个园区，公园南边的石杆下就是蔚蓝的大海，海水拍岸，片片浪花。

柳淑清来到公园，沿石径走来，边走边往后看。突然，一个挺拔的身影从一簇茂盛的冬青后闪出。

"一民哥？"

"嘘，跟我走。"王一民见四下无人，一把拉住柳淑清的手，把她带到一处树林中。

柳淑清看着前面带路的王一民的背影，恍惚间好像回到了少年时。以前他也经常这样拉着自己的手，把她带离危险的境遇。

当时大多数人信奉封建礼教，裹脚风气盛行。那时的柳家也怕被人耻笑，也要让女儿裹脚。只因柳老先生怕女儿年纪小，吃不得苦，迟迟没下得了狠心。眼看着柳淑清要长成大姑娘了，家里的李妈可着急了。一直跟柳老爷说，小姐如果再不裹脚，以后就嫁不出去了。柳老爷也是为了柳淑清长大不被人笑话，这才把给小姐裹脚的事交给了李妈。

而李妈每次要给柳淑清裹脚，柳淑清就哭闹。柳家养了一条大黄狗，每当听到柳淑清的哭声就"汪汪"叫着往王一民家里跑，王一民就知道是柳淑清又出什么事了。他匆忙赶到柳家，看到是要给柳淑清裹脚，就把柳淑清从李妈那里抢了出来，带她回自己家玩耍。

有一次，李妈费力给柳淑清裹好了脚，王一民赶到的时候，柳淑清已经哭晕倒在炕上。王一民大怒："裹脚就是封建！你们为什么要束缚女性走路的自由，李妈，你也是女人，干嘛还要伤害她！"李妈被气得直跺脚："一民啊，不裹脚的女人是会被耻笑的，以后小姐没法做人啊，你还小，你不懂……"

柳淑清在炕上迷迷糊糊地抽泣着，王一民看着淑清痛苦的样子，双手用力撕扯开裹着她双脚的白布，李妈被气得大哭也拦不住，边哭边喊："作孽啊，我家小姐以后可怎么嫁人啊！"王一民喊着："现在都提倡妇女解放了，而且她以后就嫁给我，我要她，你怕啥，淑清妹妹的脚就是不能裹，裹了我也会给她拆了，因为我们要跟着共产党走！"

"淑清、淑清"王一民摇着还在回想当年，发着呆的柳淑清。

"啊？"柳淑清回过神来，看着王一民还拉着自己的手，顿时脸红了，她挣开王一民的手，害羞地把脸转向一边。

王一民故作严肃地："小同志，想什么呢？"

柳淑清随即清醒，深吸了一口气，面朝王一民："王同志，你们的准备工作做好了吗？上船后切记注意言行，完成任务的同时，也要确保我方的身份不被暴露。"

王一民立正敬礼道："是，谨遵首长指示！"

柳淑清"噗"的一声笑了："这么多年没见，你怎么还愿意闹玩啊。"

王一民看柳淑清笑了，也放松下来："你还记得就好，我还怕这么多年没见，你早已经忘了还有我这么一个哥哥了！"

柳淑清低头道："本来是快忘了的，但是听说你一直战斗在革命前线，保卫着我们的国家，而且还经常听到你立功的消息，所以我还是把你当做是我最好的哥哥。"

王一民："多年没见，淑清妹妹还是那么懂事。现在社会动荡，国家不安，作为共产党员，必须以国为主，以民为重。已经牺牲了那么多同志，咱们不能让他们白白牺牲。"

柳淑清义愤填膺："对，所以，这次行动只能成功，不能失败！我一定尽全力完成党交给我的任务！"

王一民笑了笑："小同志现在可是巾帼不让须眉了啊。"

柳淑清一扬眉笑道："那是，女子也能干革命！也能保家卫国！"

王一民环顾了一下四周："这里不宜久留，你快回去吧，出来久了，柳伯父也该担心了。"

柳淑清深情地看着王一民："哥，在船上你可要当心啊。"

王一民用手指刮了一下柳淑清的鼻子："放心吧小同志，我一定安全完成任务，回来还要娶你过门呢！"

柳淑清被这突如其来的一句话涨红了脸，握着小拳头轻轻捶打着王一民的胳膊，王一民装疼，表情痛苦张着大嘴。

柳淑清看着他那逗人的样子，笑道："让你乱说话，我回去了。"说完，转身就要走。

王一民一看她要走，脸上顿时露出不舍的样子，一把拉住柳淑清的手："淑清！"柳淑清回头看到他满含深情的双眼。

王一民紧紧握了握她的手："千万要小心。"

柳淑清用另一只手放在王一民手背上："放心，我会的。你也是。"

王一民松开她的手："快走吧！"

柳淑清转身走出树林，来到路边拦了一辆黄包车，坐在车上，耳边一直回响着那句"我还要回来娶你过门呢！"脸上笑得红晕一片。

王一民站在原地看着她的身影渐行渐远，遂从另一个方向绕出树林。他穿过几条马路，来到小鱼山脚下，准备上去查看下那颗老槐树洞里有没新的信息，这也是他每天必须做的工作。

山下小道游人稀少，山坡茂密的树丛里不时传来布谷鸟的叫声。王一民想着柳淑清的样子，心里暖暖的，那一刻，他感觉自己是这个世界上最幸福的人。他哼着小曲拾级而上，步子轻快。一口气奔到半山腰，趁着弯腰提鞋的瞬间，眼睛扫了一下周边，没有发现可疑人员跟踪，便起身向前面的大槐树走去。

突然，一个身影从前面的灌木丛里闪出，王一民定睛看去，竟是三哥王松山。

"三哥？！"

王松山并没有应答，朝他使了个眼色，转身向山上走去。没有紧急重大变故，三哥是不会贸然出现在这里的，王一民紧跟了上去。

王松山走到一处石板坐下，面色铁青。王一民过来，坐到他旁边，边掏出香烟，借着点烟的工夫，小声问："哥，出什么事了？"

"我们的行动计划泄露了。"

王松山短促的一句话，让王一民整个身子都僵住了，他惊愕地望着王松山，手上的火柴燃到手指还全然不知，突然感觉一阵灼痛，才抖了一下，扔掉了火柴棍。

"三哥，到底发生了什么事？"

王松山眉头紧锁，道出了具体情况。

今天一早，我潜伏在国民党军统里的情报人员传递来一个惊人的消息：昨晚潜伏在莱西县东小庄的国民党军统特务站接到重庆军统局局长戴笠的紧急指示，命令一个代号叫"蝴蝶"的特务务必尽一切努力拦截下这批黄金，并密送山城。另外，据青岛"流亡政府"里的线人报告，今早，日军方面也出动了大批军警，封锁了小港码头，对运送上船的货物严格检查，从这点来看，日本人也似乎听闻到了什么风声。

王一民一听"蝴蝶"！第一反应这应该是个女人，难道是淑清？不，绝对不可能是她，他瞬间在心里否定了这个念头。

"军统怎么会知道咱们的行动？还有日本人，这……"王一民轻抚下巴自言自语道。

王松山："这也是我在思考的问题，咱们这次的行动计划，你跟杜鼎铭和小泰山说过吗？"

王一民："我没告诉他们行动的具体计划，只是告诉他俩今天下午跟我上邮轮执行任务，三哥，你怀疑他俩有问题？"

王松山轻轻摇了摇头："这个计划，除了总部，只有我和你们五个人知道。"

王一民忙摆手："鼎铭和小泰山你是知道的，从咱当初拉队伍之时就跟着一起出生入死，他俩绝对不会背叛咱们。"

王松山面无表情地低头看着地面："还有淑清和伊万……"

王一民眼睛看向远方，他不相信柳淑清会是特务，要怀疑只能是怀疑那个从未谋面，不知根底的俄共伊万诺夫了。

王一民说出了他的想法。王松山叹了口气："可以怀疑他，你们五个包括我，都应该是怀疑的对象，但现在我们离不开伊万。没有他在船上接应，这次行动就会搁浅，这批货多滞留在青岛一天，甚至多一分钟，都随时会有暴露的危险。"

"既然已经走漏了风声，咱们还要硬往网里钻吗？"王一民问。

王松山摇了摇头看着王一民："即使再走另外一条路，能保证不会再泄露机密吗？"

王一民想了一会："奸细肯定就在这次的行动小组里，到底是谁？我们现在还不知道，能不能闯过去，我们也没有十足的把握，但我们必须闯，所以……"

"三哥，咱们可以这样……"王一民凑近王松山，把刚刚想出来的最新计划告诉了他。

王松山紧紧盯着王一民，表情急剧变化着，他看着王一民严峻的面孔，咬着牙点了点头："好，我马上跟上级组织汇报。"

王松山紧紧握住了王一民的手，重重地摇了一下："一民，这个计划非常危险，事关重大，你想好了吗？"

从踏上抗日征程的那一刻起，王一民就已经把生死置之度外了。自己的牺牲轻如鸿毛，而能否顺利圆满的完成党组织交给他的任务，才是重于泰山的大事。

跟三哥王松山分别后，他感觉整个世界都灰蒙蒙的压抑。行动小组五人中，他最为担心就是那个伊万诺夫。他若是奸细，那整个小组刚上船就会全军覆没。杜鼎铭、小泰山、柳淑清都将……他不再无谓的往下想了。

最好就是行动刚开始就甄别出内藏的奸细。可，这将何等艰难。就在王一民苦苦思索着行动具体如何实施时，敌我双方的幕后行动也在紧张部署着。

中共地下党组织通过在青岛啤酒厂的情报人员，事先把装有黄金的四个皮箱用油布包好，装进两个崭新的橡木啤酒桶里，并在木桶腰部分别刻了一道细小的刻痕做记号，用卡车运进厂区的灌装车间，灌入新鲜啤酒，严密封实。而后混入其他装满啤酒的橡木桶堆里，一起吊上卡车，向小港码头驶去。准备运上停靠在那里的英国"玛利亚号"邮轮。

对于我中共党组织的这次秘密运金计划，驻青岛日军总部早在昨晚就收到了上级发来的情报，情报里透露中共有一批神秘货物准备通过"玛利亚号"邮轮运往天津，并告知邮轮上有日方特工，身份是船员。接头暗号是：船上有富士山苹果吗？对方接应：有，在我房间里有三个，您要吗？至于那神秘特工长什么样，是什么货物，情报里没说。但日军少将长野荣二和特高课侦缉组组长小松岱经过分析，认定这批货就是那被劫的那300斤黄金。

这个论断一出，长野和小松岱兴奋的几乎颤栗起来。几天以来，他们马不停蹄，日夜连轴，出动了全青岛所有军警特务和汉奸地痞，对所有地点及人员进行了大规模搜查和抓捕，至今仍一无所获。华北总部一天数次的电报把长野和小松岱打击的几乎精神崩溃。要知道，在自己管辖的地盘上丢了黄金，查不出追不回，不但官衔要被撸，弄不好脑袋也会丢。最重要的是名誉扫地，辜负了大日本天皇的期望，将会在大和民族历史上遗臭万年。

这个罪名长野荣二不愿承担，小松岱更不愿承担。如果说火车站黄金被劫是长野的失职，那作为日军最高情报机构特高课的小松岱再搜查不到黄金下落，那这一对难兄难弟将有何颜面去见地狱里的列祖列宗？所以，在苦海中出现的这个情报，点燃了两个人唯一的救命希望。

日军连夜封锁了码头，禁止船上人员上岸，同时对堆积在码头上，准备运上船的所有货物展开了严密搜查。

小港码头。

"玛利亚号"邮轮似一座大山，停靠在海岸边。鲜亮的米字旗在高高的桅杆上迎风猎猎。码头上气氛森严，大批日军全副武装，把宽阔的码头围了个水泄不通，只留着一个关卡供码头工人出出进进装卸货物。

关卡外，十几个日们军警在小山似的货物前严阵以待，搬运工每往小运输车上装一包货物，都要经过三层检查。虽然这些货物在进入码头时早已被日军检查过，但在上船的最后一刻，还必须再查一遍。装船的速度无形中也就慢了下来。

邮轮三副伊万诺夫在货仓门边急的大呼小叫，最后干脆来到关卡口冲着持枪的军警狂吼起来，意思是让他们动作快一点，否则邮轮就要延误航行。

一伪警小头目仰面看着这个高大健壮，满脸络腮胡的洋人，眼睛瞪了瞪，扭头看向一边。伊万见没人搭理他，气的一把拉开关卡栏杆，叫嚷着就要出来。

突然，两支明晃晃的刺刀挡在了他的胸前。

"八嘎！"一矮胖壮实的日军曹长奔过来举枪顶住了伊万诺夫的脑门（日语）："滚回去！"

伊万诺夫一下子懵了，他张着嘴地盯着面前这个矬子，不敢动作了。他知道这些凶恶的军警是奉命做事，真惹火了他们，一枪爆头是很简单的。

虽然自己是白皮肤洋人，但现在在日本人管辖的地盘上也不太好使。

日军曹长见伊万老实了，鄙夷地撇了一下嘴，转身走向货堆。伊万松了一口气，又不甘心的用仅会的几句中文叫嚷起来："你们太野蛮了！"

一旁的伪警小头目见主子对这张牙舞爪的洋鬼子不客气，也就有了底气，他朝着伊万大声骂道："去你妈了个巴子的，你再瞎咋呼，老子把你抓起来！"

就在这时，一辆卡车"隆隆"地开进了码头，在货堆旁停了下来，几个军警持着枪围了上去。

"车上装的什么东西！"一日伪吆喝道："下来，都下来，把车上的货物都卸下来检查！"

驾驶门开，两个工人打扮的年轻汉子从车上跳了下来，与此同时，车厢里的两个汉子也被用枪指着爬了出来。

一个光头汉子手里拿着张单子，点头哈腰满脸堆笑的冲日军曹长道："太君，这是邮轮上要的啤酒，您看，清单在这。"

光头汉子是我地下党员，而这车啤酒能不能顺利过关上船，是这次行动的重中之重。

曹长一把抽过来，低头看了一眼，冲旁边的军警一挥手，一日伪又喊道："全部卸下来检查！"

"啊？"光头汉子一愣，忙叫："太君，这啤酒桶太重了，卸下来就抬不上去了呀，要不您安排人上车看看？我们啤酒厂是大东亚模范单位，我们都是大大的良民，您放心，绝对……"

话刚到这，曹长一声怒吼："八嘎！"

光头汉子假装吓的一哆嗦："好好，太君，我卸，我们卸。"

他说着，转身冲车边的几个工人扬手："上车，上车，把桶都卸下来，皇军要检查。"

几个人爬上了车厢，哗啦一下打开车厢围挡，七手八脚地吆喝着把一块长木板架在了车厢尾，开始往下卸木桶。

这时，站在关卡内的伊万诺夫心里紧张起来。

第十二章　秘密接头

伊万诺夫的心揪紧。十几个军警团团围住了那批从车上滚下来的啤酒桶。这些灌满啤酒的橡木桶，浑圆粗大，一个至少要四五百斤。

日伪们围着这些木桶，却不知该如何下手了，其他货物可以拆开甚至用刺刀捅开检查，可这里面的液体都是有压力的，刀捅不破，打开盖子就会废了啤酒，那船上的人可绝对不会答应的。这可怎么办？伪警小队长呆呆地站在木桶边也没招了，一个劲地朝几个小喽啰吆喝："检查，统统给我检查，一个也别落下……"

当官的发话，小喽啰们更是不敢闲着，纷纷吆喝着用脚踢，枪托捣，阵势是不小，但屁用都不管。

那日军曹长火了，从腰里拔出手枪，朝着一木桶就是一枪，只听"嘭"的一声闷响，其他人还没反应过来，一道冲天的啤酒柱"哧"地喷了出来，那日军曹长躲避不及，"嗷"的一声捂着满脸的泡沫噔噔连退几步。

而曹长的这一枪却让光头汉子心里犯了难，要是小鬼子打的正是装有皮箱的啤酒桶，那就坏事了！

光头汉子大喊着扑到那木桶上，双手死死按住枪眼，连哭带喊："太君，太君！我，我求您了，这都是刚出锅的新鲜啤酒啊，要是废了俺们就完了啊，他英国船长也不会饶了俺呀……"

光头汉子这一哭喊，提醒了不远处还在发愣的伊万诺夫，他突然猛地拉开栏杆，冲着伪警们吼叫着："野蛮，这是我们的东西！你们不能乱来！"

伊万大嚷着冲到木桶前，对着曹长指手画脚地大吼大叫着。趁这机会，几个汉子手忙脚乱地用木塞堵住了啤酒桶的枪洞。

日军曹长被啤酒泡沫喷的狼狈至极，恶气正好没处发，一抹眼见伊万在他面前哇哩哇啦的瞎叫唤，他大叫一声："八嘎！"抬腿一脚踹向了他的肚腹，伊万防备不及，惊叫着"咕咚"一下跌在了身后的木桶上，高大的身躯仰面栽进桶后，两只脚乱蹬。

这喜剧的一幕，日伪们都纷纷大笑着看起热闹来，也缓解了曹长的怒气。光头汉子忙伏身奋力把伊万拽起来，伊万经此一击，愤怒到了极点，他瞪着牛眼紧盯着幸灾乐祸的曹长，一字一句狠狠的说道："你们的长官是谁？要他马上出来给我赔礼道歉，Now! 快点！"

小头目都敢揍你，还想找大官？这家伙不会是跌坏脑子了吧。众日伪看着这个不知天高地厚的大个子，又发出一阵嘲笑声。

日军曹长出了一口恶气，心情也平静了许多，他看着怒发冲冠的伊万，鄙夷地撇了撇嘴，大拇指朝下晃了晃，用蹩脚的中文回道："你的，没有资格见我们大日本帝国的长官，滚开！"

曹长一声吼，几个日伪军警扑上前去，擒住伊万就往关卡里拽，伊万挣扎着回头大叫："我抗议！抗议你们侵犯我的人权！我要去控告你们……"

没人听他咋呼，伊万被拖进关卡内，几把刺刀随即顶在了他的胸前，这时，他气的只有干瞪眼的份了。而经此一'劫'，曹长也意识到不能完全胡来，若真把这十几个啤酒桶挨个打穿，不知会闹出什么麻烦来。于是，他改变策略，让几个日本兵沿着木桶周圈敲打，听听里面有无异样的声音。然后，还是不放心，又拿来了称，挨个称重。但都是多此一举。因为我地下党组织在装箱之初就考虑到了这些环节，所以全部啤酒桶的重量几乎一样的。鬼子们忙活一通，这才作罢，摆手让装卸工们把这些木桶运上了船。

中午 12 点，码头上的货物全部上了船。伊万诺夫见货物没出纰漏，也大松了口气，晃着膀子，回到了邮轮上。

这关键一关顺利完成，接下来就要等到一点半旅客们登船了。

这时的王一民坐在小渔山离那颗信息树十几米远的地方，闷头啃完了两个大馒头。他掏出怀表，见已经过了 12 点半，还没有人来送筷子，知道货物已经顺利上了船，不由得暗暗松了一口气，拍拍手上的馒头渣，站起来大步向山下走去。

回到劈柴院的租住屋，杜鼎铭和小泰山早已等急了，纷纷问王一民生意咋样了。王一民笑着点点头："一切顺利，穿好行头，按预定计划出发。"

"太好了！"

杜鼎铭和小泰山兴奋地一碰拳，激动的赶紧从被褥下拿出早已准备好的行头往身上套。

这次行动，王一民是组长，身份是青岛瑞蚨祥绸布店王股东的公子，小泰山是他的仆人。杜鼎铭则独立上船，身份是青岛四方机场的机械师。

小泰山第一个穿戴完毕，方格鸭舌帽，灰色裤褂，布鞋。一看就是个不起眼的小人物。杜鼎铭鼻梁上架一副黑框眼镜，一身浅蓝色工装，黑皮鞋，身背一帆布挎包，里面装着机械类书籍。

两人穿戴完毕，让王一民检查后，杜鼎铭第一个出门离去。少顷，王一民看了看小泰山，示意他出发。小泰山点了点头，转身向门外走去。

王一民站在那里看着小泰山的身影消失，心里五味杂陈，此行不知几人能回，他不禁叹了口长气，整了整衣服，大步迈出了屋子。

既然是富商公子，轿车接送那是必须的。

王一民穿着大褂和小泰山步行来到靠近中山路的一条胡同里，刚站定，一辆黑色轿车就从胡同里拐了出来，他急步上前，拉开车门钻了进去，轿车徐徐上了大道。

司机是个中年男子，此人就是龙康客栈的李老板。小泰山坐在副驾驶座上，两只眼睛骨碌碌地紧盯前方。王一民坐在后排，脱下大褂礼帽，拿起放在车座上的白色西装，边穿戴着，边问老李。

"老李，前天晚上替你看店的那个人可靠吗？我怎么老是感觉怪怪的。"

老李从后视镜里看了一眼王一民："他是我表弟，胆子小，人很精，但人品没有问题，是咱们的线人，你放心好了，我那儿出不了错，今天早上还跟老大（指王松山）分析过，漏点不在我们那一环。"

"啥漏点？"小泰山转头顺口问道。

王一民微微一皱眉，三个人都不吭声了。

车子穿过几个路口，来到了小港路，透过前车窗，远远就能看见码头入口处站满了全副武装的日军士兵。

"鬼子可真能忙活呀。"小泰山戏谑道。

"他们就是瞎忙。"老李鼻子哼了一声。

王一民则面色凝重，一声不发。

车子来到码头入口，缓缓开进。不出所料，码头内一片肃杀的气氛，广场周边，一排排手持长枪的日军严阵以待。

此时，码头关卡外挤满了手提大包小包的旅客。

王一民乘坐的车子驶到广场左侧的一处空地，这里早已停着几辆油光呈亮的轿车，应该都是来送达官显贵的。

车子停下，小泰山刚要推门，王一民低声一句："先等会。"

小泰山警惕地向外看了一眼，又回头看了看王一民，欲言又止。王一民是想先观察一下外面的动静。

正在他眯着眼朝关卡里的人群扫描之际，一辆黑色轿车徐徐驶来，停在了距他们十几米的前方。车门开处，一个仆人打扮的男子下来，转身拉开后车门，一披肩长发，身着深蓝色旗袍的女子弯腰从车里出来。

是淑清！王一民心头一颤，一股浓浓的暖意涌了上来。

仆人紧接着又绕到车子另一边，弓着腰拉开车门，一个肥肥的脑袋从车里探出，这个人应该就是水川鸠夫了。

仆人躬身搀扶着身穿和服的水川下车，然后快步走到车厢后，打开盖子从里面拖出一只沉重的棕色皮箱。柳淑清过去和水川鸠夫说了句什么，两人并肩向关卡走去，仆人拎着皮箱紧跟在他们身后。

王一民眼光越过他们，看向远处的关卡口，在拥挤的人群中又发现了杜鼎铭的身影。

"过了关卡，你和我拉开距离，我不叫你，不要到我身边。"

王一民看着前面，低声对小泰山说道。

小泰山虽然不明白其中缘由，但顺从地点了点头："是！"

王一民之所以要这样做，是不放心那个伊万诺夫，若他真是奸细，双方接头暴露之后，出事的也只有自己，不会牵连小泰山几个。

"下车！"

王一民见柳淑清他们走远，低下头掏出怀表看了看，果断命令道。车门打开，小泰山先跳了出来，转身拉开后车门，王一民探身下车，已然换了一副模样。整齐的短发因打了发油而油光锃亮，白色西装，暗红色领带，一双棕白相间的皮鞋一尘不染，这身装扮，令小泰山也眼前一亮。

"少爷，您稍等，我去拿箱子。"小泰山绕到后备箱，打开盖子，从里面拎出一只褐色皮箱。

两个人一前一后向前面的关卡走去。而车子依旧停在那里不动，司机老李是要目送他们进关，以便及时回去汇报，万一在关卡出了状况，组织也会在第一时间获悉。

此时，关卡处人头攒动，旅客们大包小包地往关卡口涌来。

关卡口内，七八个日军手持长枪分列两边，一伪警小队长指手画脚，不停地大声吆喝："排队排队！一个个来！他妈的你们就是没素质，怪不得皇军瞧不起你们……"

话刚落，两个日军持枪横冲直撞地分开人群，"哗啦"打开了关卡栏杆，伪警小队长一愣，刚要张嘴问，一鬼子"啪"地一耳光扇在了他脸上："走开！"

小队长痛的一哆嗦，忙倒退两步，偷眼瞄去，只见一肥头大耳的和服男人和一美丽高挑的女子携手进了关卡。几乎同时，关卡内的所有日军都齐刷刷地立正鞠躬。这小子立马明白过来，这对男女肯定是大人物，忙哈腰："太君好！"

水川鸠夫和柳淑清目不斜视，昂头向岸边的邮轮走去，仆人拎着皮箱紧跟。

大人物过了关，小队长暗暗松了口气，眨眼间即换成另一副嘴脸，冲人群吼道："都他妈排好队！检票！"

检票开始，几个伪警撅着屁股挨个检查旅客携带的行李。

王一民排在后面，不动声色地观察着眼前这场面，随着人群慢慢移动。前面，杜鼎铭顺利过了关，转头向后一看，和王一民四目相对，随即便向邮轮奔去。

王一民又转头，看了一眼身后的小泰山。突然一声惊叫，王一民抬眼看去，只见两个日本兵拖着一个中年男子向停在不远处的卡车走去。

那男子边挣扎，边哭喊："太君，我冤枉啊，我冤枉啊……"

一日军似乎对这男子不耐烦了，一手擒着他的胳膊，一手挥拳朝着男子的脑袋猛击，男子惨叫着被扔进了车厢。

"妈了个巴子的，身上还敢揣金条，一看就是个土八路。"伪警小队长愤愤地嚷着。

众人被这一幕吓呆了，没人敢再拥挤，有几个旅客则神情慌张地偷偷往后退，这显然是身上有金货的主。

随着伪警小队长连喊带骂的节奏，旅客一个个地过了关，轮到王一民了。

"举起手来！"

小队长吆喝一声，两眼就在他身上上下打量起来。

王一民双手高举目视前方，一伪警从头到脚地把他全身摸了个遍，没发现有可疑物，遂一挥手："走吧！"

王一民刚要抬腿，一旁的伪警小队长忽然喊道："慢着！"

王一民用余光发现小队长正疑惑地盯着他：难道这小子认识我？王一民脑子极力搜索着以往接触过的各色人影，但在这种场合下，坚决不能犹豫和迟疑。

"怎么了？"他转过头，面不改色地盯着小队长的眼睛，想从他的眼神里找出些许端倪。

小队长被王一民犀利的眼神杀的一愣，故作高傲地仰头问道："你的行李哪去了？"

这一问，令王一民心里一块石头落了地，他微微一笑，随手指着后面的小泰山："在我家佣人那里。"

小队长翻了个白眼，冲着拎皮箱的小泰山呵斥道："打开查查！"

小泰山忙放下皮箱，动作麻利地打开，箱子里满满一箱书，一伪警弯着腰在箱子里面翻腾，另一伪警则搜查着小泰山，两个人都没发现有可疑物，遂一挥胳膊："过吧！过吧！"

小泰山刚应着要关皮箱，突然一只皮鞋垫在了两盖之间："等会！"

又是那可恶的二鬼子，还有完没完，王一民知道这家伙是找不出破绽而故意刁难。遂冲小泰山道："放开，让他随便查吧。"语气已显出了些许不满。

小泰山心领神会。

小队长弯腰从箱子里抓起一本书，随意翻着，竟全是日文。他刚要质疑，小泰山忙抱起一摞书对小队长："看不懂了吧，这都是大日本帝国的书籍，跟你说长官，我们可是有背景的，我家少爷二大爷的三舅母的孙子，跟汪精卫汪主席是拜过把子的兄弟。"

这串乱七八糟的关系把那小队长搞糊涂了，唯一没糊涂的是"汪精卫"这三个字，那可是汉奸帮里的大哥大，若把他老人家得罪了，自己怎么死的都不知道。

小队长不耐烦地连连摆手："走吧走吧，别啰嗦了！"

关卡终于通过了，而王一民并没有感到轻松，因为接下来的每一步都将危机重重，一步不慎就会全盘皆输。他仰头望着眼前巍峨耸立的巨轮，迎着走去。

"玛利亚号"邮轮，所属英国卡纳德运输公司，该邮轮排水量五千吨，上下四层，最底层是机房和舞厅，二层露出水面的那层，是下等舱，后部是货舱。三层是中等舱，专供有钱人休息。第四层，也就是最高一层，旅客非富即贵，且白种人居多，亚裔人种要住，难度是很大的。

船梯上下人流涌动，熙攘喧闹。

伊万诺夫站在船梯边的甲板上，双眼不停地在登船的旅客群中来回搜寻。中共地下党组织已通知他，我方人员登船后，会在第一时间跟他接头。双方的暗号是：登船人手捏镀金十字架抵在唇边，而伊万发现后也会掏出十字架轻吻，先说句"愿上帝保佑！"登船人也会回这一句。

在关卡与邮轮这段几十米的路程里，王一民双眼沉稳的在船梯和甲板上来回扫描。他看见柳淑清和水川鸠夫的身影消失在了甲板上，杜鼎铭也背着挎包上去了，这一切似乎都很顺利。而船梯旁，伊万诺夫魁梧的身影也引起了他的注意。

随着人潮，他轻步踏上了船梯，借机回头看了一眼，见小泰山也跟了上来，心里踏实了些许。船梯被无数只脚踩得咯吱咯吱乱响，王一民夹在拥挤的人群里，顺手把挂在脖子上的镀金十字架拽了出来，轻轻用嘴唇抿住。而后仰头向上走去。

船梯边的甲板上，伊万诺夫仍然在人潮中来回搜寻着，这些人里，虽然各自穿戴不一，但都很整洁。

突然，他的眼光停留在了一个英俊潇洒，仪表堂堂的年轻人身上，因为，那年轻人嘴上抿着一个镀金十字架，这应该就是跟自己接头的人。伊万边盯着王一民，边从兜里摸出一个和他同样的十字架紧紧捏在了手上。

王一民轻步上了甲板，仰头看了一眼高高的船楼，便转身向伊万这边走来。

"愿上帝保佑你！"两个人在相距不到两米的时候，伊万低头轻轻亲吻了一下捏在手上的十字架，两眼直视着王一民。

"愿上帝也保佑你，先生！"王一民紧盯伊万的眼睛，回了一句。

暗号已对，两人擦肩而过，不留一丝痕迹。但在这一瞬间，一张纸条塞进了王一民手里。王一民头也不回，大步走向二层船梯，噔噔几下上了三层。拿出船票对照着房间号。他的房号是308，单人套房。杜鼎铭和小泰山是307双人房。

王一民沿船廊走了十几米，看到307的房门虚掩着，知道杜鼎铭已入住，遂在隔壁的308房间门前停住。一着红衣红帽的男服务员手里提着一长串钥匙奔过来："先生，这是您的房间吗？"

"应该是的，你看一下。"王一民把船票递给了服务员。

那服务员仔细验了票，从钥匙环上找出了一把钥匙，打开房门："祝您旅途愉快，先生！"

"谢谢。"王一民微笑着点了一下头，进了房间，门随即关上。

王一民一进房间，便先掏出伊万的那张纸条，上面写着：二楼食品舱里有食物，需要请随时联系。

这是告诉他，货物在二楼食品舱里。看来，伊万还是很细心的，他三两下把纸条撕碎，扔进了洗手间的马桶里冲走，接着检查住室。

这是个小套房，进门是个小客厅，墙边摆着一张茶几和两把椅子，墙上挂着一幅仿作的梵高油画。客厅右侧是卫生间，正对门的就是卧室了。

王一民挨个房间仔细搜查了一遍，没发现有可疑物件，便走到客厅门口，侧耳听了听外面，只有刚上船的旅客匆匆的脚步声传来。

他推门而出，来到船廊，站在船舷边看向码头，广场上已经没有几个人影，连警卫的日军宪兵也撤走了。看来鬼子这次又是白忙活了。他又装作漫不经心的样子，走到 307 房间门口，轻轻敲了三下，而后转身推门进入了自己的房间。

不一会儿，杜鼎铭和小泰山前后闪了进来，并随手关好了门。

"四哥，情况怎么样？货在哪儿？"杜鼎铭急切地问。

"船上有咱的人吗？"小泰山也问道。

王一民点燃一支烟："目前来看，一切正常，货在二楼的食品舱里，船上也有咱的人接应，你们不必担心，下一步，小泰山，你找机会到四楼，寻一下那个水川鸠夫的房间在什么位置。"

"水川鸠夫是谁？"小泰山和杜鼎铭同时问道。

王一民冲小泰山解释道："噢，就是刚才在广场上，坐在车里看到的那个穿和服的胖男人。"

"好，知道了。"小泰山点点头："我这就去。"转身向外走。

"小心点，别让人看出破绽。"王一民叮嘱道。

小泰山回头自信地："没问题。哥尽管放心，我是谁啊。"

说着便推门而出。

王一民之所以只提水川而不提柳淑清，是担心一旦情况出现逆转，除他自己以外，小泰山和柳淑清彼此都不认识，危险性也会更小。

"那我干啥，四哥。"杜鼎铭见只有小泰山领命而去，便有些急。

"不急，去卧室里我跟你细说。"

"好！"

两个人进了卧室，房门随即被关上。

小泰山来到走廊上，双手插在裤兜里，悠闲地吹着口哨，向通往四楼的船梯走去，当他的脑袋摆向外侧的一刹那，身体突然僵住了，因为他惊讶地看到四辆日军吉普车风驰电掣般地驶进了空旷的广场，从车上跳下十几个身着黑衣的男子，并向岸边奔来。

是日本人!

小泰山急忙转身跑到王一民门口,"咚咚"拍了两下,门刚打开,他就一步闯进屋内,冲着站在门口的王一民和杜鼎铭低声急促道:"日本特务也上来了……"

什么?杜鼎铭一怔,王一民问:"在哪儿?"

小泰山喘着粗气:"岸边,现在上船梯了……"

第十三章　满船搜查

突然登船的这帮人是日军最高特务机构特高课青岛情报站六组，组长就是小松岱。

他们之所以在旅客全部上船后才突然行动，皆是早已策划好的。因为他们并没有对码头堵截抱太大希望，毕竟他们的对手也不是傻子，即使想把货物偷运上船，也不可能使用惯常手法，所以他们首先堵住了陆路的渠道，再上船清查。当然，更重要的是船上有他们的线人，货在没在船上，那个线人应该是最清楚的。

这次突袭，小松岱一共带了十五个人，并且携带了发报机，以备随时跟总部联系汇报。

日军特务的突然登船，令王一民他们有些措手不及。三人在屋内还没想出应急办法，就听见船廊上传来旅客的惊叫和嘈杂的脚步声。

王一民在门口听了听外面的声音，说道："我出去看看情况，你们俩一会先回自己房间。"

说完一把拉开房门，刚要往外走，一支黑洞洞的枪口就顶住了他的脑袋。

"站住！"

门口，一个特务举枪严厉地吼道。

王一民一下子停住，被枪逼着倒退进了房间，房门随即被从外面"咣当"一声带上。

鬼子这是要的什么花样？难道他们知道黄金已经上了船？

日本特工上船迅速封锁了各层进出通道，紧接着分成两路，对整个邮轮展开了大规模地搜查。

一路由特务骨干三木武夫带领，直奔一层。

其时，一层舞厅里热闹非凡，一金发妙龄女郎在舞厅中间随着强劲的音乐疯狂的扭动，周边十几个白人男女喝着啤酒朝着女郎大呼小叫，兴奋异常。不时还有几声刺耳的口哨声响起。也有矜持的旅客坐在舞厅角落的咖啡桌旁，一边慢慢呷着咖啡，一边默默地欣赏舞女。舞台后面几个打扮怪异的乐手，似乎已被自己演奏出的乐曲陶醉，摇头晃脑地闭着眼睛尽情摇摆。

突然，舞厅出口的楼梯上蹿下三个西装革履，手持短枪的亚裔青年。可这三个表情严肃的亚裔小个子并没有引起舞厅里众人的关注，他们依旧在开怀地跳动呼喊。

三木武夫一看没有人搭理他们，心中有些恼火，便冲着人群持枪用蹩脚的中国话吼道："我们是大日本帝国皇军特高课，皇军被劫持的黄金，就在这条船上，各位需要配合检查！"

三木的这一嗓子，立即引起了热闹的舞厅里男男女女们的烦感，白种人的优越感立时显露出来。

一大腹便便的金发男子听懂了三木的喊话，冲他耸耸肩膀，戏虐道："喂！小个子，这里是舞厅，想找黄金洞，我告诉你一个地方，在阿拉斯加大雪原，那里有宝藏等着你们去挖呢。"

话落，舞厅里发出一阵哄笑。

三木武夫没听懂这洋人说了些什么，但看他们根本没把自己放在眼里，便又冲哄笑的男女们高喊一声："不许喧哗，都举起手来，现在开始搜查！"

他说完，手一挥，另外两个特工持枪向角落里奔去，因为那里有几个顾客脚边放着皮箱。

特工们闯到一个西服革履金发碧眼的中年男子身边，弯腰就要提他的皮箱，这中年男子大为光火，他忽地站起来："你们要干什么！你们没有权利查看我的私人物品！"

话没落，一特工反手擒住了男子的手腕，然后胳膊一抬，男子疼的喊叫着仰面跌在身边的桌子上，稀里哗啦，椅翻杯子落。

人群发出一阵惊叫。有胆小的女士抱着头向后面跑去，却被自己的长裙绊倒，场面顿时混乱起来。

三木武夫一看不好，举枪冲天花板"嘣"地一枪，连连怒吼："八嘎！不许动，不许动！"

人群静止，个个惊吓得面面相觑。

"继续搜查！"

三木武夫一声令下，两个特工抄起地上的皮箱"咣"地用力抢在咖啡桌上，粗暴地动开了手。三木则一手举枪，一手指着他认为可疑的人员，挨个搜查起来。

闹腾了半天，结果自然是失望的。三个人随即奔出舞厅，向机房窜去。

就在第一路特工在一层疯狂搜查的同时，第二路特工也从邮轮最顶层的富人区展开了搜查。

第二路搜查组组长是素有白面书生之称的福田康夫。这伙计表面看上去弱不禁风，温文尔雅，实则是日本特工中的一员悍将，不论拳术还是枪法，在同行中都属一流。

二路搜查组先从四层船头挨房间排查，因为这层的旅客非富即贵，属于"特区"，为避免引起不必要的麻烦，特工们开始都很有礼貌。每到一房门前，先轻手叩门，等到门开，再鞠躬道一声"您好，我们是大日本特高课侦缉组，奉命搜查被盗黄金，请您配合，谢谢。"

这一招确实唬住了住在前舱房间的旅客，几乎都很礼貌地配合。但往后面检查时就来麻烦了，一些有刺青的白人大声咆哮着拒绝特工进入自己的房间，令年轻气盛的特工们窝了一肚子火，几次不得不强行闯入搜查。搜查进度自然也慢了下来，纷纷抱怨福田太窝囊。

福田也感觉继续这样下去会引起组长小松岱的不满和指责，遂一咬牙，露出了本来的狰狞面目，指挥几个特工开始粗暴的'执法'。

一特工领命，快步走到一房间门口，先轻轻敲了两下，见里面没动静，遂抬脚就踹。不踹还好，这一踹，忽然听到里面发出几声嚎叫声，那声音既怪异又刺激，里面在搞什么名堂？

另一特工上前用万能钥匙捅了两下，门"咣当"被推开，这俩特工同时举枪冲了进去："不许动……"

话没落，眼前的情景却把两个人惊呆了。房间的大床上，一个体态丰盈的红发女郎正骑在一男人身上，忽听背后一声巨响，惊回头，见两个黑衣男子持枪闯进，吓的女郎"嗷"的一声，差点栽下床来，哧溜钻进了被窝里。

而躺在床上的男子此时正闭着眼沉浸在温柔乡，感到女伴不明就里的突然罢战，心想可能是她累了，便要起身大展雄风，正在这时，眼光却触到了近在咫尺的黑衣男子和对准他的两支黑洞洞的枪口，男子一惊，身体猛一哆嗦，便仰头跌倒，嗓子里"哼哼"闷叫着，两眼直翻。

怎么出人命了？两个特工一下子傻眼了，那红发女郎在惊恐中见男伴要玩完，顾不得遮羞，哭喊着赤身拽住一个特工的头发，朝着他的脑袋劈头盖脸地啪啪猛打，边打边歇斯底里地哭喊："强盗，赔我的杰克……"

那特工被这突如其来的撕扯搞懵了，顾不得挣扎，抱着头任由女郎的厮打。而另一名特工是个20岁左右的小青年，从娘胎里生出来就没见过女人的裸体，眼前突然出现的这个雪白耀眼的酮体，把他一下子给惊傻了，脑袋瞬间一片空白，瞪着眼张着嘴，光看面前一对摇晃的大奶子了，哪还顾得救同伴。

就在房间里闹得昏天黑地之时，福田康夫听到动静，一步闯了进来。

"长官……"那个被挠的特务一见救星来了，一把挣脱开那女人的魔爪，捂着头逃到了门口。

福田康夫见手下的脸上被挠的血肉模糊，心里腾地一下来火了，刚要发作，见那女郎哭喊着扑倒在男伴身上抱着男子的头连连摇晃，这才明白了闹腾的原因。

他忙上前查看，见那男的全身没有伤，只有眼珠子上翻口吐白沫，明白是性事高涨之时被惊着了，遂伸手猛掐男子的人中，女郎误以为要谋杀，更疯了，抬手朝福田的脑袋噼里啪啦地猛打："放开他，快放开他，强盗，你们要干什么！"

福田康夫被揍得眼冒金星，但仍咬着牙猛掐不松手，一边的两个特务见势，上前把那疯女朗放倒在床上控制起来。

"露丝……"

突然响起一声哼叫，几个人同时不动了，齐刷刷把目光投向了发出声音的男子，只见他猛的一睁眼，一把打掉福田康夫的手，愤怒地起身，见女伴赤身裸体惊讶地看着他，一下子明白了是怎么回事，一把抄起身旁的枕头，狂吼着："流氓！滚出我的房间！"

枕头重重地砸在福田脑袋上，而福田见人醒来，心里也放松了，也不计较了，转身向特务们一摆头，三个人便逃出了房间，身后的咆哮声被房门"哐当"一声堵了回去。

经此一闹，福田也胆怯了。这里毕竟是"特区"，所有旅客都不是好惹的，弄不好再闹出个国际纠纷，那将会给大日本帝国造成很大的负面影响，还是谨慎点吧。

由此，两路搜查小组，一路突飞猛进，一路小心翼翼。

就在两路人马双管齐下的同时，组长小松岱也没闲着，他最紧要的任务就是尽快跟船上的线人接上头，只要联系到那个神秘线人，目前所有的问题都会迎刃而解。

线人是船员，叫什么名字，长什么样子，上级并没有明说，还要自己慢慢试探了解。他琢磨了一顿，决定先从船长入手，挨个探问。

打定主意后，小松岱带着一名特工，向船头的驾驶舱走来。

此时，50多岁的船长布朗正在驾驶舱里倾听着那被骚扰的红发女郎愤怒的哭诉，布朗压住满腔怒火，一面安慰她，一面不停地点头表示："请不要生气，我会尽快去阻止他们的野蛮行为，然后让那些强盗去向您和您的先生道歉。"

话刚说完，舱门就被轻轻叩响。布朗上前把门拉开，小松岱微笑着出现在了门口。

眼前，他并不认识这位40多岁的亚裔男人，但见他温文尔雅，也就礼貌地问："你好，我是船长布朗，请问你有什么事吗？是不是您也被那帮强盗打扰了？"

布朗多年航行在东南亚海域，已经可以娴熟的与亚洲人打交道。

小松岱哈腰道："您好，船长先生，幸会！"

小松岱直身，仰面盯着一脸困惑的布朗："请问船上有富士山苹果吗？"

布朗一听，刚想回答没有，身后的女郎突然大声叫了起来："强盗，就是他！船长先生，就是他们！他们是一群野蛮人，快把他们赶下船去！"

红发女郎疯狂的叫嚷着，使布朗立刻明白，就是眼前的这个日本人闹得全船不得安宁，遂眼珠一转，恨声道："有啊，不过你们国家的苹果味道很不好，刚才已经都扔到海里去了，你如果想吃的话，请到海底自己捞吧！"

这一句嘲讽的话把满怀希望的小松岱说的目瞪口呆，他眨了眨眼，明白布朗是在耍他，便咬着牙瞪着面前这洋鬼子，恨不得一枪嘣了他。但为了最高使命，不得不把窜上脑门的熊熊怒火强按了下去，毕竟，他还要跟这洋鬼子套话。

"呵呵，布朗先生真幽默。"小松岱把对方的嘲讽说成是幽默，以掩饰自己的尴尬。

布朗对小松岱的话似乎并不领情，他双手掐腰，盯着小松岱："不管你们是谁，请立即停止在我的船上胡闹！"

小松岱忙点头："好的，船长先生，我会叮嘱我的部下。"

布朗冷哼一声，伸手就要关门。

小松岱一见忙道："噢，船长先生，我还有事情想问问您。"

"什么事？"布朗手把着门，不耐烦的问。

"请问你们船上有多少名船员？能否把花名册给我看一下？我……"

船员档案是隐私，只有船长才能查阅，这是一种权利的象征，除船长外，任何人没有查看的资格，小松岱也许不清楚这些规矩和忌讳，其肆意地话语彻底把老布朗惹火了。

"给我出去！不要打扰我的工作！"布朗怒吼着，"咣"地一下把门关死，只留小松岱和他的随从直愣在那儿白瞪眼。

布朗生气的断然拒绝，并没有让小松岱意识到自己的冒昧，反而认为这个洋老头很傲慢狂妄。线人肯定不是他了。小松岱无奈地摇摇头，决定去机舱查寻，那里应该是船员集中的地方。

福田康夫搜查小组进展缓慢，小松岱在悄悄查寻藏在幕后的神秘线人，只有三木武夫这路人马行事果断，他们迅速地搜查完底层舞厅和机房后，又奔上二层行动起来。

二层的绝大多数旅客是没有背景的普通民众，他们见了日本特务自然是心惊胆颤，没有人敢哼一声，搜查速度又加快了一码。客房搜查完后，三木武夫便带着人直奔船尾的货舱。

此时，货舱保管员皮特·高先生把库里的零散包裹码好后，关上门哼着小曲要离开，几个黑衣特务突然从船廊的拐角处冲了出来。

"站住！"

三木武夫一声吼，两个特务持枪指住了皮特·高。这伙计先是被吓的一哆嗦，眨巴着眼睛看了看这三个不速之客，皆是黄脸塌鼻黑头发，心里不由冒出一股优越感，就你们也敢在大不列颠的邮轮上撒野？也不睁开眼睛瞅瞅老子是什么身份。

皮特·高眼睛一瞪："哟？你们这帮东西敢在我们大不列颠的邮轮上抢劫？知道老子是什么身份吗？说出来吓死你们这几个小瘪三。滚，赶紧给我滚！"

皮特·高昂着头驱赶着他们，摆出一副凛然不可侵犯的架势。

他这一嗓子反而把三木武夫逗乐了，他从上船到现在的这段时间，搜查了各色人等无数，至今还没有人敢在他面前牛气哄哄，这黑头发黄皮肤的小子是第一个，看来不是精神有问题就是脑袋让驴给踢了，便斜着眼用中国话问道："你的，是什么身份，说出来我的听听？"

皮特·高鼻子里冷哼一声，一字一句地道："老子是大英帝国的公民，现在是这艘"玛利亚号"的货舱保管员。整个货舱归我管！听明白了吧，小子，别在这挡老子的道，走开！"

皮特·高刚加入英国国籍不到两个月，此前他是烟台高家村人，大名高富贵。这好不容易祖坟冒青烟，混成个外国公民，不嘚瑟一下，都对不起他这些年出过的牛马力。

三木武夫一听又乐了，靠，别说你是个二混子，就是纯种英国佬，在大日本皇军面前也狗屁都不如。

皮特·高见三木眉开眼笑，以为是自己的身份把他给震住了，要巴结他，遂得意地伸手拍了一下他的肩膀："我说伙计，以后……"

话刚到这，三木抬起他的胳膊用力一扭，还没等皮特·高明白是怎么一回事，就惨叫着凌空飞了出去，高大壮实的身躯"咣"地一声砸在甲板上。

"八嘎！"三名特工同时围过来，三支黑洞洞的枪口顶住了躺在地上疼的呲牙咧嘴的皮特。

日本人？皮特·高这才回过神来，愣在那呆呆地张着嘴巴。此前他没少跟这些矮矬子打交道，而且吃过不少亏，知道他们都是些凶狠蛮横，杀人不眨眼的东西。现在三支枪顶在脑袋上，若再敢咋呼，不定眨眼间就呜呼哀哉了，罢了，识时务者为俊杰，还是赶紧当孙子吧，反正都当了五六年了，也不差这一回了。

皮特·高抬头看着三木武夫凶狠的眉眼，忙举手叫道："太君，太君，小的有眼不识泰山，请您高抬贵手，饶我一命吧，我给您磕头了。"

他求饶着，爬起来就跪在甲板上对着三木"咣咣"猛磕头："太君，您大人不记小人过，您……"

"八嘎，滚起来！"三木武夫怒吼着一脚把他踹翻。

"是是，小的遵命。"皮特已经吓得面色灰白，连站起来的力气都没有了，骨碌了好几次竟没能站稳。

一特务不耐烦地上去一把把他揪起来，厉声道："货舱钥匙！开门！"

"是是，我开，我这就开……"

皮特颤抖着从腰里摸出一把钥匙，那特工上前一把夺过，打开了货舱的门。

三人随即闯了进去，在里面翻腾开了。

皮特·高倚靠在门外，吓的一声不敢吭，只觉得脸上痒痒，顺手一摸黏糊糊的，忙张开手掌一看，我的娘啊，全是血啊，这真是倒了八辈子血霉了。

三木武夫三人在货舱里没发现可疑物品，随即又来到了锚链舱，舱管郑大三虽然人高马大，壮的像头熊，但却非常胆小怕事，刚才看到皮特挨揍的场面，知道这帮人惹不起，所以已经提前打开了舱门。

三木武夫还没走近，郑大三就点头哈腰地迎上去堆着笑道："太君您好，这是我管辖的锚链舱，请您随便检查，嘿嘿。"

三木等人不理他，径直进入锚链舱，见满眼都是粗大沉重的铁锚铁链，眉头不由得皱了一下，一个特务弯腰用力地想搬开铁链，怎料铁链却纹丝不动。只好无奈地罢手。三木仰头看了看铁链高处，示意让另一个特务爬上去查看，也没发现可疑物品。三人便出了舱门，过了拐角，匆匆向食品舱奔去。

　　黄金箱就在食品舱里。此时，大胡子舱管伊万诺夫正在舱外的船廊上悠闲的溜达着，忽听远处脚步声传来，他漫不经心地一回头，见三个黑衣男子持枪走来，不由得咧嘴笑了。

第十四章　紧急转移

"Hello！"

伊万热情地跟三木打了个招呼，凭他的经验，一眼就看的出这个平头豹眼的壮汉是三人的头头。

三木武夫并不领情，急步走过来，厉声道："你的，是这个仓库的管理人员？"

"是的，请问您需要点什么？"伊万诺夫依旧咧着嘴笑着看着三木，虽然这日本人态度有些蛮横，但并没有破坏伊万的热情。

"走开，我们要进去搜查！"

三木一把推开挡在门口的伊万，抬腿就要进舱。

咦？伊万诺夫一下迷茫了，这小子牛逼闪闪的到底是个什么人物？不行，我得弄清楚。

伊万一把拦住三木："你们是什么人，来这里想要干什么？"

三木豹眼一瞪："八嘎！我们的大日本帝国特高课侦缉组，奉命搜查被劫持的黄金，你的明白？"

这句话把伊万惊了个呆，他瞪着眼问："黄金？！这里有黄金？先生，你们搞错了吧！"

三木甩口回了一句："三百斤黄金！就藏在这艘船上，滚开！"

三木武夫不想再跟他解释了，一把推开他，硬闯进舱里。另两名特务也紧跟而入。

伊万听了三木武夫的这句话，半天没反应过来，站在门口看着三个特务在堆满食品的屋子里乱翻一气，突然脑袋猛地一个激灵，疯一般地向三木扑去："Stop！快停手！这里是仓库重地，全部是旅客必须的饮用食品，你们不要乱来，出去，都给我出去……"

三木武夫哪里肯听，他转身抡起胳膊朝拉扯他的伊万诺夫"啪"猛扇了一个耳光："八嘎！滚开！"

这时，另两个特务咣咣两脚就把伊万踹倒在地。伊万惨叫着在地上连打了两个滚，爬起来咆哮着："Stop！Stop！我要抗议，你们太野蛮了……"

他跌跌撞撞地逃出了舱门。

危机时刻，他要去搬救兵，让船长来紧急阻止日本人的粗暴行为。

其时，在三楼房间里的王一民三人，已举手面壁，被福田康夫小组搜了个遍，见没有发现可疑物品，随即让他们恢复了自由。

三个特务刚出门，王一民立即命令杜鼎铭和小泰山返回他们的房间，自己则沿着船廊匆匆向二楼食品舱走来，他要先去调查一下，还要去找柳淑清交代一下。

王一民刚拐过左侧船廊，突然见伊万、布朗和小松岱等人吵嚷着迎面走来。

他随即一侧身，与在船廊上看海景的游客很自然地站到了一起。难道伊万是日本奸细？他怎么跟日本人在一起？

王一民脑子一闪，刚要抽身奔向四楼，却突然听到伊万的怒吼："船长先生，你要赶紧阻止他们的粗暴行为，这些食品关系到全船旅客的生命安危，我们绝对不能容许他们乱来！"

精明的伊万找来救兵了。王一民顾不得再迟疑，转身向四楼柳淑清房间的位置奔去。

伊万引着布朗和小松岱匆匆赶来食品舱，刚到门口，伊万就冲正在屋里乱翻的三木等人怒吼："Stop！赶快停手……"

正在乱翻的三木武夫等闻声转头，见长官小松岱进了舱门，忙起身鞠躬，乖乖地退到一边，低头垂眼肃然站立。

布朗看到了遍地抛洒的食品，怒火直冲脑顶，握着拳连喊上帝，转头冲小松岱气愤地道："你们执行任务，我不反对，但你们这种野蛮的破坏船上的财物和粗暴的侵害我们旅客的行为，我坚决不允许！"

小松岱漠然地撇了一下嘴，并不理会狂怒的老布朗，而是慢慢转头，眯着眼盯着同样愤怒的伊万，一字一句道："请问船上有富士山苹果吗？"

这小子是不是脑子有问题，怎么见人就要苹果？布朗不解地眨着眼看看小松岱，又看看伊万。

伊万耸耸肩，戏谑道："对不起，我们船上只有阿尔卑斯山的苹果，你要的富士山苹果，我们没有！你要吃苹果请到餐厅里去找！Ok？"

看来，这家伙也不是。小松岱失望地轻叹了一口气，转头冲三木等人一挥手："继续搜查！"

三个特务刚要动手，伊万大喊着抢身拦在了他们面前，挥舞着胳膊："出去，出去，这是我们大英帝国的邮轮，你们无权搜查！"

布朗也火了，激动地紧握双拳冲小松岱吼道："你们要干什么！抢劫吗？我要向英国政府，向丘吉尔控告你们……"

话刚到这，一支黑洞洞的枪口就顶在了布朗的脑门上，老布朗一下子吓呆了，惊恐地盯着小松岱，张着嘴说不出话来。

小松岱用枪指着他，冷哼一声，撇着嘴鄙夷地："安静一点！"

他说着，朝三木一摆头（日语）："全部彻底的搜查，如果敢阻拦，全部枪毙！"

既然长官发令了，三木武夫等便肆无忌惮地疯狂翻腾起来。

伊万气的直跺脚，无助地看着布朗："船长先生……"

布朗已经气的浑身颤栗，满脸紫红，他似乎已经愤怒到了极点，冲着小松岱咬着牙用仅会的几句中文说道："你们如此野蛮，我一定要向你们的天皇抗议！控告你们在我大英帝国邮轮上的所作所为！"

这些洋人，除了控告就是抗议，还能来点新鲜词语吗？可笑。

小松岱用枪指着布朗，不耐烦地戏谑地："抗议？老家伙，我的告诉你，没有实力的抗议毫无意义，你的明白？"

布朗用充满血丝的眼睛瞪着小松岱，气的牙根咬的吱吱作响，攥紧的拳头颤抖着蓄势待发。

这时，舱里的所有食品已经被翻了个底朝天，只剩下角落里的十几个橡木啤酒桶了。两个特务来到桶堆前，伸头查看了一下，接着撸撸袖子，合伙奋力地把离他们最近的一个酒桶轰隆放倒。

随着酒桶轰然倒地，伊万顿时僵立在原地，因为他知道那个酒桶里面就藏有三木所说的黄金。这是他事先通过秘密暗号确认的，酒桶若被打开，那一切就完了。

伊万见势不妙，急忙吆喝着扑了上去："Stop！这是我们的啤酒，走开，都从这里出去！"

目前，他能做的只有拼命阻拦了，但想阻止住这几个日本人，显然是徒劳的。

没等他嚷出第二句，三木就果断地出手了。一枪把子击在了伊万的后脑勺，伊万被砸倒在地，一个特务又接着朝伊万的肚子踹了一脚。

伊万倒在了酒桶堆上，身子连连抽搐。

"Stop！"

布朗见自己的部下被打，赶忙上来挡在了伊万的身前。

"八嘎！"

小松岱一声吼，两个特务死死擒住了布朗。

布朗双手被擒，脸气的紫红，眼珠子都要爆出来了。拼命挣扎着："放开我，放开！"

小松岱不急不慢地来到啤酒桶前，伏身查看着浑圆的桶身，并探手轻轻摸索着。

突然，他的手在桶的腰部停住了，那里，两道细小的刻痕引起了他的注意。他用手指轻轻摸索着，眉头渐渐皱紧，而后猛然起身，附到另一桶边，仔细查看了一遍，没发现有跟那个桶一样的刻痕。

难道……

小松岱起身朝三木一摆头，指着第一个酒桶（日语）："这个，打开看看。"

"哈伊！"

三木武夫一步迈到桶前，顺手从腰里掏出一把匕首，对准了桶盖的部位就要动刀。

伊万呻吟着半躺倚在酒桶堆上，漠然看着三木的动作，他心里已经绝望了，看来上帝并不保佑自己，该发生的还是发生了，他闭着眼在心里轻轻默念了一句："Oh，God！——"

三木武夫用匕首奋力地剔着木盖的边缘，小松岱弯着腰紧盯着。

小匕首灵活地挑剔着，木屑一点点被抠了出来。眼看匕首就要穿透桶盖了，三木和小松岱下意识地别过脑袋，以防骤然喷出的啤酒泡沫溅到自己的身上。

布朗被两个特工擒着，也看着三木和小松岱他们的举动。

就在这时，伊万的喉咙里有气无力地嘟囔出一句话，在别人听来似乎是在呻吟，但这句话却令小松岱为之一惊。伊万嘟囔的这句话竟然是，"富士山苹果，我有……"

"你说的什么？"小松岱转过头，目光紧紧地锁住伊万。

就在这时，门口突然传来一个女人的声音："你们在干什么？"

小松岱又是一惊，和所有人几乎同时把脑袋看向了门口。因为那女人的问话是用日语说的。

在众人聚焦的目光中，门外一只乳黄色高跟鞋迈了进来，纤细的脚踝上，肉色丝袜勾勒出一条优美的线条，没入了蓝色的旗袍里。

几个人的目光顺着旗袍往上看去，一张精致至极的脸蛋映入了他们的眼帘。这女人就是柳淑清。

原来，自特工们上船之后，她就借故一直在船廊上观察动静，对于黄金的藏匿地点，她并不知情，也不知道伊万是什么身份，所以刚才伊万和小松岱他们的争吵，并没引起她多大的关注，但王一民突然上楼与她见面，才使她知道了事情的严重性，于是便匆匆来到二楼食品舱，想要以自己的特殊的身份，阻止小松岱等人进一步的搜查。

柳淑清的突然到来，让小松岱内心既反感又惊悸，别墅之夜已经领教了她的厉害，现在又不期而遇，真是讨厌至极。

小松岱眯着眼冲着柳淑清（日语）："小姐，这里不是你家的别墅，我们在执行任务，请你离开。"

柳淑清环顾了一下四周，然后不卑不亢地对小松岱用中文回道："请你说话礼貌些，我是水川殿下的翻译，奉殿下之命来警告你们，最好不要在这里闹出什么大的动静，以免打扰了殿下的休息，否则，后果你们是清楚的。"

柳淑清的这句话，不但让小松岱和三木几个听明白了，而且，让布朗及伊万感到极为的惊喜。

小松岱盯着面前这个气质高雅，美貌绝伦的女人，竟然被堵的一时语塞了。抗拒？那是找死，放弃搜查？可使命重大，作为一名职业特工，现在放弃就意味着渎职，这怎么办？

小松岱难堪地脸皮轻轻抖了几下，苦思冥想应对的办法。而已经快要绝望的伊万却犹如在黑暗中看到了光明，他忙站起身来，向正在愤愤地小松岱连连大叫："这位女士说得非常对！请你们出去！停止扰乱我们船上的旅客和财物！"

伊万这一吆喝，把布朗也提醒了，他向柳淑清连连解释："尊敬的小姐，我是"玛利亚号"游轮的船长布朗，我的职责是保护船上每一位旅客不受侵扰，我在此向您和殿下深表歉意和感谢。"

布朗说着向柳淑清低下了头。

这几个人一闹，小松岱也心虚了，但是他还不想放弃搜查，便铁青个脸向柳淑清微鞠一躬："柳小姐，我们不敢打扰水川殿下休息，请允许我们悄悄地，悄悄地完成搜查程序……"

"No！你们必须立刻从这里出去！"

伊万有了柳淑清这座靠山，心里底气瞬间提高了，他用手指着三木，几乎都要戳到他脑袋上了。

三木一瞪眼，伊万也跟公鸡似的伸着头跟他对瞪。他知道这个日本人现在是绝对不敢再动手的。

柳淑清轻咳了一声，盯着垂首站立的小松岱厉声道："我的话，你还没听明白吗？"

"是，小姐，请代我向水川殿下问安。"

小松岱不敢再争辩，只好极不情愿地朝三木等人一摆头，匆匆出了舱门。

柳淑清的任务顺利完成，她心里轻舒了一口气，转身向门外走去。

布朗眨了眨眼，赶忙跟了上去，双手握在胸前："美丽的小姐，感谢您的正义之举，我可以请你去舞厅喝一杯吗？"

柳淑清回头莞尔一笑，用流利的英语回道："船长先生，谢谢您的邀请。

我有时间一定会去的。"

她说着，优雅地踩着高跟鞋离去。

"OK！OK!"

布朗兴奋地打了一个响指，转头见伊万出来，重重地拍了一下他的肩膀（英语）："小伙子，干的不错，我们要起航了，哈哈……"

布朗意气昂扬地向船头走去。

站在三楼船廊上的王一民看着小松岱一行气急败坏地离去，忙奔向船梯，跟上来的柳淑清打了一个照面，彼此眼神一碰，心领神会地微微一笑，各奔上下而去。

此时，他心里一块石头渐渐落了地。

下午三点整，随着一声悠扬的汽笛声响彻天空，"玛丽亚号"邮轮徐徐离开码头，驶向大海，湛蓝的海面激起层层波浪，一丛丛纯白色浪花，荡漾起银色的光芒。十几只海鸥围绕在邮轮上空翩翩起舞，清脆的鸣叫声，婉转，生动，引得乘客们纷纷出舱观望，追寻着这些飞舞的精灵们……

小松岱被逼出食品舱，回到船头甲板上，听了两路搜查小组均无一收获后，他对酒桶的疑心逐渐增大。他紧缩眉头思考了一会，最后决定再次重返食品舱，他要来个彻底搜查。

三木和福田等几个特务听了，都同时一愣，迟疑着不敢行动。

小松岱低声对他们下令道（日语）："这次悄悄地，若那个船长和大胡子舱管再敢阻止，就让他们闭嘴，明白？"

几个特务点头哈腰："哈伊！"

随即，几个特务在小松岱的带领下，又急急地返回了食品舱。

但这次舱门紧关，那个大胡子舱管却没了踪影。

小松岱朝一特务摆了一下头，那特务从腰里掏出一把万能钥匙，上前对着锁眼捅了几下，而后几人推门而入，只留两个特务在外面持枪警戒。

小松岱等人一进舱就直奔那堆啤酒桶，因为事先被警告过，所以这次举动都格外小心，生怕再惊扰了四楼的水川殿下。两个特务用胳膊双双抱住一个橡木桶，奋力地挪出，脸皆憋得紫红，小松岱和三木伏身对着酒桶挨个检查。

突然，小松岱的目光停留在最外围的那个酒桶上不动了。这个酒桶就是他们第一次准备开盖查验的，桶盖边缘也留有刀剔的痕迹，但跟原来不同的是，现在桶盖边缘刀剔的痕迹明显扩大，桶盖周边也有些许水迹。

小松岱和三木互相看了一眼，皆露出了疑惑的表情。三木心领神会，持刀插进桶盖边缘，轻轻挑开，两颗脑袋也同时伸了过来。

酒桶里面的啤酒并不是满的，更没有啤酒泡沫喷出。小松岱用力吸了吸鼻子，一股啤酒的醇香溢满全舱。

啤酒桶为什么没有装满？而且没有半点气压？

小松岱疑心骤起，他顺着酒桶的顶部外沿慢慢下查，桶身有点湿润，而当他蹲身查看到酒桶底部时，一滩覆盖着泡沫的水迹映入了他的眼帘。显然，这酒桶刚刚被人打开过。

他们为什么要打开，如果旅客需要，不会直接打开酒桶盖的，那样会流失掉醇香煞口的泡沫。小松岱想到这里，愈发感到事情的诡异，他脑袋里立刻闪出伊万轻声吐出的"富士山苹果"的影音，难道……不能再浪费时间了，先搜查完再说。

他猛地起身，朝众特务低声命令道（日语）："酒桶统统打开，动作迅速！快！"

几个特务闻声便忙活开了。

而五分钟前，就在小松岱等人刚离开食品舱后，王一民便带领杜鼎铭和小泰山来到了食品舱，跟伊万诺夫四人迅速打开刻有暗记的酒桶，拿出那四个藏在里面的皮箱，向船尾货舱奔去。

通过刚才发生的一幕，王一民认为伊万诺夫不像是奸细，否则黄金箱就会暴露，他也早就被抓了。

而之所以要把黄金箱转移到货舱，就是王一民料到小松岱这老狐狸一定会杀个回马枪，而他也要再次验证小松岱会不会再追查到货舱这里。若真那样，他也会缩小怀疑人员的范围。货舱这边，特工们刚刚彻底搜查过，而且有伊万诺夫开道，货舱的管理员也不会为难他们。

当伊万提着一只沉重的箱子进入货舱时，看到皮特·高正在整理被翻乱的货物，他非常自然的说了句："皮特，我刚在旅客那里买的古董，先放你这儿，别被人偷了去。"

皮特·高虽然在亚裔人种面前趾高气昂，但见了纯种洋人比孙子还孙子，他急忙笑脸相迎，帮着伊万把皮箱放到货堆里，紧接着杜鼎铭和小泰山拎着相同的皮箱急喘而入，皮特·高也忙不迭地帮手，并殷勤地搬起旁边的纸箱要遮盖，但被伊万制止了，因为压后的王一民还没有进来。

令他们没想到的是，王一民遇到了麻烦。

其时，王一民断后出了食品舱，跟小松岱最多相差一分钟。就在王一民拎着皮箱往船尾急走之时，船廊拐角处迎面冒出了两个特务。

王一民随即调整了步伐速度，不能拎着皮箱迎面而上，他脑袋一闪，想到柳淑清就在上面一层，顺脚直径向眼前的船梯走去，如果避不开特务，他还可以找柳淑清帮忙脱身。

这俩特务见他拎着沉重的箱子上楼，顿生疑惑，也紧跟了上去。王一民用余光扫了一眼身后，见特务果然尾随而来，便沿着船梯大步向上。

幸运之神似乎想要跟他开一次玩笑，就在他攀上船梯急奔而上的时候，又有两个黑衣特务出现在了他的上方。

转头回望，后面两个特务也紧跟到了近前。王一民这下进退两难了。

"什么的干活？"上面一特务持枪指着他问道。

"上去找一个朋友。"

王一民镇静地应答着，脑子飞快思考应对的办法。如果特务要检查皮箱怎么办？如果不开，这上下四个持枪的特工可不是吃干饭的。

"箱子里面装着什么？打开检查！"

身后的特务一步迈了上来，枪口直接顶住了他的后腰。

王一民正准备跟四个特务来一场决绝地鱼死网破。

突然，一个熟悉的声音在头顶响起："老同学，你怎么才来呀，殿下都等急了。"

王一民立即收起将要出击的拳头，仰面看去，柳淑清高挑美丽的身影出现在了四楼船梯的甲板上。

"哦！老同学，我被他们……"王一民眼睛一亮，随手指着围堵他的特务们。

"怎么了？"柳淑清杏眼一瞪："难道水川殿下要的书，你们也要检查吗？"

这一句话把特务们震慑了，四个人面面相觑，僵在那儿一时不知该怎么办才好。

柳淑清的这句话也同时提醒了王一民，他摇头叹着："我真不明白，他们满船搜查，也不明白到底在查什么，真是莫名其妙。"

王一民说着，抬步向上走去，堵在前面的两个特务乖乖地避开。

柳淑清和王一民说笑着沿船廊走到一个房间门口，推门进去。那正是水川鸠夫的住所。

特务们互相看了一眼，远远的跟在王一民和柳淑清身后，看到他们俩进了水川的房间，才又失望而去。

而王一民的突然进门，令坐在客厅沙发上看书的水川大为诧异，因为在他这里，除了船上的服务员偶尔会轻轻敲门送些必需品之外，再无任何陌生人敢贸然闯入。虽然有柳淑清的引领，但其在没征得自己同意就进来，还是让水川感到些许不悦。

"殿下，这是我的大学同学，王振寰（王一民的别名）。""殿下的中文很好，王同学，你自己跟殿下打招呼吧。"柳淑清不顾水川满脸的惊异，热情地介绍道。

"殿下您好，打扰您了。"王一民站在客厅门口，礼貌地鞠了一躬。

水川放下书，忙上下打量着眼前这个俊朗的年轻人，起身应着："噢，是王先生，坐，请坐。"眼睛温怒地看了一眼柳淑清。

柳淑清娇嗔地上前抓住水川的胳膊，用日语俯身贴着水川的耳朵悄悄对他嘀咕了一句什么："殿下……"接着，水川眯着眼点了一下头，脸色也缓和了。

王一民看着柳淑清和水川的这一亲昵举止，心里略有一丝悸动，他不动声色，面带微笑地坐在茶几边的椅子上，皮箱自然的放在脚边。柳淑清也挽着水川的胳膊一起坐在了沙发上。仆人安倍闻声从套间里出来给三人泡咖啡。

"殿下，我刚才出去，恰好遇见了多年不见的王同学，所以……"

不等柳淑清继续说下去，王一民连点头："是的，没想到在这里遇见了柳同学，真是巧啊！我上船后先到舞厅里坐了一会，刚出来就被柳同学喊了过来，呵呵。"王一民见水川的眼光在他身边的皮箱上溜了两次，便赶忙解释了一下。

水川疑惑的眼神并没有消失，因为，他不相信这对曾经同窗的俊男美女关系就这么简单，他脑子里冒出一个招，要试探一下这个年轻人的反应。

水川看着王一民，右手指着茶几上的咖啡："哦？是吗，真是巧，王先生，请喝咖啡，不要客气。"左胳膊顺势自然地揽住了坐在身边的柳淑清。柳淑清身子下意识地一颤，急忙瞥了一眼王一民，见他正端着咖啡笑眯眯地望着水川，没有流露出半点诧异和不悦。

水川见此，轻轻舒了一口气，显然，他们没有自己想象中的那种关系。否则，这个年轻人不会这么坦然，即使不敢恼怒，脸上也会露出尴尬，同为男人，这一点，是瞒不过自己眼睛的。水川把手从柳淑清的肩上抽回，疑惑的心也慢慢的放松，他客气地和王一民简单地聊了几句。当然，他不想让这英俊的小伙子在柳淑清的身边多呆。

而王一民表面虽然不动声色，但心里却还是隐隐一沉，他不知道柳淑清和这个水川到底是什么关系，但从一进房间就观察他们两个人的举止，可以用三个字概括"不一般"。这个"不一般"，令他非常的不舒服，这应该是他此生都从来不曾有过的感觉。当然，在重大任务没有完成之前，他绝不能有半点分心。

就这样，各怀心事的两个人寒暄了几句之后，王一民确定特务应该没有再继续监视了，便示意了一下柳淑清，提起皮箱起身告别水川，柳淑清心领神会，招呼着王一民出了门。

第十五章　危机深伏

柳淑清的及时出现，使王一民巧妙地躲过了特务们地搜查。表面上看似有惊无险，但他们在食品舱里留下的痕迹，却使小松岱处于了极度地亢奋之中，虽然此前寻遍所有船员，接头暗号却始终没有对上，线索暂时中断，但食品舱里的疑迹却又一次地击中了他兴奋的神经。

舱内12个啤酒桶，除其中两个被开启并减少了约三分之一的液体之外，其他十个桶皆是满装的啤酒。显然，那两个桶里有东西被人提走了，肯定是有人在调虎离山，暗中转移，至于被转移的东西是什么，他脑子里只有两个字：黄金。

这虽然是主观臆断，但凭他多年的特科经验和分析，不会再有第二种可能。

柳小姐、大胡子伊万、船长布朗这三个人里面肯定有一个甚至两个是这批黄金的持有人。可那个柳小姐是水川殿下的随身翻译，即使怀疑她，但在没抓住确凿证据之前，是轻易不敢动她的。

布朗呢，这老家伙始终就没给过自己好脸，虽然对其非常厌恶，但凭其举动和语言，应该不是"道"上的人。

伊万呢，这大胡子留给他最深的印象是其绝望的表情和"富士山苹果……我有"的模糊呻吟。

小松岱想到这句话，眼睛突然一亮，脑子里划出了一个大大的问号。

他为什么在恍惚之间冒出这么一句话？若他就是线人，为什么刚开始见面时，自己抛出这句暗语，他却无动于衷，反而用揶揄的口气来调侃？

小松岱想到这里，不由得摇摇头，兴奋的神经又渐渐衰弱下来，按说按图索骥应该最省时省力，直接抓住伊万审问就可，但在没有任何把柄之前，若伊万一口咬定弄走的就是啤酒，谁也没有办法。看来，必须要跟总部联系问清楚船上的这个线人到底是谁，才能彻底解开迷雾。

其实，他也理解总部的用意，黄金就在船上，能直接找到更好，毕竟策反培养一个双重间谍非常不易，不到万不得已，上面是不愿泄露其身份的，线人隐蔽的时间越长，对己方的可用之处就越大。但现在秘密接头无着，黄金渺无踪影，若行动无果而返，谁都担不起这责任，所以只能抖底牌了。

小松岱一边吩咐报务员紧急跟总部取得联系，搞清这个神秘线人的身份，一边派特务们继续调查监视船上旅客的行踪，并重点监控柳淑清、布朗和伊万。尤其是柳淑清，一个中国女人给交战国的皇族特权人物当翻译，本身就很有必要值得去怀疑。

小松岱张开大网，坐等鱼儿露出水面。

而王一民从水川房间出来后，迅速把皮箱转移到了货舱，虽然他谨慎敏捷，但刚刚这一通忙活，也已让他大汗淋漓。王一民迅速整理好自己的衣装，转身如绅士一般来到了四楼的船廊上，柳淑清还在等他的消息。

柳淑清站在船弦边宁静地观赏着海景，美的犹如一幅画。而此时的王一民已经顾不得欣赏这美景，因为，还有两个特务趴在船头的栏杆上抽烟。王一民慢慢向柳淑清走去。那俩特务下意识地转头瞥了他一眼，又低着头装作抽烟。

"淑清，在看什么呢？"王一民问道，眼神里透着柔和的光芒。

柳淑清转头笑道："看这海景，多美啊。"

两个人对着话，王一民已走到距她三四步远的地方，单手伏在了栏杆上："噢，水川殿下呢？你怎么没有陪他一起？"

柳淑清看着眼前的王一民，洋气，体面，浑身散发着一种独特的魅力，心底涌出一股浓浓的暖意："殿下在房间里看书呢。"

"哦，殿下可真是好学啊，那我就不打扰他老人家了。请代我向他问好。"

"怎么，老同学想跟水川殿下聊聊吗？"柳淑清见王一民没有要跟自己说正事的意思，便默契的跟他回道。

"不了，谢谢，我去舞厅里坐坐。"王一民回答着，礼貌的跟柳淑清点了一下头，轻步向船梯走去。

在特务们的注视中，身影消失在了船梯下。

"去舞厅里坐坐。"这句外人听似极为普通的话，却是在告诉柳淑清转移地点，避开敌人的眼目。

因为从王一民踏上四楼船廊看见那两个特务时，就意识到柳淑清很可能已经被敌人列入了监控的名单。

柳淑清自然听懂了王一民的弦外之音，等他下了船梯没几分钟，就转身回到了房间。

她要拉着水川一起去舞厅，利用他特殊的身份来替自己掩护，以便使小松岱等人投鼠忌器。

王一民先回到房间，安排杜鼎铭和小泰山在货舱附近监视特务的举动，协助伊万诺夫保护好舱里的货物。然后，自己则去了一楼的舞厅。

蔚蓝色大海一望无边，船廊上，有旅客三三俩俩地来回漫步着观赏海景，船梯旁，一个黑衣特务倚在栏杆上，不动声色地观察着周围的一切。

王一民轻步走来，目不斜视地和黑衣特务擦肩而过，径直走下船梯。

表面看似一切都并无异常。但王一民心里却并不轻松，他很清楚，隐藏在小组里的那颗'地雷'在没有排除前，这暂时的平静都只是假象，一旦'地雷'被引爆，他们几个瞬间就会成为牺牲品。所以，要尽快摸清那个'地雷'到底是谁，后果才不至于全军覆灭。

可，那颗'地雷'到底是谁呢，伊万似乎已经被排除掉了，杜鼎铭和小泰山呢？到目前为止，他们俩好像还没有参与到这场博弈之中，当然，还有——她。虽然他感情上极力排斥这个想法，但理智却告诉他，对任何人都不能掉以轻心。一有不慎全盘皆输。暗道泄密一事，他就怀疑有人泄露了机密，柳家父女是最重大的嫌疑对象，还有她和水川的关系，不能不让人生疑……

王一民不愿往下想了，他意识到，这先前的较量才仅仅是序幕，真正的大戏还在后面。必须抢在大幕拉开之前，及时认清隐藏在幕后的'主角'，给他一击致命，才能使自己和战友全身而退。退一步讲，即使把自己搭进去，起码也能掩护其他三个同志脱险，为组织多保存一份力量。

此刻，通往舞厅的船梯旁，两个黑衣特工倚在船梯扶手上观察着甲板上游逛的旅客。

柳淑清和水川鸠夫挽着胳膊说说笑笑的向舞厅走来。

柳淑清身穿蓝色旗袍，乳黄色高跟鞋有节奏地在甲板上敲击着。水川鸠夫则眼戴墨镜，换上了一身黑条纹西装，枣红色的领带把粗短的脖子裹得严严实实。

这两个特务并不认识水川，以为是中国的富豪加小妾，又见这对年龄悬殊的男女旁若无人，悠然自得地神态，心里莫名的不平衡起来。遂冒出一个坏主意，准备让这对男女出出丑，杀杀他俩的风光。

两个特务互相看了一眼，其中一个向走过来的两个人扬起脑袋问道："什么的干活？良民证的有？"

柳淑清闻声，并没有回答那个特务，而是故意把目光瞄向了矮她半头的水川。

一向养尊处优的水川并不懂这些规矩，也没听清楚面前这年轻人半生不熟的中国话，以为是在跟自己打招呼，便微笑着点了一下头，继续昂首挽着柳淑清前行。

另一特务见此情形直接挤身上前，伸手一把揪住水川，蛮横地吼道："八嘎！"

水川一下子懵了，他是个文明人，自打从娘肚里生出来，就没有人敢冲他说这一句话，他愣了一下，瞪着眼指着面前的这两个毛头小子，半天没冒出一句话来。而柳淑清刚才故意不理特务的茬，要的就是借这些特务的粗蛮来激怒水川，给不可一世的特务们来个泰山压顶。

现在水川被骂，她是时候回击了，急忙上前一步，一字一句地用日语道："放肆，你们不知道这位先生是谁吗？赶紧赔礼道歉！"

这俩特务一听，并没有当回事，虽然从这女人的话语里能听得出，这胖男子的身份不同于一般人，但惯有的嚣张跋扈促使他们俩不可能立即低头道歉，特高课里没有趋炎附势的孬种。

"我们是在执行任务，请你们出示证件。"一特务见柳淑清会日语，便改变了措辞，生硬地回道。

"好吧。"柳淑清冷冷地瞥了那特务一眼，低头对水川道："殿下，他们要你出示证件。"

此时的水川早已被这两个蛮横的家伙气得浑身发抖，听到此话，脸上却露出了诧异的表情，因为他没有随身携带证件，之前也没有人会查看他的证件。

而俩特务一听到"殿下"两个字，脑袋同时"嗡"的大了。还没等他俩反应过来，突然听到一阵急促的脚步声传来。

"八嘎！"

随着吼声响起，小松岱闪电般地迈着大步赶了过来，只见他胳膊一挥，"啪"地抽了那特务一记大耳光，声音之清脆，振聋发聩。

那特务被这突如其来的大巴掌打的眼冒金星，身体一个趔趄差点跌倒，忙立正哈腰："哈伊！"

另一特务一看不好，也连连鞠躬："哈伊，哈伊！"

小松岱并没有落火，扬手又要冲那个特务打去，但胳膊却被一声："慢着"的话语定格在半空。

小松岱稍一怔，忙转身朝水川连连哈腰："殿下，对不起，我渎职了，请您降罪……"

他刚说到这儿，水川不耐烦地了摆手："他们是有些不礼貌，但是职责所在，我理解。请不要再惩罚他们了！"

水川说完，便挽着柳淑清向船梯走去。

"哈伊，天皇万岁！天皇殿下万岁！"

小松岱等几个特务深躬着腰，在水川身后连连呼喊。

原来，小松岱的突然出现并不是偶然。柳淑清和水川从房间里一出来，就有特务立即向在房间里等消息的小松岱汇报了。

为了监视并搞清楚柳淑清的身份，他遂带着两个特务奔向舞厅，谁想，却在甲板上看到这样一幕，吓的他一身冷汗，好在水川并没有计较，这让他暗暗松了一口气，皇室贵族的宽宏大量让他由衷感激与敬佩。

小松岱远远望着水川和柳淑清搀扶着下了船梯，这才直起身子，顺手擦了一把额头上的汗珠，眼睛盯向那两个找事的特务，呵斥道（日语）："脑袋聪明一点！"。两个人知道差点捅了篓子，忙鞠躬道歉。

小松岱斜了两个人一眼，带着特务向船梯走去。

就在这时，王一民迈着轻松的步伐来到了二楼船梯。

小松岱闻声转头寻过去，见一穿着体面的年轻人，冷峻而自信地迎面走来，他下意识地站住了。而找事的那两个特务因为刚才挨了打，也不敢对不明身份的人轻易造次了，只用眼神警惕地看着王一民走近，并没有拦截。

王一民轻步走到船梯边，冲小松岱几个点了点头，抽身轻快地下了船梯。

小松岱望着他高高的背影，眉头轻蹙了一下，随即带着两个特务也下了船梯。

舞厅里，灯光柔和，音乐靡靡，几对男女相拥着在舞池里慢慢移动。角落里，有男女喝着洋酒对桌私语。

小松岱踏下船梯的第一眼，就瞄到了水川鸠夫和柳淑清所在的方位，他俩对桌而坐，水川侧着身子欣赏在舞池中跳舞的旅客。

刚才从他们身边穿过的英俊男子，就是王一民。他绕过舞池，走到水川桌旁，满面笑容地跟柳淑清和水川说着什么，柳淑清捂嘴浅笑，水川则用欣赏的眼光看着他，频频点头。

难道这支那青年跟殿下很熟悉？从他们的表情和举止看，应该不是第一次见面了，但也不是老朋友那种关系。小松岱疑惑地眨了眨眼，转头低声向身后的一特务问道（日语）："那年轻人是什么身份？"

一特务瞥了一眼远处的王一民（日语）："报告长官，那男子是支那人，跟殿下的女翻译是同学，曾给殿下送过书。"

"同学？"小松岱皱了一下眉头，不再询问，而是慢悠悠地踱到一处昏暗的角落里，寻了个座位坐下，伸手从墙上的报刊架上取下一张报纸挡在面前，暗中观察起舞厅里的男男女女来。

王一民和水川及柳淑清客气地聊了几句，水川就牵着柳淑清的手款款步入舞池，随着节奏跳起了舞。

本来就高挑的柳淑琴，穿着高跟鞋，比水川高出了一个头。水川用手轻轻搂着柳淑琴的腰，眼神温柔地看着她，嘴角微微上扬。柳淑清第一次和水川这么近距离的接触，水川炽热的眼神令她感觉很不自在，并且，她担心坐在舞池边的王一民误会，便眼神躲闪不去回应水川。

水川发现柳淑琴不敢直视自己的眼睛，以为她是害羞，便笑着说："没想到，柳小姐也是性情中人。"

柳淑琴被水川的这句话搞得有些尴尬，问道："殿下，我不明白您的意思？"

水川面带笑意："中国诗经有云'窈窕淑女，君子好逑'，不知我在柳小姐心里算不算得上是君子呢？"

柳淑琴心里十分明白水川的言外之意，她便故借"君子"一词转移话题，对着水川微微笑道："殿下真是对中国文化很有研究，谈到何为君子？在中国，有理想，修德行，讲礼数，重信义之人方可称为君子，在我看来，殿下您一定具备君子的品性。"

水川心里清楚柳淑清是故意回避他的追求，心里有点失落，但也不愿去勉强她，脸上还是挂着微笑便不再说话，只是随着音乐而慢慢舞动。

王一民坐在桌边慢慢地呷着咖啡，优雅地欣赏着舞客们。但看着水川拥着柳淑琴曼舞心里泛起从未有过的涟漪，但这时，他要对小松岱等人的监视，装作浑然不知。

王一民稳坐泰山，优哉游哉，而小松岱却有些按捺不住了。

到目前为止，除了怀疑啤酒桶的破绽以外，对黄金和其持有人均一无所知，时间在一分一秒的过去，若在抵达天津港之前不能人赃俱获，那后果的严重性可想而知。可线人……这该死的线人，现在急等的就是他的身份信息。这本该是一件极简单的事情，如今却成了一宗悬案。

小松岱暗暗咬了咬牙，摸出怀表低头看了一眼，时针已指向了三点半，也就是说邮轮已经航行半个小时了。

他抬头瞄了一眼舞厅的入口，那里空无一人，报务员应该是还没有收到总部的信息。在信息没来之前，也只好慢慢观察，独自跟几个可疑人员死磕了。

舞厅里虽然深伏杀机，但表面来看很是和谐热闹，若没有突发事件出现，暂时不会有太大的改变。

而船尾的货舱处，却正在面临着一场空前的危机。

皮箱转移到货舱里后，王一民和伊万前后离开，让杜鼎铭和小泰山留在这里监控。两个人按照王一民的指示，各司其职。杜鼎铭负责外围的监视，在船两侧的船廊上暗中观察特工们的动向。小泰山则监控货舱周边的可疑人踪。他趴在船舷上，耳朵警惕地监听周边的每一点异响。船廊上，几位旅客把着船舷愉快地交谈。两个黑衣特务倚在一根船舷铁柱上，对头点火抽烟。

这应该是小泰山上船后所感到的最悠闲惬意的时候，日本人大规模的搜查已经过去，若不出意外，六个小时，不，五个半小时后，邮轮将抵达天津港，货物上陆，这次行动就将会是圆满完成了，而且，他有生以来第一次坐了洋轮，第一次出了山东地界，第一次……总之，以后就可以跟家人吹牛了。

他要吹嘘的对象，是未来的媳妇玲儿，虽然两个人八字还没有一撇，但玲儿已经给他纳过一双鞋垫了，鞋垫上有一对鸳鸯，让他憧憬着好几宿都没睡好觉。

前面船廊上，特务们抽完烟，又沿着船廊溜达开了。身后远处，隐隐一阵脚步声传来，小泰山下意识地转头，见一个船员装扮的男子摇摇晃晃的从另一侧船廊冒了出来。

"皮特·高？"小泰山心里顿时警惕起来，借着挠头的机会，眼睛紧紧注视着皮特的动向。

皮特·高手里攥着一瓶红酒，满脸通红，看样子是喝醉了。他歪歪扭扭地走到货舱门前，用手推了推紧闭的舱门，自言自语地："咦，他妈的，怎么关了？"

说着就伸手往腰里摸索。看来这小子是要进去，怎么办？这家伙喝成那样，若上前阻止，他肯定会闹腾起来，惊动船廊上的特务，况且人家就是舱管，一名旅客凭什么去阻拦舱管去开舱门？这没事都要搞出事来。

小泰山想了想，决定先暂不打扰皮特，等他进入货舱之后再看动静。余光中，皮特·高开了门，一个跟跄扑进了舱里。小泰山慢慢转过身来，瞥见特务们手伏在船舷上向远海观望，遂装作轻松的样子，手插在裤兜里，吹着口哨，向货舱那边逛去。

他刚刚越过船廊的视线，便猫着腰靠近了舱门。

货舱里，皮特·高已经醉的腿脚站立不稳了，他摇晃着走到货堆边，一屁股坐了下去。突然身子一歪又栽倒在地。

"妈的，什么东西，妨碍老子……"

皮特边嘟囔着，边爬起来，转身一把扯开货堆上的帆布，下面竟是一个歪倒的皮箱。咦？皮特醉眼望着皮箱，眨了眨眼睛，突然想起这箱子是那个狗日的大胡子伊万弄进来的。这里面装着古董？皮特模模糊糊又想起伊万紧张神秘的表情。妈的，到底是什么古董，老子要看看。

皮特对皮箱起了兴趣，他扔了酒瓶，竖起箱子，见上面有锁，眼珠一转，便伸手往腰间里摸索，想找工具打开。

小泰山避在门外见皮特在鼓捣箱子，暗叫不好，忙闪身进去，一拍他的肩膀："你干什么，这是伊万先生的皮箱，别乱来。"

伊万？不提伊万还好，这一提，皮特更火大，心想自己最恨的就是那些黄头发蓝眼珠的洋人，自己给他们当了多年孙子，以后这辈子都要继续跟狗似的被他们斥来呵去。这他娘的好不容易躲开了洋人，你个土包子又来拿洋人吓唬俺，婶可忍叔不可忍啊。

皮特怒从心头起，民族自尊心空前高涨起来。古董？老祖宗的东西凭什么让他们洋人给拿去，老子偏要看看。他站起身猛地一把推开小泰山："滚开，你个吃里扒外的狗汉奸，老子查的就是他！"

皮特吼着，又弯腰扯皮箱，扯了几下没打开，便跳起来用脚狂踩："去他妈的洋鬼子！"

皮特在酒精的刺激下，赤眼扭嘴的更加拉不住，"咚、咚"拼命的猛踹皮箱。

小泰山一看不好，扑上去阻拦，两个人双双摔倒在地。

小泰山越阻止，皮特·高越好奇，难道箱子里的东西价值连城？他顾不得跟小泰山纠缠，爬起来又去抓皮箱，小泰山急了，怕打斗声被外面的特务听见。他一转头见墙壁上挂着一把消防锹，忙蹿过去握在手里，冲着皮特低声道："住手！"

皮特转头刚要骂，一下子愣住了，他见小泰山脸色铁青，双眼赤红，紧握铁锹的双手凸起条条青筋，随着他身体的颤抖而颤抖。

这是要杀人的前奏啊！皮特见势不妙，酒醒了大半，暗叫不好。他瞪着一双惊恐的眼睛，下意识地连连摆手："别，别过来。"

皮特哀叫着，双脚慢慢向后退。突然他猛地转身向门口冲去，边跑边喊："杀人啦，快救命啊……"

完了，小泰山举着铁锨就朝皮特追去。但皮特启动早，而且逃命的速度有如过街的老鼠一般。眼看皮特前脚要跨出了舱门，外面突然闪出一个人影，小泰山还没看清来人的模样，皮特就闷哼一声，整个身子僵在了那里。

"鼎铭？！"小泰山惊喜地低叫了一声。

原来，在外围监控特务的杜鼎铭始终担心货舱的安危，当他从另一侧船廊拐到小泰山所在的船廊时，发现不见了他的身影。他满腹疑惑，来到船尾甲板察看动静，惊见货舱的门半掩着，里面传出吵闹声，心头一沉，疾步窜过来，迎面碰上了惊恐喊叫的皮特，便顺手一刀捅进了他的胸腔。

杜鼎铭的及时到来，令小泰山惊喜异常，但没想到他这么果断就出手了，好在没有引起特务们的注意。两个人匆匆把皮特的尸体扔进货堆，掩盖起来。又迅速出了货舱，他们要赶紧跟王一民取得联系，把刚才发生的事情及时汇报给他，让他抓紧部署后续的行动。

第十六章　诡异重重

刚刚在船尾货舱里发生的一切，在舞厅里的柳淑清、王一民和小松岱等人毫不知情。他们依旧在喧闹的音乐声中玩着猫捉耗子的游戏。

当然，耗子没露破绽，小松岱这只大猫也不敢贸然下手，只有坐在角落里静静观察。同时，也在焦急地等待总部的回电。

这时，一曲音乐完毕，舞客们低声说笑着散开。柳淑清和水川附耳低语了句什么，水川点了点头，向舞厅口走去。

角落里两个特务转头看看小松岱，见他在慢慢呷着咖啡，也就没动身，又把目光转向了柳淑清和王一民。

坐在桌边的王一民见柳淑清走来，抬起一只手伸向了对面的椅子，示意请她入座，又向穿梭在饮品区的服务员打了一个响指："你好，请给这位小姐来一杯咖啡，谢谢。"

服务员闻声点头离去。

王一民和柳淑清头面对面的低语起来，小松岱不知他们俩在说些什么，转头朝一特务使了个眼色，那特务慢慢走到两人旁边的座位上坐下。

舞曲又起，舞客们纷纷从各个角落聚向了舞池，逐对跳了起来。

王一民起身，倒背左手伸出右手，绅士地向柳淑清发出邀请。柳淑清欣然而起，两个人拉着手步进了舞池，随着舞曲的节奏，相拥着加入了舞群中。

小松岱和特务们翘头继续观察。

王一民知道，在这人员密集，鹰视狼顾的场合里，他们交谈要特别小心。

舞池中央，王一民右手环抱着柳淑清，食指在她的腰背上扣动了一下"指"语，暗示柳淑清周围有"狗"。

王一民'发完'信息，看着近在咫尺的柳淑清，她也仰头热切地看着他。

四目交融，双方都读懂了彼此的牵挂。

此时的王一民，被舞厅五彩斑斓的灯光照射出一种说不出的味道，他温柔细腻的看着柳淑清，眼神却闪出一丝阴郁。他是一个个性孤独、不善表达情感的人，冷淡而高傲。但从他对柳淑清，可以看出，他内心也有柔软的一面。其实，从事着这一份特殊的职业，他必须时刻压抑着自己，因为他知道，在如今这种残酷的环境之中，唯有谨慎和冷静才是最重要的生存法则，他不得不时刻拒人以千里之外，这也令他散发着一种独特的魅力。

柳淑清看着眼前的王一民，不由得脱口而出："一民，你变了。"

"怎么？"

柳淑清："当年的你那么爱读书，我还以为你将来会成为一个教书先生，可是跟你分开后的这些年，听到的都是关于你打鬼子的战功，大家都说你是大英雄！我特别担心你，却没想到，今天能够跟你一起完成任务。看你遇事冷静，处变不惊的样子，真的是由衷的钦佩你。"

王一民听后，不好意思地笑眯了眼："什么英雄不英雄的，国家兴亡，匹夫有责。苟安于家庭小康乃庸人之趣，报效于国家社稷方为丈夫之志。作为一个中国人，一名共产党员，这都是我应该做的。"

柳淑清崇拜地看着他发光坚定的眼神，随即又略显失望地小声问道："过了这么久，估计以前说的话你也都忘了吧。"

王一民望着眼前娇美脸红的柳淑清，斜了一眼远处的特务，微微用力把她往怀里一紧，略带严肃地对柳淑清小声道："我的傻妹妹，我怎么可能忘了呢，男子汉大丈夫，说过的话，就一定做到。"

柳淑清看着他义正言辞的表情，遂红着脸低下了头。

伴随着华尔兹的节奏，二人轻步曼舞，眼神传达着浓浓情意，王一民深情地对柳淑清认真地说道："等这次任务结束，我就娶你过门，我们一起保家卫国，一起打鬼子。"柳淑清被他这突然的一句话说得心跳加速，脸颊绯红，低着头不敢看他的眼睛。心里感到一种踏实的幸福。

王一民又把头贴在柳淑清的耳边："日本特工已经开始怀疑你，注意保护好自己，货物已经安全转移，放心。"

不知不觉，乐曲停止，众人散开。王一民和柳淑清在几双眼睛的监视下，轻松自如地向座位走来。

身后突然传来一声："漂亮的小姐，我来了，哈哈。"

随着话音，布朗从舞厅口大步向这边走来。

柳淑清转头见是船长布朗，遂莞尔一笑，用英文对布朗说道："你好，尊敬的船长先生。"

"哈哈，布朗，罗伯特·约瑟夫·布朗。"

这老头大笑着走近，柳淑清缓缓伸出右手，布朗捏住，低头在她手背上轻轻一吻，算是见面的问候。抬头又见王一民站在一边，便探寻地看着柳淑清。

柳淑清刚要介绍，王一民忙道："您好，船长先生，你们先聊着，我有点事先离开一会，失陪。"

王一民说着，点头示意了一下便抽身向外走去。

"OK！OK！"布朗笑着目送了王一民，转头对柳淑清："小姐，请坐。""艾迪森，两杯咖啡。"

看来这老头对于柳淑清的及时出手感动至极，因为，她不但保护了船上的财物，更重要的是打掉了小松岱等人的嚣张气焰，为自己找回了尊严。

而小松岱对老布朗的突然到来既惊异又兴奋，他示意一个叫山本的特务跟随王一民离去，又全神专注起布朗和柳淑清的语言举止，想从中发现疑迹和破绽。

王一民出了舞厅，径直走到船梯旁，在抬腿之时，余光中发现了一个黑影也从舞厅口冒了出来。

他若无其事地几步登上三楼，趁着转身的瞬间，瞥见只有一个特务跟了过来，便直接来到自己的房间门口，掏出钥匙开门进屋。

门刚关上，山本就从船梯口跟了上来。见船廊上没有了王一民的踪迹，有些茫然地前后看了看，沿着船廊慢慢走来，他不知道王一民在哪个房间里，所以每到一个门口，就小心翼翼地贴耳听一听。

而王一民一进房间，便倚在门后想办法怎么对付这个尾巴。若由他跟着，行动将极其不便。

他正琢磨着，房门突然被敲响。王一民迟疑了一下，因为，从敲门的节奏听，不是自己人。难道是那个跟踪自己的特务？

王一民脑子里划着问号，转身开了门。门口，一个着红帽红衣的男服务员站在那里。

"你好。"王一民堵在门口。

"您是308的房客吗？"服务员问道。

"你有什么事？"王一民疑惑地看着他，茫然的反问，既不否认也不接答，因为他不敢断定对方来这里是什么目的。

"我是邮轮的服务员，是这样的，有人让我把这封信送到308房间。"服务员说着，一个信封递了过来。

信？王一民伸手接过信封："哦，好，谢谢。"

"不客气先生。"服务员转身便离去。

王一民刚要关门，突然一支黑洞洞的枪口从门外指住了他。

是特务！

王一民立即屏住了呼吸，身体随着指着自己的枪口慢慢退回到了房间里。

"信的，给我！"山本太郎恶狠狠地盯着王一民，一只手就伸了过来。

信里面是什么内容，王一民还不知道。但既然有人给他，就说明是认识自己的人，在他还没有看到内容的情况下，若落在这特务手中，他没有把握将会发生什么情况。看来，唯有破釜沉舟了。

王一民冲着山本装作要将信递给他："噢，好的。"

趁山本一不注意，猛然抽身，"咣"的一下把山本关在了门外。

山本一愣："八嘎！"一边怒骂，一边气急败坏地抬脚"咣咣"猛踹房门。

怎料，房门突然大开，山本猝不及防，一头栽了进来。王一民在关门的同时，一脚把跟跄的山本踹倒。山本也是身手不凡的特工精英，在被闪进房间即将倒地的一刹那，知道自己遭遇暗算，他借势一个翻滚，抬脚踹向压过来的王一民。

王一民被这迅猛的一踹击的"噔噔"倒退了几步，刚定住身子，山本紧接一个鲤鱼打挺跳了起来，下手往腰间摸去，他要掏枪。

王一民想都没想，一个飞身腾空扑了上去，山本躲避不及，被王一民紧紧抱住，双双砸在了地板上，旋即厮打起来。

山本仰面朝上，一只胳膊还被别在腰间，有劲使不出，而王一民在两人同时扑地的瞬间，占据了上位，挥舞着拳头朝着山本的脸部猛击。

人体最脆弱的地方就是头部，尤其是双眼部位，一旦击中，整个人就会发蒙，短暂失去思考的意识，也就没有了反击的机会，这也是练家出手，第一拳必封眼部的原因。

山本被王一民压在身下，重重的挨了几拳，整个脸部肿胀暴紫没有了人样，没有几下便昏死了过去。王一民紧接着双手卡住他的脖子，用力一扭，只听"嘎嘣"一声脆响，颈椎断裂，彻底报销了。

王一民顾不得处理尸体，身体紧倚门上，带着满脑子的疑惑，迅速拆开信封，低头查看。

王先生：

你们的计谋很高明，保密工作也做的很好，我等真心佩服。不过，狐狸再狡猾，也逃不过猎人的眼睛，你们做的事，全部在我们的监控中，……

小松岱的威胁信？他急忙往下看。

……俗话说：识时务者为俊杰。我提醒你一句，趁日本人还没全部控制你们之前，赶紧离开这艘船，黄金我们会替你保管好。否则，你们将会被一网打尽，到那时，你们后悔可就来不及了。

信的最后没有落款。

深藏在小组幕后的内奸终于要走到台前了，这证明此前自己的猜测和党组织的情报是可靠的。但，这个人会是谁？伊万？柳淑清？杜鼎铭？还是小泰山？恋人、兄弟、战友、青梅竹马，出生入死……

王一民用力摇了一下头，努力回忆每个人尽可能有的疑点，几个人的音容笑貌不停地在眼前转换，重叠。大胡子伊万的咆哮，柳淑清深情的眼神，杜鼎铭暴怒的狂吼，小泰山机智的举动……他们，似乎都完美无缺。

突然，他脑子一闪：服务员，那个送信的服务员应该知道这个人的模样。

王一民想到这里，开门冲了出去。船廊上，有旅客三三俩俩地交谈游逛。前面远处，一红衣红帽的身影向船头走去。王一民疾步上前，一把拽住那个服务员："你……"

那服务员惊诧回头，一张陌生的脸与王一民四目相碰。

王一民失望地："对不起，认错人了。"

他转身又向船尾奔去，远远看到船尾的船弦边聚着几个人低着头看向海中。

有人惊叫："那是个人吗？怎么可能呀！"

"就是，就是……"有人回应着。

王一民疾步奔来，伏身朝船舷下一望，整个身子顿时僵在了那里。

海面上，一具红衣红帽的躯体随着波浪飘向了船尾。他……

王一民惊讶地半天没回过神来，只晚了一步。他紧握拳头狠狠地锤在栏杆上。对手做事太绝，为了不露马脚，杀人灭口，如不尽快把他揪出来，不知还会再祸害多少无辜性命。他回到了自己的房间，房门刚刚被关上，敲门声又一次响起，听这节奏，是自己人。

门刚刚开了一道缝，杜鼎铭便一步闯了进来，顺手把门关上。

"四哥，急死我了，你……"话没说完，他就突然看到了地板上特务的尸体，还没等杜鼎铭开口，王一民顾不得答疑，便朝杜鼎铭摆了一下头，和他把尸体抬进了卧室，扔到床上，用被褥盖住。

"四哥，这……"

杜鼎铭喘着粗气，疑惑地看着王一民，忍不住问道。

"跟踪我的特务。"

"跟踪你？咱们是不是暴露了？"杜鼎铭吃惊地紧问道。

"没有，他们只是怀疑。"

他不想让杜鼎铭更担心，只轻描淡写地说了这一句。

杜鼎铭一颗悬着的心半落下来，点点头，看着王一民，把他和小泰山在货舱杀死皮特·高的事情一五一十地说了出来。因为，船方如果发现船员失踪，一定会调查的，他要问问王一民，接下来他们应该怎么办。

王一民想了想，看着被子下的尸体，低声道："不如将计就计，把他俩弄一块，来个死无对证，明白吗？"

杜鼎铭看看尸体，眼睛猛地一亮："好，四哥，我知道该怎么做。这就去和小泰山……"

他刚要迈步，被王一民一把拽住："你先坐下，我还有事跟你说。"

"啥事？四哥。"杜鼎铭坐到床边的椅子上，困惑地眨着眼问道。

王一民没接答，而是把那张信纸递给了杜鼎铭："你看看这个。"

杜鼎铭又困惑的接过信，急急地展开信纸看了一下，"啊？"地一声站了起来："这是谁……谁的信？"

王一民只是盯着杜鼎铭，摇了摇头。

"哥，哪里来的信？"

"服务员送来的。"

"那服务员呢？"

"死了。"

"啊？"杜鼎铭又一屁股砸到了椅子上，脸色铁青。他牙关一咬，"四哥，奸细，咱们里面肯定有奸细！否则绝对不可能对咱们摸得这么清楚。我日他个狗娘，哥，你认为是谁？我去弄死他！吃里扒外的杂种……"

杜鼎铭愤怒到了极点，身体微微颤抖着，拳头握的咯咯作响。

"鼎铭，先别意气用事，你觉得这个奸细最有可能会是谁？"王一民稳住杜鼎铭，一字一句地问道。

"四哥，这还用问吗？知道这批货的只有咱们四个，你、我、小泰山，还有那个大胡子诺夫。咱三个都知根知底的，出生入死也不是三回两回了。要说你我小泰山，其中有一个是什么奸细，咱们还能活到今天吗？肯定就是那个俄国佬……"

杜鼎铭话刚到这儿，王一民接道："不，不只咱们四个，还有一个人知道。"

"谁？"杜鼎铭震惊地看着王一民。

"是个女的。"到此时，王一民不得不说出参与任务的人数，事关重大，绝对不能冤枉任何人，更不能出现任何差错。

"女的？"杜鼎铭有些懵了，茫然地看着王一民，"这女的她是干啥的？"

"也是咱们行动小组的，只是现在的身份还不能暴露。"

"哦……"杜鼎铭张着嘴，眉头皱了皱，"一个娘们，应该没有这么大的本事！"

王一民叹了口气："我也希望她不可能，但在没有查出奸细之前，咱们五个，都是怀疑对象。"

"对，四哥，你先从我开始查，完了我再去通知小泰山和那个啥诺夫，挨个审，他娘的，我就不信查不出来。"

杜鼎铭刚说完，外面又传来了先三后二的敲门声，是自己人。杜鼎铭看了一眼王一民，急步走出了卧室，开门，小泰山闪了进来，低声问："四哥回来了没有？"

杜鼎铭表情严肃地点点头，瓮声瓮气地："正要找你呢。"

小泰山一愣："咋了？"

"进屋说。"

两个人遂走进了卧室。

王一民这边在紧急排查奸细，而呆在舞厅里的小松岱见柳淑清和布朗一会喝咖啡，一会又跳舞，没有发现半点破绽，心里急躁的要命，就在这时，一个特务匆匆进了舞厅，来到小松岱身边，附耳说了句什么。小松岱眼神一亮，起身和那个特务急匆匆地走出了舞厅。

总部回电了，线人身份已给出，不过，上级旨意，要单独传达小松岱。

小松岱激动得心脏狂跳，登船梯时还险些被绊倒，幸亏身后的特务及时扶住。两个人匆匆回到四楼套房，一进门，报务员就拿着一张电报迎了上来："报告长官，总部回电。"

小松岱一摆头，跟随的特务闪身退出，门被关上。

小松岱接过电报："总部电：线人是"玛利亚号"邮轮舱管员伊万诺夫，接头暗号……"

"伊万诺夫？"小松岱不可置信地瞪大了眼睛。

第十七章　伊万之死

小松岱简直不敢相信自己的眼睛，又仔细看了一遍，喃喃了一句："怎么会是伊万诺夫？"

小松岱懵了，这怎么可能呢，自己跟他接了两次头，可那小子不是讥讽就是戏谑，压根就没有暗示过自己。难道里面出了什么差错？

可……小松岱又想起伊万"富士山苹果，我有……"的怪异话语。

他不明白这俄国佬到底在搞什么鬼，没时间琢磨了，直接找到他本人，若再装糊涂就用特殊手段逼他就范。现在"尚方宝剑"在手，不怕他不开口。

为了能在第一时间人赃俱获，连人带货地全部拿下，小松岱命令门外的特务立即把分散在各处的兵力全部召集到二楼船头甲板上待命，自己匆匆向二楼食品舱奔去。他不想兴师动众，知道此秘密的人越少，对线人越安全，对己方的利益也越大。

就在小松岱获悉了伊万诺夫的真实身份之时，王一民也对伊万产生了极大的怀疑。

分析有二。

一：在行动小组五个人里，王一民、杜鼎铭和小泰山都是知根知底，一起打天下的生死兄弟，以前面临那么多次生死攸关的事件，都把脑袋绑在裤腰带上拼命，现在怎么可能出卖兄弟呢？柳淑清，她正被日本人严密监控着，没时间写恐吓信，况且即使指派了服务员来，小松岱也不会坐视不管，起码会有人跟踪。但到目前为止，日本人并没有出现，只此就可以排除她的"作案"嫌疑。既然这四人都排除，唯有伊万诺夫了。

二：伊万是苏共，他们几个人此前都从没见过，更不清楚他的底细和人品。但若认定他就是奸细，似乎于情于理也说不过去，也不能解释他极力阻拦小松岱等特务的搜查和帮助转移黄金箱的举动。

所以，他只是最大的嫌疑对象。

王一民决定先从伊万开始，一个个排除锁定。横竖只有四个人，不信自己搞不定。

敌我双方几乎同时把目标指向了伊万诺夫。那么这个神秘的大胡子到底是什么人呢？

伊万诺夫，全名：尤利伊万诺夫，白俄罗斯人，42 岁，1934 年加入苏联共产党，后进入苏维埃国家安全局（克格勃），从事间谍活动。精通中英文和日语，曾出色的完成过多次情报任务，但在 1940 年秋，被日本特高课秘密逮捕，开始了双重间谍活动。

这次我方密运黄金之事，通知并让他以船员身份帮助护送到天津。伊万在获悉这次行动后，立即把情报输送给了日本特高课，他们准备在船上一网打尽。但事情生变的拐点却是因为伊万临时改变了主意。

原来，我方为了谨慎起见，只告诉他运送的货物是一批古董，伊万一开始也以为只是古董，但在特务搜查时，意外的从三木口中得知货物其实是黄金，他在惊愕之余，贪婪的潜意识骤起，到嘴的肥肉绝不能拱手送人，所以立即改变了主意，决定隐瞒自己的身份，准备把黄金独吞下来。要知道，300 斤黄金可是巨额财富啊，拥有了它，就可以远走高飞了，到那时，美女豪宅想要啥就有啥，自己一辈子都会荣华富贵。谁还他妈的干什么胆战心惊的间谍呀。

但伊万诺夫的美梦也只是暂时的，麻烦很快就要降临到他的头上了。

小松岱急急来到二楼食品舱，却发现舱门被锁着，眉头蹙了一下，怀疑伊万在驾驶舱，又向驾驶舱找去。

小松岱在找伊万，王一民也在找他。

但在找到伊万之前，首先要处理的是房间里的那具尸体。特务们的突然撤离，使王一民三人顺利的把特务尸体弄到了船尾。

王一民示意杜鼎铭把那具尸体背到船尾的救生筏后面，隐藏在靠近船舷的隐蔽角落。然后和小泰山打开货舱门，准备进去搬运皮特·高的尸体。

王一民抢先一步进入货舱，小泰山则回头先看了一眼有没有人跟来，等他转过头往舱内进的时候，却被王一民用胳膊挡在了门口并示意他不要出声，小泰山刚轻手轻脚地挪进舱内，便看到货舱里，一个身穿船员工作服的人低着头坐在货物上，像在沉睡。

王一民走近一看是伊万，便松了口气。小泰山则疾步上去推他："伊万，你怎么在这儿睡着了？我们有事找你……"

他推了一把伊万的胳膊，伊万不但没有醒来，反而顺着推力，身子软软地倒了下去。一张青黑色的脸映入了两人的眼帘。伊万脸色青黑，一双无神的蓝眼珠瞪得溜圆，脸上是一副极度痛苦的表情。"他，他……"小泰山吓的连连往后退了几步。

王一民忙上前伏身查看，伊万早已没了气息，嘴角的一丝污血，令王一民眉头一紧，身高体壮的伊万是被毒死的。看来这个奸细又害死了我们的一名同志，王一民顿时心生怒火，还剩三个了……刚想到这，小泰山慌道："这……货，货物呢？"

这时，杜鼎铭也闯了进来，待问明事情后，旋即扑进了货堆，翻找起来。

"完了。"杜鼎铭绝望地蹲在地上抱着头。

"哥，咱们怎么办啊？"小泰山哭丧着脸，也绝望地看着王一民。

王一民略有所思地对两人道："现在看来伊万可能不是奸细，如果他的尸体被发现，情况会更棘手，所以，现在只能将他身葬于大海。小泰山你跟鼎铭去把那特务跟皮特的尸体放在一起，我来处理伊万。"小泰山跟杜鼎铭听完点点头，三人分头行动。

小松岱这边仍然在疯狂搜寻伊万的身影，驾驶室，机舱，最后干脆冲进舞厅，准备查问老布朗。此时，舞厅里早已经没有了布朗和柳淑清的身影。更甭说那个该死的俄国佬伊万了。

小松岱失望地回到甲板，看了眼站立如松的十几个特工，心下一横，决定全员搜查，尽快找到伊万。他顾不得其他了，眼下耽搁一分钟，就有可能出现重大变故。

三木、福田等几个在食品舱见过伊万的特工领命而去，开始了又一轮的大搜查，只不过这次搜查的不是传说中的黄金，而是活生生的人。

王一民则趁四下无人，把伊万的尸体从栏杆边推到了海里。他看着伊万的尸体越飘越远，心里不停地思考着。就凭伊万的体格，陌生人是近不了他的身的，只有熟人才能在他毫无戒备的情况下，给他下毒，然后运走那几个皮箱。

那这个熟人又会是谁呢？柳淑清？还是杜鼎铭和小泰山？亦或者是布朗？

在上船这个阶段，除了日本人以外，似乎只有这几个人跟伊万接触过，当然还有那个假洋鬼子皮特，但他死在了伊万之前，完全可以排除。

那问题又来了，在货物转移到货舱之后，又有谁单独接触过伊万？那段时间里，柳淑清在舞厅，可以首先排除掉。那么，杜鼎铭和小泰山呢？

王一民刚回到房间，杜鼎铭和小泰山便急闪进来。

"四哥，都弄好了……"

王一民抬头，突然问道："伊万是什么时候进货舱的？"

"进货舱？不清楚，我和小泰山弄死那个皮特之后，就关上门离开，分头找你去了。"

杜鼎铭刚说完，小泰山连连点头："是啊，我们也不知道他什么时候进去的，门一直关的好好的。"

"那，你们……"王一民本想问他们两人谁和伊万单独接触过，可话到嘴边，又遂改口道，"你们没有有发现有可疑人在货舱附近出现过？"

"哥呀，"杜鼎铭一屁股坐到椅子上，"我和小泰山找了几圈没找到你，又返回货舱那儿，见舱门仍旧关着，就让小泰山在那儿守着，我回了咱们房间，你正巧也在。"

这么说，自己和杜鼎铭在房间里的时候，只有小泰山在货舱那儿，王一民目光投向了站在门口的小泰山。

小泰山慌了，连连摆手："鼎铭，你可别乱说啊！你走了以后，我只是在船舷边观察，没靠近货舱一步啊，更没看见伊万半个踪影，我，我可以对天发誓……"

小泰山显然急了，刚要再说下去，王一民摆了摆手打断了他。

杜鼎铭两眼发直，牙关紧咬："妈的，若找到那个杂种，老子立马废了他。"

小泰山惊悸地瞥了他一眼，跟道："对，弄死他。四哥，我们先去找货吧！

等找到了货，奸细也就好找了！"

"那就行动吧。我去布朗那儿查查，你们俩去食品舱和机房，都小心行事。"王一民下令道。

"好，四哥。"杜鼎铭和小泰山点了一下头，闪身出了门。

王一民看着他俩的背影离去，暗暗叹了口气。他知道，接下来的行动会更加险恶，时间不多了，若挖不出隐藏的奸细，那一切努力和牺牲都白费了。

伊万之死，幕后凶手到底是谁？

从刚才杜鼎铭的话语里得知，他和小泰山两人同时离开货舱，转了几圈后又回到那里，舱门还是锁着。此后，小泰山就一直守在那儿。那么，是不是就在这个期间，伊万来到了货舱，被小泰山趁机除掉了呢？再如果从黄金上信号山起开始联想，把此后的这一系列诡异之事串起来，小泰山的嫌疑急剧增大。

是不是可以这样设想：夺金之夜，小泰山趁着单独销毁车辆的机会，把藏金地点通知了军统。第二天军统上山夺金无果后，他又把别墅暗道的情报透露给了军统。军统反复失手后，为了能从这批黄金里分一杯羹，立刻派了那个叫张振环的特务前来跟自己谈判，同时打乱我们对有内鬼的怀疑，目的就是力保小泰山的奸细身份不被暴露。若按这个假设再推下去，那恐吓信的事就不难解释了。小泰山为了夺取黄金，写信恐吓他们空手离开，这一点也不奇怪。

如果用这个推理，杜鼎铭也是不可漏掉的嫌疑对象，只有一点不同的是，他和小泰山同时离开货舱后，又立即折返回去，正准备转移黄金箱时，恰好被伊万碰到，便借机除掉了他。然后再和小泰山一起回到货舱，以此制造不在现场的假象。

但问题又回到了纠结的原点，他俩自从参加"抗日救国大队"之后，就跟自己没有分开过。难道是在抗战前加入的军统？更不可能，杜鼎铭和自己是发小，他的成长经历，如同自己掌心的纹路一样清晰。而小泰山，加入队伍时只有14岁，一个目不识丁的穷孩子，军统是不会看上他的。如果这两个人不是奸细的话，那就只剩下柳淑清了。

王一民想到这里，心里隐隐不安起来。

如果撇开信号山激战的那一环节，柳淑清和小泰山、杜鼎铭的嫌疑同样大，甚至比他们俩更具怀疑性。这是从两方面分析，一是柳家能有如此雄厚的资产，绝对不是一天两天积累起来的，柳老先生经过几十年的努力经营才走到今天这个地步，但如果没有各方强大的人脉，他是很难做到今天这个规模，而所谓的人脉，自然少不了国民党政府了。由此可以肯定，柳家跟国民党政府有着千丝万缕的联系；二是柳淑清日本皇族翻译的身份，她会不会借着这个特殊身份，秘密从事着国民党军统的任务？

但是，她毕竟是个女人。要毒死伊万容易，但要搬运沉重的黄金箱，凭她一己之力似乎不太可能。况且在这段时间里，她一直没有离开过自己的视线。除非……除非她有同伙。王一民脑子突然一闪，一个伟岸的身影进入了他的脑海——布朗！如果布朗被柳淑清收买利用，那……他脑海里映出了布朗大步流星洪亮如钟的姿态和声音。他在去舞厅之前干了什么？会不会奉柳淑清之命干掉伊万，转移皮箱后，又去舞厅假装跳舞而实质是汇报结果？虽然王一民从内心深处极力排斥这种想法，但理智却让他不能忽略。

王一民思虑再三，决定先从布朗那里入手，探寻蛛丝马迹。

驾驶舱里，布朗伏身看着航海图。大副马克手抱舵轮，全神贯注的观望着浩淼的海面。邮轮已经航行了一个多小时，除了起航前日本人的无理取闹，航行期间可以说是风平浪静。天气晴好，旅客安逸，总体来说还算顺利，如果不发生突变事故的话，这趟从香港到天津的航程就会圆满低航。

至于那个服务员跳海自杀，在布朗眼里只能算是毛毛雨。一个殖民地里的中国雇工活腻了，想解脱，谁也挡不住。以前的例子太多，他早就对此麻木了。

布朗查看完航海图，抬头朝前方望去，蔚蓝的大海一望无际，连一只小船都没有，海面平静的像一面蓝色的镜子。

他轻轻舒了一口气，从兜里摸出一个铁盒，打开，捏出一根雪茄，含在嘴里，低头刚点燃，身后就传来了轻轻的敲门声。

布朗一愣，难道又是那个日本矮矬子？他气冲冲地一把拉开舱门："你们又想怎样……"

布朗刚嚷完就愣住了，门外站着的是一个衣着得体的年轻人，手里还捏了一只怀表。他，好像在哪儿见过，但又一时想不起来在哪里见过。

这青年就是王一民，见布朗满眼茫然，遂冲着他微微一笑："船长先生，不认识了吗，先前在舞厅，我是柳小姐的同学，呵呵。"

噢，布朗眼睛一亮，是那个漂亮的柳小姐的朋友啊。他忙伸出手用中文回到："噢！你好，你好先生。"

"您好，尊敬的船长先生。"王一民也客气地握住他的手。

布朗对自己刚才的失态略显尴尬，立刻用英式的绅士气息笑着问："请问您有什么事情需要我帮忙吗？"

王一民笑着摇头："噢，船长先生，我的怀表似乎走的有点慢，想跟您来对一下时间，看看是不是准确。"

"噢，好的，没有问题。"

布朗摸出自己的怀表，低头看看时间，王一民靠前借着对表的机会，探身朝驾驶舱里扫了一眼，没发现有皮箱在里面。

布朗抬头："现在是下午 16 点 31 分，你的时间对吗？"

王一民似乎很惊讶地："噢，不对，我的才 16 点刚刚过，差了近半小时，怪不得感觉这时间太慢了呢，谢谢您，船长先生。"

他边说着，把刚才故意拨慢的指针拨了回来，朝布朗点了点头，转身走去。

布朗笑着点了点头，退身关上了舱门。

驾驶舱里没有皮箱，接下来就是查看他的宿舍了。

布朗的房间跟普通船员不在一起，而是在四楼的头等舱。房间门上有固定的英文铁牌。是为了区分身份，不让旅客误入。

王一民这边搜寻着可疑线索，小松岱等人也在满船寻找线人伊万诺夫。

令小松岱恼火的是，不想见他的时候，他老是跟在自己屁股后面抗议，这要找他的时候，却又没有了踪影。真是一个极度可恶的俄国佬。

就在小松岱为找不到伊万而抓狂的时候，小头目三木武夫跟他汇报了一个诡异的情报，跟踪王一民的那个特工山本太郎失踪了。

小松岱满脑子烦躁，起初并没有在意，心想或许是山本是为了不让那个富家公子发现，而隐蔽在了某个黑暗角落，这对一个职业特工是再正常不过的举动。

但当他在三楼船廊看见王一民一人上了四楼，其身后没有出现山本的身影时，他这才感觉不太对劲。由此联想到他跟柳淑清的关系，心底猛然一沉——差点漏过了另外一条线索。

小松岱两眼一眯，抖了抖脸皮，命令特务们继续寻找伊万，然后带着三木等几个特务匆匆向四楼奔去，他要大开杀戒了，抓住王一民先来个敲山震虎。理由非常简单，跟踪他的特工失踪了，杀人嫌疑犯这个罪名，任谁也拿他没有辙，毕竟只是嫌疑。当然，若同时找到伊万，那就更好了，分头审讯，说不定会有意外收获。

而王一民在三楼船梯看见小松岱的刹那，原本要摸进布朗房间搜寻证据的想法立即放弃了。

他沿船廊快速向船尾走去，想摆脱小松岱等人的隐形束缚，不给他们留下任何纠缠的借口。

但，他们已经纠缠上了他。王一民还没走到船尾，小松岱就带人窜上了四楼。

"站住！"

三木武夫一声喊，和两个特务就冲了过来。

王一民一看，他们是冲着自己来的，便干脆站住，回头故作惊诧地问道："有什么事吗？"

话没说完，几个特务就扑上来擒住了王一民的胳膊往他背后一别，押着就想走，因为水川鸠夫的房间就在这一层上，他们不敢闹出大动静来。

王一民当下就看穿了他们的想法，他一边挣扎一边大声叫嚷道："放开我，你们凭什么乱抓人，放开我……

房间里有旅客听到动静，便推门查看，见有特务举着枪，便都惊叫着缩了回去。

小松岱听他这么乱嚷嚷，暗叫不好，朝三木武夫一挥手，转身向船梯走去。

三木意会，一手死死擒着王一民的胳膊，一手来捂王一民的嘴，王一民顺势咬住了他的手指，三木"啊"的一声，把手撤回，王一民又趁机大声："放开我，放……"

第二句还没喊出声，就见前面房门里探出一个人影。

柳淑清。几个特务都愣住了。王一民也默契的看了柳淑清一眼。

而快要走到船梯口的小松岱听到身后的异动，也忙转过头来。

"这是怎么了？"

柳淑清冷眼看向三木武夫。而三木却一直看着她身后不远处的小松岱，等候指示。

小松岱知道对这个女人不能来硬的，遂转身走过来，冲柳淑清一哈腰，道："我们怀疑这个人杀害了我的部下，要带回去审问一下。"

柳淑清杏眼一瞪："他？怎么可能！他是我的同学，你们有什么证据证明他……"

"这我是知道的，柳小姐，我们只是带回去调查一下，如果不是他杀害的，我们会立即释放的。"

小松岱耐心的解释着，似乎也给足了柳淑清面子，目的是让她不要再插手。

柳淑清是非常知书达理的，她也明白这个道理。她轻轻皱了一下眉，水川鸠夫便从房间里走了出来。

几个特务忙哈腰。

小松岱也暗暗叫苦，恭敬地："殿下好！"

水川看了一眼被擒着的王一民，诧异地："王先生？"

王一民点了点头："殿下，不好意思，打扰您了。"

水川皱着眉疑惑地问小松岱（日语）："这是怎么回事？"

小松岱朝水川哈着腰道（日语）："报告殿下，我的一个部下失踪了，我们怀疑凶手就是王先生，想把他带回去审问一下。"

这时，王一民辩解道："我一介文弱书生，与你的部下无冤无仇，为何要杀害他呢，你们抓我也总该有个理由吧，除非……"王一民顿了顿，眼睛看向小松岱："除非你们找不到凶手，随便抓一个人栽赃嫁祸！"

第十八章　疑点重重

王一民一番话，提醒了柳淑清，她转头冲着小松岱："你说我同学杀害了你的部下，你亲眼看见了吗？"

小松岱答："没有，我们只是怀疑。"

"怀疑？船上有好几百名旅客，你们凭什么就只怀疑他？是不是你还在为在我家搜查无果，一直对我怀恨在心，故意抓我的同学向我示威？"她故意提起小松岱的失误，为再次激起水川的恼怒。

小松岱连连摇头否认："那是误会，柳小姐，殿下，我对柳小姐绝无敌意，这次只是因为我的部下三木看到王先生和山本一前一后的离开舞厅，然后山本就失去了联系，所以……我们不得不查问一下，这也是我们的职责，请谅解。"

小松岱不敢直接说跟踪之事，抛出三木，也是其圆滑的一种本能。

三木武夫手擒着王一民，应声道："是的，山本太郎失踪，这个人的嫌疑最大。"

柳淑清更火了，她瞪着杏眼朝三木道："作案要的是证据，没有证据而无端猜疑，是你们特高课的一惯做法吗？我现在以身担保，只要你们拿出确凿的证据，证明你部下的失踪就是王先生所为，我将亲自把他送到你的手里，并按照法律处置，这样可以了吧！"

柳淑清柳眉倒竖，想说真是一群猪脑子，但话到嘴边又咽下去了，现在最关键的是绝对不能让他们带走王一民，特高科的酷刑残暴至极，她可不能让王一民落入他们手中承受那份苦。她转头又对水川鸠夫："殿下，您认为他们这样的做法合理吗？我很不理解，太有辱大日本的道德法律了！"

她想逼水川表态，只要水川说句话或者点个头，那王一民就会脱离危险，下一步他自然会谨慎应付。

小松岱一看不好，忙朝水川哈腰（日语）："殿下，我们的一切行动，都是在为至高无上的天皇陛下尽忠！"

对于这种事，水川鸠夫不想过多干涉，他看了看眼前的这些人，嘴里吐出了三个字："小松君。"

"殿下！"小松岱的身体已经折成了 90 度，心揪的绷紧，他不知道水川的态度，万一让他放了这个嫌疑人……就在这时，船梯口突然传来一阵"咚咚"的脚步声，众人齐齐望去，竟见布朗满面怒色地大步走来，一边走，双手不停地比划着："Ivan！ Where's my Ivan？！"布朗嘴里叫嚷着外语，令在场的人都一头雾水。

王一民眼睛一亮，好戏即将开场了。

原来，几分钟之前，餐饮厅的总管去驾驶舱向布朗汇报，说旅客要啤酒，但服务员找遍全船，也没找到食品舱管理员伊万诺夫。布朗听后，第一反应肯定是这一群日本人捣的鬼，因为伊万跟他们有过节，遂怒气冲冲地奔来，要小松岱给个说法，他的伊万到底被弄到哪里去了。

小松岱盯着布朗，疑惑地："船长先生，伊万在哪儿，你也不知道吗？"
他对这个英国佬的话并不确信，也许是故意来施放烟雾弹的呢。

布朗以为小松岱在装糊涂，更火了，他瞪着眼吼道："我的船员失踪了，是在跟你们吵架之后失踪的，你怎么解释？"布朗转头对水川，"你的士兵随便伤害我的船员，现在我的伊万找不到了。我们大不列颠帝国决对不能容忍你们在我们的邮轮上肆意妄为！"

小松岱在震惊之余，眼里的怒火急剧增大，一件事还没解决完，又来一堵心的。在水川面前，他不敢失态，只能强按怒火，暗暗咬了咬牙，看着愤怒的布朗，语气平和地抢先回道："船长先生，你说的那个伊万，我们真的不知道他的下落，不过，我们可以帮您搜寻。请不要在这里大声喧哗。！"

王一民则见机问道："小松先生，另一位先生的失踪是否也与我有关？"

布朗这才注意到王一民被押着，不解地问："噢！年轻人，你怎么……"

他又激动起来，瞪着眼冲着小松岱："野蛮！你们对我的旅客如此野蛮！简直不可理喻！我要求你们立即放开我的旅客！"

布朗把头转向了水川。而水川眯了一下眼睛，似乎有些不耐烦了，他不悦地对小松岱说道（日语）："你们，我不干扰，但在没有找到证据之前，不要做出格的事，明白？"

小松岱听到这里，一颗悬着的心终于落地，他激动地赶忙又一哈腰（日语）："是，尊敬的殿下，我们必鞠躬尽瘁，誓死效忠天皇！"

柳淑清一听急了，对水川："殿下……"

水川轻怒地摆了一下手："希望你也不要干扰他们的工作。"说完，转身进了房间。

有了水川的"圣旨"，小松岱也就有恃无恐了，底气十足的朝三木等一挥手："带走！"

几个特务擒着王一民就向前走去。

王一民看了一眼柳淑清，示意她不要担心，有水川的话语在先，料小松岱不敢对自己下死手。现在不管柳淑清是敌是友，可以先确定，她不是日方的奸细，若是军统特务，及时掐断线索全身而退是她最高明的选择。

一行特务押着王一民在前，布朗和柳淑清紧跟在后。

布朗没有善罢甘休，仍然不停嘴地嚷嚷："伊万，你们快给我交出伊万！我的旅客要喝啤酒！"

柳淑清则冷若冰霜，一声不吭地紧随其后，她还是不放心王一民。

特务们的举动，也惊动了船上的旅客，有在远处站着看的，有交头接耳的，也有小孩子好奇往前钻，被胆小的女客拽着藏进了房间。这毕竟是特务在船上第一次抓人，虽然之前粗暴地搜查过，但皆有惊无险，现在真的逮人了，心里不怕才是怪事。

正在船上秘密搜寻黄金箱的杜鼎铭和小泰山听到动静也跑了过来，惊见一众特务押着王一民下了船梯，两个人同时脑袋发懵，不知发生了什么事。

小泰山心里一惊，紧紧抓住身边杜鼎铭的胳膊，小声问他："哥，这，怎么办啊？"

杜鼎铭也被这突如其来的一幕惊的半天没回过神来，他不知如何回答小泰山，张了张嘴，一股热血忽地窜上头顶："我日他个……"

他抬步就要上前。

"哥……"小泰山下意识的一把拽住他，两人悲愤的四目相碰，死死地钉在了原地。在这种场合下，冲动是不会解决任何问题的，他们要赶紧想办法解救王一民。

王一民被一众特务押到了二楼的船头。

围观的众人被几个特务举枪逼散，只剩下柳淑清和布朗留在这里。

而小松岱此时感到了空前的压力，他本来想秘密逮捕王一民，弄进房间审讯，不料事情却闹大了。水川不让逼供，柳淑清也不离左右，现在若想从这嫌疑人嘴里撬出真相，无疑是天方夜谭。唯有尽快找到山本或伊万，才能摆脱目前的窘境。

小松岱命令三木带特务们继续全船找人，然后让闻讯赶来的福田康夫带手下去王一民房间搜查。

柳淑清听此心里一慌，疾步上前刚要阻拦，王一民朗声道："淑清，让他们随便查，是黑是白，自见分晓。"

柳淑清见王一民一副泰然的神态，知道他房间里没有什么破绽，遂冲小松岱道："小松先生，如果你们搜查不出证据，必须立即放人，并赔礼道歉。"

小松岱斜眼瞥了一眼柳淑清，并没有搭理她。

王一民被抓，使杜鼎铭和小泰山都陷入了慌乱之中。他们匆匆返回房间，开始了紧急磋商，准备营救王一民。但王一民周边特务把守森严，就凭他俩救他，无疑是飞蛾扑火。

怎么办？冒险引开敌人，可船就这么大，王一民能逃到哪里去？可，不救出王一民，他们怎么办？为了这批黄金，我方已经付出了巨大的代价，如今黄金没了，人也被抓了，一切都完了。回去怎么跟组织交代？

小泰山蹲倚在墙壁边，双眼无神地望着天花板，琢磨着下一步该怎么办。

杜鼎铭则蹲在那里，瞪着赤红的牛眼，牙齿咬的咯咯响："日他娘的，跟这些杂种拼了吧！大不了同归于尽，来个痛快的，省的活受罪！"

小泰山忙摇头："不行，咱们要是死了，那奸细不正好没有挡了吗，凭什么呀，二十多个兄弟拿命换回来的那批货，任务还没完成咱就这么死了，对得起谁啊……"

小泰山说完，因想不出办法，急的用后脑勺"咣咣"直撞墙。

"我日他个亲娘啊。"杜鼎铭哽咽一声，一拳捣在地板上，猛抬头，咬着牙对小泰山道："要不这样吧，你是四哥的随从，你这个身份方便去探寻四哥的安危，顺便看看四哥有没有什么指示，咱们再决定怎么办！"

小泰山想了想，咬咬牙一点头："好，听你的，四哥吉人自有天相，肯定不会有事的。"

他起身整了整衣服，刚要出门，又迟疑地一回头，对着杜鼎铭道："鼎铭哥，你要想尽一切办法找回那批货，我若回不来，你也别鲁莽，一定要把货安全的交给组织。"

杜鼎铭冷哼一声，眯着眼一字一句发狠道："我早就想好了，你和四哥若没了，我姓杜的死也要拉着那帮狗杂种给咱们陪葬！"

"不行！"小泰山忙回来劝慰道："鼎铭哥！你千万别冲动！四哥不会有事的，不完成任务，你绝不能死！"

"操他个亲娘……"杜鼎铭低吼一声，抢着拳朝自己的脑袋"咣咣"猛捶。多少次一起出生入死的战友兄弟，眼看就要面临生离死别，还有比这心痛的吗？

小泰山蹲身一把抱住杜鼎铭，哽咽着："鼎铭哥，别这样，咱还没到最后的绝境，千万别灰心，只要有一丝希望，也要活着完成这次任务，你先去找货，四哥回来看到我们找回货一定会高兴的……"

话刚到这，外面突然传来了一声门响，两人倏地站了起来，怒着眼双双看向房门，准备与来敌以死相拼。

房门纹丝不动。隔壁竟传来杂乱的脚步声。两个人明白是王一民的房间进去人了。

"四哥回来了？"杜鼎铭精神猛地一振，拔腿就要往外走。

"先别出去……"小泰山一把拽住他的胳膊，嘘了一声，静耳又听了一下，失望地摇摇头，"是特务，在搜查四哥的房间。"

"那，四哥屋里没漏下什么疑点吧？"杜鼎铭皱起眉仔细地回忆着。

小泰山有把握地："肯定没有，四哥干活一向干净利落！"

杜鼎铭轻舒了口气，点点头。

"那我们分头行动。"

"一定小心！"

"你也是。"小泰山应着，走到房间门口，朝面色凝重的杜鼎铭晃了晃拳头，给他鼓了鼓劲，便拉门而出。

海风习习，宽广无垠的海面一直延伸到天边，水云相接，烟雾浩淼。

此时的船头安静的出奇，王一民站在那里神情悠闲地观赏着海面的风景。他身边两个特务警惕地观察着周边的动静。

小松岱坐在一把椅子上，默然沉思着什么。身后一个特务肃然站立，右手始终插在裤兜里，准备随时掏枪应对突发事件。而柳淑清也让服务员搬了一把椅子，她并排坐在小松岱的旁边，昂着头在心里暗暗和小松岱较量着。布朗见小松岱不搭理自己，便先去忙别的事了，做为一船之长，他只要结果。

趁着这短暂宁静的机会，王一民把刚才发生的事情紧急回顾了一遍，虽然柳淑清和布朗的嫌疑最大，但黄金箱绝不可能在特务严密监控的情况下被从船尾货舱转运到布朗的房间。王一民想到这里，微微闭上了眼睛，脑子极力回忆着货舱周边的设施情况……

这一切对于王一民和小松岱来说都是杂而无序，各自的心里都急躁的要命，时间再这么无声无息地耗下去，对双方都是巨大的损失。王一民表面虽故作轻松，但心里还在为隐藏在小组之中的奸细心生焦急，此刻，他不能乱了阵脚，他坚信，奸细一定会在关键时刻露出马脚的。

小松岱也是心急如焚，联系不到线人伊万诺夫，查不到黄金的下落，上级能饶了他吗？堂堂的大日本最高特务机构特高课侦缉组长，号称精英中的精英，却连照单拿人这最简单的任务都完不成，不让天下人耻笑吗，即使剖腹自尽，也洗刷不净这奇耻大辱。

时间一分一秒地过去，小松岱终于忍不住了，他伸手摸出怀表看了一眼，时针已指向了五点一刻，还有三个多小时邮轮就要到达天津港了，不能再这么拖下去，他暗暗捏了一下手指。

就在这时，一阵急促杂乱的脚步声传来，他眼睛一亮，忽地从椅子上站了起来。抬头望去，福田康夫等三个人急匆匆地沿船梯跑了下来，大步奔到松井面前，"啪"的一个军礼（日语）："报告长官！"

"说！"小松岱急不可耐地吼道。

福田康夫（日语）："我们对 308 房间进行了细致严密的搜察，没发现可疑物品和疑迹。"

松井眉头紧皱，竟一时无语了。

柳淑清闻听，忙站起来："小松先生，现在可以放人了吧。"

小松岱冲福田康夫："你们继续搜查，要快。"

"是！"福田康夫刚转身要走，小松岱又突然道:"不,我和你们一起去,其他人看好嫌疑人。"

他转身抬步就要走，被柳淑清一把拦住："小松先生，你要失信于殿下吗？现在立即放人！"

"闪开！"小松岱终于暴怒了，若不是眼前这个讨厌的女人跟随着不离左右，自己绝不至于这么狼狈。他大吼着一把拨开挡在身前的柳淑清，拔腿就走。

柳淑清哪敌得过小松岱这样猛地一推，她见拦不住，便大喊："站住！"

就在这时，又一阵脚步声传来，三木武夫几乎凌空跳下了船梯："长官，山本，山本君死了！"

什么？小松岱又惊讶的停住了。

第十九章　虎口脱身

闻听山本太郎暴死，小松岱脑袋轰然一炸，眯着眼紧紧地盯着急喘的三木。

三木喘着粗气："在船尾，救生筏后，山，山本君被人杀死了……"

柳淑清心里一紧。心想这特务死了，王一民可就是最大的嫌疑犯了，让他们放人的念想瞬间粉碎，王一民危矣。

她看了王一民一眼，竟发现他还是一副满不在乎的神态，难道山本之死与他无关？柳淑清心里彻底没底了，不知道怎么办才好。

松井紧盯着三木把话说完，两眼射出了凶光，低吼了声："八嘎！过去看看！"大手一挥，刚要带领众特务们向船尾奔去，又回头说道："把他也一起带过去！"王一民被特务带着紧紧跟了过去。

柳淑清冲小松岱张了张嘴，却没有出声，她意识到，现在说什么老鬼子都不会搭理她，只能等谜底解开再见机行事了。她刚要跟上去，脑子忽然一闪，伊万！伊万不是也失踪了吗……想到这里，她旋即冲向驾驶舱，一见到布朗就大喊："船长先生，布朗先生，他们杀人啦……"

既然日本特务死了，伊万又失踪了，那拖上布朗，借机制造他们的矛盾，没准会对王一民有利。这也是没有办法的办法，至于是成是败，也只能走一步看一步了。

小松岱等人刚拐过船廊，远远就看见甲板的救生筏旁，围了四五个特务。

特务们见长官奔来，忙闪到了一边。小松岱大步走近，眼前的一幕令他始料未及。

救生筏已被移开，船舷旁，两具尸体一上一下紧紧地抱在了一起。下面那个双眼暴突满脸青肿的是山本太郎。而压住山本的是一个穿橘红色工作服的黄种人，显然，这是一名船员。

小松岱盯着尸体，朝三木武夫挥了挥手。三木遂弯腰把那名船员翻了下来，面部朝上。其肚腹上的一片乌红的血迹映入了所有人的眼帘。血迹中心，一把没有刀柄的利刃几乎完全没入了衣服里，可见对方臂力过人。而纵观山本太郎的尸体，除了面部血肉模糊，全身其他部位都没有遭受到致命的攻击。

小松岱从口袋里掏出一双白手套戴在手上，弯腰伸手，捏住插在船员肚腹上的刀片，慢慢拔了出来。刀片有三寸见长，非常之薄，双面开刃。他拿在眼前仔细的观察了一下，显然，这不是所谓的匕首，而是中国武人常用暗器的一种，俗称"飞镖"。

小松岱脸上不自觉地露出了一丝冷笑。这里显然不是第一现场，移花接木，弄巧成拙，对手也太小儿科了吧。他站起来，手举着刀片目不转睛地查验着，问身旁的三木（日语）："这名船员叫什么名字？具体是干什么的？"

三木眨眨眼（日语）："报告长官，还不清楚，这就去查。"

"不用了。"

小松岱淡淡地说道，因为他已经听到了一阵沉重急促的脚步声由远而近，这应该是布朗来了，对于这种场合，外人躲避犹恐不及，还能有谁如此多事地来凑热闹？

"伊万，伊万在哪儿？"布朗大声嚷着，"噔噔"地急奔过来。

王一民见柳淑清喊来了布朗，想看看他们俩会如何配合，也可以趁机证实一下自己的疑虑，便继续不作声。

此时柳淑清看了一眼在特务群中冷静的王一民，心想自己也不能过于慌乱冲动，要理智的解救他，便在布朗身后，等待时机。

布朗急步奔过来，突然被眼前的一幕吓呆了，他看着面前的两具尸体，喃喃地："Oh, My god……"他一时惊愕了。

"这位死者是你的船员吧？"小松岱并不看布朗。

布朗此时脑袋已一片空白，连连点头："是的，是皮特，皮特·高，是我们货舱的管理员……"

货舱管理员？小松岱眼珠子提溜一转，冲三木："货舱的开路。"

"哈伊！"

小松岱现在没有心思搭理身边呆愣的布朗，抽身而去。

柳淑清见势，忙上前道："松井先生，案发现场在此，我想，这应该和我同学没有什么关系了，请立刻放人！"

松井不耐烦地一扬手："闪开！"

柳淑清怒了："你的人跟船员斗殴致死，难道要赖我同学吗？立刻放人，否则我告诉水川殿下你们违抗圣旨！"

这句话把小松岱震住了。是啊，人已找到，表面来看，凶手也已出现，若再不放人，水川那儿会厌烦的。对于柳淑清这个身份特殊的女人，小松岱是有火不敢发，只能硬着头皮强忍着。

他脸一沉，冲特务一挥手，然后盯着王一民："暂时不需要你配合调查了，但是，在我没有确定凶手之前，我会再去找你了解情况的！"说完转身，带着几个特务向十几米外的货舱奔去，心想反正在船上你也跑不了，随时都可以再抓回来。

小松岱等人的闪身离去让呆愣的布朗脑子一激愣，眨了眨眼，不对呀，皮特·高身边的那具穿着黑色西服的死者，不正是日本人吗？他，他杀了我的皮特！布朗"嗷"的一声跳了起来，转身几步追上小松岱，一把揪住他："皮特，是你们杀了我的皮特！你们不要走！给我解释清楚！"

小松岱正憋了一肚子火，见这英国佬又闹腾开了，便一个反抓，把布朗的胳膊死死的别在他身后。几个特务一看长官动手了，遂齐齐掏枪指向布朗。

小松岱现在不想被再纠缠下去了，破案要紧，他朝特务一挥手，向货舱奔去。

王一民见小松岱带人离开，示意了一下柳淑清，转身向左侧船廊走去，柳淑清随即紧跟。

两个人来到了王一民房间，柳淑清刚要开口，王一民立即做了一个噤声的手势，猫着腰在桌子下和床头边等房间隐秘的地方查探起来。

柳淑清方感自己冒失，忙双手捂嘴，然后也帮着搜寻起可疑物体。两个人仔细的在房间里搜查了一遍，没有发现有窃听器之类的东西，这才舒了一口气，双双坐了下来。

"伊万是怎么回事？他是咱们的人吗？"柳淑清刚坐下，便急着低声问道。

王一民点了点头。

"那他去哪儿了？"柳淑清又问。

"死了。"王一民眼里闪过一丝悲凉。

"什么？"柳淑清瞪大眼睛一惊，"怎么死的？是日本人干的吗？"

王一民轻轻摇了摇头，目光紧盯柳淑清，低声："不是。"

"那是谁？"

"军统特务。"

"什么？"这个回答又击中了柳淑清本就错愕紧张的神经，她张了张嘴，"你，你是说，船上有国民党的特务？"

王一民非常肯定地："对。而且此人目前就在咱们行动小组当中。"

柳淑清听到这里，突然冷静下来，极其严肃地："一民，你能告诉我，除了咱们俩，小组里还有谁吗？"

"杜鼎铭，小泰山。"王一民眼光始终紧紧地盯着她，不紧不慢地吐出了这两个人的名字。

柳淑清轻轻抿了抿嘴，这两个人她并不认识，遂茫然地："他们……"

"都是当初和我一起从死人堆里爬出来的战友、兄弟。"

柳淑清哦了一声，然后眼神里露出了一丝失望："这么说，只有我一个是外人，对吗？"

王一民平静地："没有内外之别，只有敌我之分。"

"那么，你怀疑我是敌，是吗？"柳淑清也正襟威坐。

王一民看着眼前的柳淑清，叹了一口气："在没有查出奸细之前，任何人，包括我自己，都要怀疑。我们必须赶在……"

"等等。"柳淑清紧急打断王一民的话，"你为什么说咱们小组里面有特务？"

"咱们的黄金箱失踪了。"

"什么？"柳淑清诧异地盯着王一民，突然露出了难以置信的表情，"一民，你是在开玩笑吧！"

"现在是开玩笑的时候吗？"王一民冷声道。

"什么？"柳淑清身子一下子僵住了，慢慢的回过了神，嘴里嘟囔着："黄金箱真的失踪了？"

"伊万被人毒死，黄金箱也失踪了，情况就是这样。"王一民面无表情，眼睛始终盯着她。

"那，那我们该怎么办？一民……"柳淑清声音颤抖着，流露出急切的眼神。

王一民看着她，"一切有我呢，我一定会把这个内奸揪出来。"

柳淑清连连点头，然后又问："可……你觉得咱们四个人里，不，是我们三个人里，谁的嫌疑最大？"

王一民并没有回答她，而是深深叹了口气："好了，你先回去吧，淑清，我要行动了。"

他不想再拖延时间了，没有缘由的猜测解决不了任何问题，他要主动出击，引蛇出洞了。

而小松岱在货舱里也发现了重大可疑点，他在靠近舱门的地板上，发现了指甲盖大小的一块血迹。这就说明，山本太郎和皮特·高，是在这里被人杀死的。当然，也不排除那个失踪的伊万诺夫也是在此遇害的。

但，幕后凶手到底是谁？小松岱还不敢确定，他还没有仔细排查分析。不过，王一民的嫌疑是绝对跑不了的，鉴于此前他在办案过程中所遭遇的尴尬，这次，他决定秘密监控跟踪他。

谨慎心细的福田康夫和另一名特务领到任务跟随小松岱一起。而三木等人被安排监视跟踪柳淑清的动向和窥探布朗的行踪，同时也要保护好水川鸠夫的人身安全。如果柳淑清真的是共党间谍，关键时刻要防止她劫持水川以此要挟。

此时，小松岱不敢有半点马虎，他刻不容缓地亲自带领两个特务奔去舞厅，搜寻监控着里面的各色人员，以往的经验告诉他，越嘈杂的地方，往往越是可疑分子隐藏和接头的选择。

小松岱不想再漫无目标的搜查了，他让发报员向总部发出命宪兵队全部封锁天津港的请求。他坚信，只要黄金还在这艘船上，就绝对跑不出他的手掌心，就算在航行中搜查不出来，靠岸登陆也肯定能查获。

而小松岱实施的"重点"监控，给了"漏网"的杜鼎铭和小泰山两人一个相对自由的活动空间。

此时，杜鼎铭在机舱部位秘密搜寻着，小泰山在二楼的下等舱打探。

王一民走在三楼的甲板上，在脑子里清晰地勾勒出船尾货舱周边的设施。船廊右侧靠近船尾的地方，有一间锚链舱。那里，应该是储藏黄金箱的最佳地点。但要想攻破那个舱管员，把黄金箱转移进去，难度可想而知，除非舱管员是他们的同伙，而如果是船长配合的话，问题也将变得简单。

王一民想到这里，便想亲自去那儿查探。但身后严密监视他的特务，使他有所顾忌，也意识到，眼下要先摆脱跟踪自己的"狗"，无奈之中，他先回到自己的房间，等待杜鼎铭和小泰山回来跟自己接头……

其时，已经是下午六点多了，晚霞映红了海面，景色迷人。四楼顶层的休闲区，几个外国游客在嘻嘻哈哈地打着排球，也有情侣依偎在露天的排椅上静静地欣赏着这美好惬意的海天景色。

此时，杜鼎铭在机舱里似乎遇到了一点麻烦。做为一名旅客，他贸然进入底层船舱，引来了正在忙碌的船员们怪异的目光。他进去没多久，便被一个威猛的白人船员轰走，遂只好装作无所事事的样子，来到二楼的旅客大厅，看能否在人群里搜寻到什么可疑的包裹。

而小泰山双手插在裤兜里，先在旅客大厅里搜寻了一遍，没有什么发现，又来到了船尾附近。遛遛达达走到锚链舱门口，顺手推了一下门，门被锁着。

"别动！"拐角处突然冲出来一个穿橘红色工装的人，堵在了他的面前。这人就是锚链舱的管理员郑大三。小泰山一愣。

"你干什么？"郑大三凶恶地问道。

小泰山耸耸肩："没事出来玩玩啊，怎么了？"

"怎么了？这里没什么好玩的，滚远点。"郑大三蛮横地道。

"呀呵。"小泰山一听就火了，胳膊一抱，眨了眨眼。但他随即又咧了咧嘴，点着头，"好，好，我滚远点。"他说着，转身走去。

郑大三看着他的身影消失在拐角，转头又检查了一遍舱门锁，才又离开。

小泰山之所以在暴怒之下又哑然熄火，是他注意到了郑大三怪异的表情和反常的举动。锚链舱就在船廊的拐角处，也不是什么机房重地，按理说，旅客在这里路过和游玩，不应该如此粗暴的阻止，除非是发生特殊情况戒了严。

可现在风平浪静的，郑大三干嘛那么激动？难道锚链舱里有猫腻？此时，杜鼎铭也从旅客大厅里溜达出来，小泰山揣着满腹疑惑，跟他道出了心中的猜疑。

杜鼎铭惊异地看着他："不会吧，锚链舱已经被他们搜查了好几遍了，什么都没搜出来，怎么可能……"

"可是，我总觉得这里面有问题。"小泰山疑虑道。

杜鼎铭想了一下，点头道："那好，你去把那个舱管引开，我进去搜查一下。"

小泰山一撇嘴，为难地挠着头："哥，还是你去引开他吧，那小子满脸横肉的，不好对付呀。"

杜鼎铭咬了咬牙："好，我去，你手脚麻利点，别磨蹭。"

两个人一前一后向船尾走去。

第二十章　失而复得

此时，郑大三正趴在船舷上抽烟，忽然听到船廊上传来脚步声，忙回头，杜鼎铭晃着膀子大步走来。

郑大三还没来得及吆喝，杜鼎铭就把一盒烟扔到了他怀里，郑大三顺手接住。

杜鼎铭："师傅，辛苦了啊，我是干机械的，想跟你请教点船尾结构的事！"他说着，用手摸了一把裤兜，里面传出悦耳的钱币碰撞声。

郑大三立刻眉开眼笑，连连点头："好好，走，去那边聊。"

两人并肩向船尾甲板走去。临过拐角，郑大三似乎还是不放心，转头向船廊这里看了一眼。

两个人的身影刚消失在船尾，小泰山就从拐角闪了出来，他蹑手蹑脚溜到锚链舱门口，把一根铁丝插进锁眼里轻轻捅了几下，锁开，小泰山忙推门闪身进去，随即门又被关上。

锚链舱里漆黑一片，小泰山摸索到门边的开关，打开了灯，只见舱里除了堆积到顶的粗大沉重的铁锚链之外，没有任何其他物品。

小泰山打量了一遍，弯下腰想去挪动脚底的铁链。可费尽全身气力，硬是没把铁链移开半寸。难道这里面真的没有别的东西？不对呀，若没有什么猫腻，那个舱管发什么神经？他深深吸了一口气，手脚并用，抓着铁链爬上了垛顶，垛顶离顶板只不过一尺多高。

他借着灯光伸头朝里面观望，见贴墙处还有一个空间，便小心翼翼地爬了进去。墙角旮旯里，堆着一挂茶杯口粗细的油麻绳，他奋力把那盘麻绳掀开，下面露出了一层帆布。在揭开帆布的一刹那，他高兴的差点叫出来，帆布下，几只棕色的皮箱并排立在那儿。

黄金箱！小泰山激动地心脏几乎要跳了出来了。就在这时，一阵"噔噔"

的脚步声从门外传来。他心里猛地揪紧，身子死死地挡在了帆布前，紧张地听着外面的动静。明亮的灯光使他意识到了此刻的危机，可现在已经来不及去关灯了。听脚步声，来的至少有两个人，如果他们开门进来，那就彻底完了。自己手里没有任何武器，而且空间狭小，连反抗的余地都没有。

小泰山此时脑袋一片空白。好不容易找到了黄金箱，难道又要拱手相让吗？他紧紧屏住呼吸，心里默念"阿弥陀佛……"尽力不让自己发出半点声息。

正当他准备拼死一搏时，外面的动静却消失了。

小泰山轻轻长舒一口气，拿手抹了一把额头上的汗水，火急火燎地把那盘麻绳恢复原样，从垛堆上爬了出来。脚落地，伸手关了灯，耳朵贴在门上听了听外面没有异常，遂轻轻把门拉开了一条缝，伸出头左右看了一眼，迅即闪出来，带上门，大步向船头走去。

谢天谢地，终于安全了。

黄金箱失而复得，小泰山必须要把这个重大喜讯在第一时间汇报给组长王一民。他沿船梯窜上三楼，刚露出半个脑袋，就发现头顶的船梯边上，几个黑衣特务居高临下地冷眼盯着他，小泰山上也不是，下也不是，犹豫不动更会引起特务的怀疑，他暗暗一咬牙，索性硬着头皮上了甲板，沿船廊大步向自己的房间走去。

特务们紧紧的用目光瞄准了他，小泰山内心砰砰直跳。他径直来到307门口，掏钥匙开门，进了屋。特务们互相点了点头，又恢复了原有的状态。

小泰山进屋倚在门上，额头上的汗珠子也滚了下来。在这危机四伏的紧要关头，每一个细小的反常举动，都会随时被押走调查。

他倚在门后用手捂了捂狂跳的心脏，然后轻手轻脚地走到床边，也是隔壁308房间卧室的位置。他伏在墙板上贴耳听了听，用前三后二的暗号轻轻敲了起来，他不知道王一民此时在不在房间里。

小泰山断断续续重复地敲着，隔壁忽然传来相同的节奏。

四哥在！他精神一振，转身麻溜的到床头茶几边提起一把暖壶就要往外走，房门突然被人推开了。

定睛一看，进来的是杜鼎铭。

"哥。"小泰山急切地迎了上去。

"怎么样？找到没有？"杜鼎铭低声急问。

小泰山激动地猛点头："找到了！"

杜鼎铭惊喜地一把抓住他："真的？在哪儿？你看清楚了？"

小泰山颤抖着声音，低声说道："是真的，我看清楚了，就在那个墙角里放着。"

"太好了！"杜鼎铭双手激动地乱抖，"妈的，终于找到了，哎，四哥呢？你告诉了四哥没有？"

"外面有狗，还没来得及，不过四哥现在就在房间里。"

"那赶快去说呀！真是急人……"杜鼎铭急道。

小泰山一咧嘴："我这不是正要去吗。"他晃了晃手上的暖瓶。

"好，你先过去，我也马上去。"杜鼎铭说着，身子闪到一边，看着小泰山开门出去。他刚要跟出去，想想觉得频繁进出有些许不妥，便转身奔到床头的茶几上，拿起一盒象棋。

王一民看着小泰山的汇报后，没有半点激动欣喜。

小泰山被他犀利的眼神看毛了，心里慌了，他轻声叫："四哥，你怎么了？"

王一民并没有回应，而是一字一句地："你，看清了吗？"

小泰山坚定地点点头："四哥，你还不信我？千真万确，我还用手提了提箱子，很重，我认得那几个皮箱，就是咱们的！"

小泰山是出了名的灵巧心细之人。

王一民闭上眼睛，喉结蠕动了一下。自己的分析被验证了，王一民应该感到无比喜悦才对，可是此时，他却怎么也高兴不起来。

小泰山本以为王一民听到这个消息会惊喜无比，没想到却是这副表情，不解地问道："四哥，你到底怎么了？"

"没什么。"王一民叹了一口气，摇了摇头，看着小泰山迷茫的表情，微微笑了笑："没事，箱子找到了就好。"

小泰山见王一民说没事，心里也踏实了，又高兴道："是啊四哥，咱们下一步怎么办？要不要先把皮箱弄出来？"

王一民刚要开口，忽然听到一阵硬邦邦的敲门声。是自己人。

"是鼎铭，哥。"小泰山应声站起，出了卧室，敞开房门，见杜鼎铭怀里抱着象棋盒，手里拿着棋盘。

杜鼎铭刚踏进卧室，就愤愤地嘟囔起来："妈的，外面那几条狗太烦人了。"

王一民："他们查你了？"

"没，但他们那些狗眼神太讨厌了。"杜鼎铭说着把茶几拉过来，放下棋盘，一屁股坐到床沿上，边摆着棋子，边问道："四哥，小泰山都告诉你了吧。下一步咱们怎么办？"

棋局摆好，是为了应付特务的突然闯入。

王一民看了看怀表，时针已指向傍晚的 7 点整，春季，这个时间太阳刚刚落下。王一民看着杜鼎铭问道："那个锚链舱管理员，没起什么疑心吗？"

"没，我给他两块大洋要他买酒喝，那小子感激我还来不及呢，绝对没问题！"杜鼎铭轻松地答着，又眨了眨眼，"哎？四哥，我还忘了呢，咱的皮箱肯定是那小子捣的鬼。"

一句话提醒了小泰山："对对，四哥，没准是那小子见财起意杀了伊万，偷了皮箱，嗨，咱们还怀疑这个怀疑那个的，这下不就真相大白了？"

"应该没有那么简单。"杜鼎铭打断了他的话。

"为什么啊？"小泰山不解地看着杜鼎铭。

杜鼎铭皱着眉头，慢慢分析起来："锚链舱那家伙应该压根就不知道货舱的皮箱里装着黄金，他也没有机会去查看啊，再说，货舱里有洋鬼子伊万，给那姓郑的借十个胆子他也不敢进去找事呀！"

"咦？你分析的也挺有道理……"小泰山挠着头，有些迷糊。

王一民则眼睛一亮，果断地点了一下头："肯定是内外勾结！对吧，鼎铭？"

"那，那这么说，咱这四个人里，还有内奸？"小泰山惊悸地问道。

杜鼎铭："对，绝对是有！"

"是谁啊？"小泰山傻傻地问。

杜鼎铭看看王一民，皱着眉没有再说话。

其时，外面的天色已黑，整艘邮轮灯火通明，在一望无际的海面上一往直前。

舞厅里，霓虹灯闪烁，乐手们依旧闭着眼摇头晃脑地演奏着乐曲。形形色色的男女仍在舞池里疯狂地扭动着，似乎永远不知疲倦。

小松岱坐在昏暗的角落里，观察着这一切，失望的情绪渐渐弥漫在整个心底。还有不到两个小时，轮船就要到达天津港了，而至今还没有捕捉到任何有关黄金的消息，看来，只能在码头上的最后一搏了。

令他沮丧的不仅仅是黄金的杳无踪迹，还有伊万诺夫拒绝接头的诡异以及神秘的失踪。他不知道到底发生了什么，但却很清楚这背后肯定隐藏着一个顶尖的对手。可，这个对手是谁？

干了十多年的情报工作，他破过多宗大案，也擒过不少间谍，即使再难再无头绪，也从没如此灰心过。唯有这次，令他感到了从未有过的无助。谁都不会相信，一次照单取货这么简单的行动，却陷入了目前的迷局。这说出去就是个笑话，更是大日本特高课的耻辱。小松岱不甘心就这么无谓的等待，可嫌疑人不能抓，又没有更好的办法打破这个僵局。这可如何是好。

就在他无助到要抓狂的时候，福田康夫急匆匆地进入舞厅，附在他的耳边报告了一个消息：两名旅客进入了嫌疑人王一民的房间，问能否进去盘查或抓捕。

小松岱精神为之一振，眼珠转了转，慢慢摇了一下头，发出了指令：三楼岗哨分布到四楼和二楼，在不让对方发现的同时，严密关注他们的行动。

时间所剩不多，对方可能要行动了。若死死咬住他们，反而会适得其反，留出适当空间，没准就能钓上大鱼。

福田会意，领命而去。

也许，这是这次航行之中留给自己的最后一次机会，谨慎布网比莽撞抓捕会更有成效。

而此时的308房间里，三人正在假装下棋。王一民要抓住每一丝可疑的线索，揪出埋伏在小组中的炸弹。

做为老同学加战友，杜鼎铭看出了王一民的心事，关心道："四哥，就等你下指示了，你说怎么干吧！"

小泰山也道："四哥，时间不多了，你快想办法吧，咱们怎么才能把货顺利运上岸啊？"

"关键还没找到那个国民党特务，真他娘的……"杜鼎铭烦躁地用力捶了一下腿。

王一民抬头看看两人，淡淡的道："鼎铭，小泰山，你们俩回屋去吧。"

"回屋？四哥，我们俩回屋干什么？"小泰山不解地问道。

王一民："对，先回屋，其他事我来安排。"

"那咱的货呢，还有那个内奸，咱们怎么处理？"杜鼎铭也困惑了。

王一民朝他们俩点了点头："我知道怎么办，你们别问了。"

"那好。走。"

杜鼎铭拉着小泰山出了卧室。紧接着传来一声门响，房间又回归了安静。

王一民长叹一声，喃喃自语地："怎么会是这种结果……"

说完，自嘲地冷笑了一声。

起身准备单独去会会那个锚链舱管理员郑大三，想再从他的嘴里确定一下，跟他联手的奸细是不是自己认定的这个人。

第二十一章　神秘纸条

突然，外面传来一阵敲门声。响声节奏说明，来的是外人。是谁？

容不得他多想，敲门声又起，他机警地扫了一眼房间，没有留下什么可疑点，遂出了卧室，走到房门边，轻轻把门拉开了一条缝，透过昏暗的光影，一个红帽红衣的服务员站在门外。

不等王一民开口，那服务员道："先生，有人让我给您送一封信。"

怎么又是信！他接过信，不动声色地笑了笑："你先进来，正巧我这里也有东西请你转送。"

服务员闻听，抬腿进了房间，门随即被轻轻关上。

"先生，是什么东西需要我转送？"服务员打量着屋内，疑惑地问。

"请稍等。"王一民急步走进了卧室，打开信扫了一眼，信的内容比上一封的威胁言辞更大，后面也加了落款：蝴蝶。

蝴蝶！军统蝴蝶，终于露出狐狸尾巴了。他几下把信撕碎，转身扔进了卫生间的马桶冲走。见服务员有些诧异，便微笑道："东西在卧室里，随我进来拿吧。"

服务员跟王一民刚进卧室，王一民便一把揪住他的衣领："让你送信的人是谁！说！"

服务员一下子吓懵了："我，我……"

"说！是谁！"王一民双眼如铜铃，把服务员吓呆了："是，是个女人……"

"女人？长什么样子？她现在哪里？"王一民简直不敢相信自己的耳朵，紧揪着衣领的双手颤抖了起来。柳淑清冷艳的脸庞在他眼前频繁晃动。

"在，在舞厅，先生，不关我的事呀，我只是个送信的……你放了我吧……"服务员瞪着惊恐的眼睛，结结巴巴地道。

"知道！这样，你先别怕。"王一民口气缓和了一下，声音低沉地说道："你陪我去指认一下那个让你送信的人就没事了。"

服务员嘴一咧："这，先生，我还要忙别的去呢……"

"比这个更重要吗？"王一民手作枪形，戳了戳他的脑门。

服务员一哆嗦："好，好，我去，我去。"

"你如果老实，我不伤害你，明白？"王一民又威胁道。

"明，明白。"这伙计已经被吓得哆哆嗦嗦了。

"你来的时候，船廊上有没有人？"

"没，没……"

王一民一点头："走，去指认一下那个人，你就没事了。"

王一民挟着服务员的胳膊向门口走去。服务员的回答彻底颠覆了他此前的判断，他一定要亲自去查证这个在幕后写恐吓信的人到底是谁。

此时的门外确实空无一人，船廊上只剩昏暗的灯光，看来刚才服务员没有说谎。王一民挟着他沿船梯下到二楼，恍惚中觉得有两个黑色的身影在甲板上晃了一下，旋即消失。

他顾不得这些了，现在最迫切的任务就是要尽快查明那个神秘人的身份，而他的内心深处并不相信服务员所提供的情报。

他们沿甲板大步的向舞厅船梯走去。福田康夫和另一特务躲在暗处全神贯注地盯着他们俩。

当两人来到船梯刚要下楼时，突然一把利斧凌空飞至，"咚"地一下不偏不倚地砍中了服务员的后背，服务员"啊"地一声，惨叫着栽下了船梯。

王一民迅速回头，却惊见小泰山站在十几米外的船梯旁，呆若木鸡地看着这里。

小泰山怎么又出现在这里了？还没趁王一民反应过来，躲在暗处的福田等人就向小泰山扑去，小泰山见势，赶紧向船尾跑去。

而身中斧头的服务员一头栽进舞厅，当即惊煞了所有的舞客。小松岱大骇，带着两名特务疯了般地冲上船梯，几个特务擒着大喊大叫的小泰山从船廊上走来。

"报告长官，是这个支那人杀死了服务员。"福田康夫喘着粗气道。

　　小松岱看着被打的鼻青脸肿的小泰山，遂点点头："吆西，带走！"

　　这接二连三的突发事件令一向沉稳冷静的王一民开始焦灼起来：神秘女人的来信，身中斧头的服务员，这到底是怎么回事？小泰山被抓，时间也不多了，必须抢在日军特务出手之前，完成上级交给自己的使命。

　　王一民连续甩掉几个跟踪他的身影，见杜鼎铭沿船廊迎面奔来。

　　"四哥，出什么事了？"杜鼎铭急问。

　　王一民声音沙哑道："小泰山被抓了。"

　　"什么？"杜鼎铭吃惊地瞪大了双眼，"这是怎么回事？"

　　"先不说了，跟我走！"王一民说完，拽着杜鼎铭下了船梯，向船尾的锚链舱奔去。

　　突然，一个黑影从前面的柱子后闪出，就在同时，一道寒光倏然闪过，准确地击中了他的喉咙，那特务几乎连声音都没有发出，便咕咚倒在地上。

第二十二章　小泰山之死

王一民出手了，杜鼎铭疾步上前，抓起那特务的尸体，摸出其兜里的手枪，又奋力把他扔下了海。两个人刚刚闪过拐角，锚链舱的舱管郑大三就从黑影里冒了出来："王哥？"

郑大三刚叫出这俩字，杜鼎铭已奔到他面前，抬手一甩，一把飞镖刺进了他的心脏。

"你……"郑大三脸部惊恐地扭曲着，手指着杜鼎铭，一口鲜血喷了出来，呜呼哀哉，被杜鼎铭也扔到了海里。

王一民打开舱门，电灯亮起，两人仰头扫了一眼屋内的状况。杜鼎铭指了指铁锚链的垛顶，王一民点点头，杜鼎铭遂手脚并用地爬了上去。杜鼎铭发现皮箱后，立即朝王一民小声喊道："四哥，咱们找个救生筏，赶紧先把货运走吧！"

小松岱的套房里，小泰山已被打的皮开肉绽，血肉模糊。但他始终咬牙说自己没有杀人，更不是什么共党间谍。

审讯出现了僵局，看来不动用特殊手段，这支那人是不会吐露实情的。小松岱朝特务摆了一下头（日语）："针剂拿来。"

他所说的针剂，就是迷幻药剂。注射之后，整个人就会出现幻觉，思想不受控制，问什么回答什么。

那特务应声从一只小皮箱里拿出一支针管，打开一小玻璃药瓶，吸满，走过来，蹲身要扎向小泰山的胳膊。

小松岱制止（日语）："颈部动脉。"

直接输入动脉，比注射胳膊起效的时间要快的多。

小泰山一见松井要下死手，大骂："小日本，我操你祖宗，你们这些畜生！老子死了也不会放过你们……"

小松岱不恼，心里反而窃喜，更加确定了这个支那人有问题。

几个特务死死压住躺在地板上的小泰山，一支粗大的针管扎进了他的脖子，小泰山吼骂着，满嘴流血，身体慢慢平静下来。

小松岱退后一步坐到沙发上，掏出怀表看了一眼，差五分就是八点了，邮轮还剩一个小时靠岸。他心焦的捏了捏拳头，盯着意识逐渐模糊的小泰山，知道是时候了。他起身来到小泰山身边，蹲下身低声问道："你的，看见什么了？说出来。"

小泰山嗓子里咕噜咕噜的，说的什么，都没有听清。

小松岱皱了一下眉，脑袋凑到他的面前，继续小声问道："说说，你看到什么了？你家少爷还有那个漂亮的柳小姐是干什么的？"

小松岱坚信，只要小泰山一开口，不用几分钟就能套出他全部的秘密。

而此时，在船尾"运货"的王一民和杜鼎铭也遇到了麻烦。

两人各提着两只沉重的皮箱，吃力地奔到船尾的救生筏旁，放下皮箱刚要解救生筏的绳子，忽然一阵急促的脚步声从远处传来。

杜鼎铭示意王一民躲到一处铁壁后，顺手抓过铁壁上的一把消防斧，紧张地窥望着船廊前方。王一民则从鞋底里抽出了两只锋利的铁片紧紧捏在手里。

来的人是三木武夫和其手下的两个特务，起因是他们在四楼的甲板上影影绰绰地看到下面有人影活动，便奔下来查看。

等他们赶到甲板时，早已空无一人，众人横扫整个区域，一眼尖的特务，发现了救生筏旁边有几个皮箱。

三人遂举枪直冲过来，王一民和杜鼎铭突然一伸手，三个特务还没等反应过来，就被迎面飞来的利器砍中了要害，齐齐跌倒在地。

三人立毙，被扔到了海里。杜鼎铭又扑到救生筏上忙活开了。

此时，又一阵急促的脚步声传来。昏暗的船廊拐角处，一女人慌张的身影跑了出来。

柳淑清？就在杜鼎铭举枪刚要扣动扳机之时，被王一民粗暴地一把推开，手劲之大，令杜鼎铭差点没站稳。

柳淑清看到杜鼎铭要对她开枪，惊讶地捂住了嘴，连退几步，又朝王一民大喊一声："快去救人！"转身又向另一侧船廊奔去。

"四哥，她肯定是特务……"杜鼎铭恨恨地道。

没等他说完，王一民弯腰捡起特务掉落在甲班上的手枪。"我去救人！你保护好箱子！"便跟上了柳淑清。

他走了没几步，忽又转头对杜鼎铭道："别忘了穿上救生衣！"

杜鼎铭赶紧来到救生筏边，急三火四地忙活开了。

小松岱在四楼房间里也在小泰山嘴里知道知道了答案。小泰山之所以只有喉咙咕噜咕噜说不出话，是他在被针剂扎进颈部动脉的那一刻，咬断了自己的舌头。

当药效起作用时，他眼前交替出现着王一民、杜鼎铭、和给她纳过鞋垫的玲儿，这么多亲人都围在身边对他嘘寒问暖。原本脸色憔悴的母亲此时红光满面，分外慈祥。王一民穿着一身黑色中山装和杜鼎铭在车里向他招手。玲儿？她怎么把头发盘起来了？还穿着红袄裤，噢，她应该是成亲了，自己曾答应过她，等成亲的那天，一定给她买几尺大红花布，做身新衣裳，把她打扮的漂漂亮亮地娶进家门……。他看着这些亲人，激动地留下了眼泪，嘴巴蠕动着，却说不出话来。泪水从脸颊混合着血水，汩汩地流到了地板上……

小松岱失望地站起身来，咬着牙冲福田康夫吼道（日语）："支那公子立即抓来！"线索中断，他要孤注一掷了。

福田转身刚要带人出门，突然，两声清脆的枪响惊动了所有的人。

小松岱身子一颤，大吼一声："八嘎！"掏枪带领众特务冲出了房间。

这两声枪响是王一民打的，他沿船廊追随柳淑清时，惊讶地发现她正在跟两个特务撕扯。

原来，小泰山被松井等人押上四楼的时候，恰好被一直在船廊上徘徊的柳淑清看到。她大吃一惊，立刻意识到危机降临，急忙跑到三楼跟王一民报告，但敲了半天房门，里面都没有回应，最后绕着船找了一圈，才发现他的身影。他们在去找小泰山的船廊上跟两个特务相遇，特务见他们形迹可疑，遂盘问，柳淑清心急的要命，不想耽误时间，特务们双双张开胳膊阻拦。

王一民在后面见此情形，果断地开了枪，两个特务应声倒地。就在柳淑清惊愕的一刹那，王一民上去一把拽住她，把她带到了旅客大厅。

此时，大厅里的旅客们被外面响起的枪声吓得目瞪口呆，见王一民持枪突然闯进，一下子就炸开了锅，纷纷惊叫着四处乱窜。王一民趁着混乱，拉着柳淑清从另一侧的门口跑了出去。

小松岱率众特务赶来，发现了船廊上两具被击毙的手下，立即命令福田康夫等特务冲进客舱搜查，自己也亲率四个特务奔向船尾出口准备围堵。

王一民拉着柳淑清绕着邮轮转了半个圈，匆匆来到四楼，直扑小松岱的房间。危机时刻，他最挂念的是小泰山的安危。

小松岱的房门大敞开着，王一民手持短枪一步闯了进去。屋内灯火通明，小泰山满脸血污地仰躺在地板上，一双大眼空洞地望着天花板，脸上却保持着舒心的微笑，而身下，汨汨的血水仍在地板上蔓延。

"小泰山！"王一民不顾一切地扑倒在他身边，双手紧紧抱住他，身体剧烈地颤抖着，"我的好兄弟……哥来晚了……"

王一民眼含泪光，巨大的悲痛充溢了整个胸腔。小泰山，这个苦命的孩子，14 岁就跟随王一民出生入死，情同手足。如今被日本人阴阳两隔，永世分别，纵是泣喊千遍万遍，也唤不回小泰山的一声"四哥"了。

柳淑清呆呆地站在门口，泪眼望着王一民轻轻把小泰山放下，双手颤抖着把他的双眼合闭，对着他的遗体"咚咚咚"磕了三个响头后，挺身立起，转头看向她。他犀利的眼神里，透射出一股令人不寒而栗的悲愤之火，这种眼神，她之前从来没有见到过，身子倏然一颤："一民……"

第二十三章　瞒天过海

王一民疾步奔到船舷边，伸头朝船尾下一看，见杜鼎铭已把救生筏放到了船身外，自己正抓着绳索往下滑。

王一民表情复杂地摇了摇头。

杜鼎铭终于顺利地落到了皮筏上，他抡斧"咔咔"砍断了三根吊着筏子的绳索，刚要去砍最后一根时，筏子失去平衡突然倾斜，他一个趔趄跌坐在脚底的皮箱上，斧头砸开了一个箱子上的铁锁。

他急忙弯腰抓起斧头，顺手掀开了箱盖，突然，他脑袋轰地一炸，整个人一下子怔住了。因为映入眼帘的，不是明晃晃耀眼的金条，而是一堆破铜烂铁。

这，这是怎么回事？他以为是自己出现了幻觉，忙用双手揉眼再看。没错，就是一堆破铜烂铁。这下他顾不得逃命了，又劈开其他三个皮箱，里面全部是同样的烂东西。

杜鼎铭傻眼了，他不明白是哪道关节出了问题，唯一明白的是这一路的生死拼搏，换来的却是一场骗局。他僵在那里呆愣了几秒钟，突然愤怒地转身仰头望向高耸地船顶，目光及处，吃惊地发现了那个熟悉的身影——王一民。

他抖动着脸皮，眼神里露出绝望凶狠的红光，指着王一民狂吼："王福寿（王一民中学时的名字），你这个骗子，原来一切都是你设计好的，你给我等着！老子挑死你……"

王一民站在船顶，冷冷地垂眼看着他，一动不动。

这时，小松岱等人已从船廊两边奔到了船尾甲板上，看到王一民独自站在船尾，不知他设了什么埋伏，便旋即抢地扑倒，举枪四周先观察了一遍。突然，他惊讶地发现，船舷边的一个救生筏没有了，而几条绳索紧紧地勒在船栏上。

小松岱立即持枪，不顾一切地向船弦边奔去，几个特务紧跟而至。他们俯身，探头向船下搜寻，见杜鼎铭已经站在剧烈晃动的皮筏上遥遥欲坠，救生筏上的几个皮箱分外显眼。

"八嘎！"特务举枪冲杜鼎铭吼道。

杜鼎铭看到了头顶上的特务，突然像受到了精神刺激哈哈狂笑，他挥舞着斧头，割断了连在邮轮上的最后一根绳索，皮筏轰然落海，激起一片浪花。

"干掉他！"小松岱的怒火被彻底点燃了，他朝着特务们大吼着，举起枪就朝救生筏开了枪，特务们也争先恐后地猛烈射击，沉沉暗夜中，赤红的子弹"嗖嗖"飞窜，皮筏多处中弹撒气，杜鼎铭也疯了般地挥舞着船桨。

小松岱见杜鼎铭离邮轮越来越远，气急败坏，指着杜鼎铭狂吼一声（日语）："给我炸死他！"

一颗手雷喷着白烟凌空落下，在杜鼎铭的头顶处轰然爆响，血光四溅中，杜鼎铭的半个脑袋被炸开了花，身子摇晃了两下，便直直地栽进了大海里，皮箱也随着皮筏一同慢慢沉入了无尽的海底。

此时，天空如墨，繁星点点，远处海面黑黢无边。巨大的邮轮似一座巨鲸，切着乌黑的海面，继续前行。

小松岱沮丧的双手紧抓栏杆，盯着脚下翻滚的海浪，久久未动。但自己没有让黄金落入中共之手，也算跟上级有个交代。

至此，敌我双方博弈的焦点——'黄金'，失落在了茫茫大海之中。

此时，柳淑清含泪来到王一民身边，看到王一民紧闭双眼，便哽咽地道："战友都牺牲了，黄金也没有了……我没有完成组织交给我的任务，我……我不想……"

王一民看着身边自责的柳淑清，拉着她回到了自己的房间。刚进卧室，便示意她先坐下，自己坐到她对面的床沿上，慢慢解开了真正的谜底。

原来，这次行动泄密之后，王一民意识到其中的危机，遂决定将计就计。原计划不变，只是用仿制青铜冒充黄金装入皮箱，偷运上船。护送黄金的任务也改为铲除内奸。因为，这个内奸已经严重威胁到了我青岛地下党组织，此前的几次遇险虽都死里逃生，但都是该人物与青岛"流亡政府"里的军统特务秘密策划的。所以，只能用瞒天过海之计使此人显身，同时，吸引住日军特高课的注意力，一石二鸟。至于黄金的去向，王一民早已安排王松山交给上级组织了。

柳淑清瞪着眼听王一民这好似天方夜谭般的"故事"，心里还是不明白："那，咱们行动小组五人，已经牺牲了三人，到底谁是军统特务？"

王一民顿了顿，坚定的告诉她："杜鼎铭！"

柳淑清眨了眨眼睛，"为什么是他呢？"

王一民轻轻叹了口气，又慢慢地叙说起来："其实，刚开始，我怀疑的是伊万诺夫，伊万神秘死后，我还把怀疑的目光转向了你……"

"我？"柳淑清刚要争辩，被王一民摆手止住。

"因为，从时间上看，杜鼎铭和小泰山都没有机会单独跟伊万接触，只有你和那个船长布朗有空闲，所以，我一直在暗中观察你，但在跟你透露伊万死讯的时候，你的眼神告诉我，你不是。"

柳淑清眉梢一扬："那小泰山和其他人呢？"

"是小泰山发现了藏在锚链舱里的皮箱，并及时的汇报给了我，仅凭这一点，就可以证明他不会是奸细。"

柳淑清看着他，似懂非懂地点了点头。

王一民继续道："你们三个都排除了，那只剩下杜鼎铭了，我怀疑他，是从那个锚链舱的管理员郑大三开始。一个可以拥有几百斤黄金的人，能为一盒烟和几块大洋而置身后的巨额财产于不顾吗？还有，当我挟着那个送信的服务员去指认的时候，他被背后飞来的斧头砍死，当时，我背后站着的是小泰山，但我知道，小泰山没有凌空飞斧的功夫，只有我跟杜鼎铭练过。"

"那，小泰山为什么跟踪你们？"柳淑清问道。

"肯定是杜鼎铭使出的阴谋，想借刀杀人，灭口又栽赃。小泰山年龄小，对杜鼎铭从不设防……"

柳淑清："可他直接杀掉你，不是更简单吗？"

王一民笑了，笑得心酸而又苦楚："杜鼎铭比你我想象的更歹毒更狡猾，他之所以没有直接杀掉我，是因为皮箱还没运走，我还有利用之处，可以帮他阻挡着日本人。"

柳淑清点了点头，慢慢的减消了疑惑。

"至于那个郑大三，我想，很可能被杜鼎铭收买了。否则，他不会对其言听计从。"王一民又补充着。

柳淑清见王一民低头陷入了沉默，轻轻咬了一下嘴唇："那个杜鼎铭背叛自己的兄弟，简直太狠毒了……"

王一民沉默一会，抬头叹了口气："其实，一开始我还给过杜鼎铭一次机会……"

"什么？"柳淑清扭眉不解地问。

"因为，毕竟我们曾经是兄弟……"王一民说到这儿，难过地闭上了眼。

王一民向来看重兄弟情义，他在弱冠之年，与战友兄弟一起与日寇拼死沙场，靠的就是这个"义"。但，"义"字之下，也有忠奸，也分好恶。是杜鼎铭接二连三地背叛与无情，令王一民渐渐回归了理性。若不是杜鼎铭的出卖，暗渠里守候的战友不会牺牲，若不是他置小泰山于死地，王一民也不会放弃再给他一次机会的想法，正是因为他一步步把事情做绝，把多年的战友兄弟一个个害死，让王一民在最后时刻坚决改变了想法，借日本人之手把他葬入海底。

杜鼎铭带着他的信仰和背叛一同沉入海底，而王一民也完成了组织交给他的锄奸任务，一切看似圆满，但在王一民心底，那份痛失手足的伤口，不知需要多长时间才能抚平。

晚上九点一刻，随着汽笛声的响起，邮轮准点的抵达了天津港，王一民和柳淑清，随着水川鸠夫顺利地踏上了陆地。

日军收到共党与黄金被击沉海底的消息，在全城解除了宵禁。而我方从日军手中夺下的那300斤黄金，也在王一民的全盘指挥下，被王松山等秘密通过贯穿岛城的地下排水道，顺利运出青岛，并由赤脚大仙和杨凌波（原中共诸胶边工委副书记，中国人民解放军海军少将）率领的中共胶东游击队，把黄金护送到了沂蒙山革命根据地八路军总部，其后，又辗转运往了延安。这也是抗战八年期间，我中共党中央收到的最大一批黄金，得到了毛主席、朱总司令和刘少奇等中央领导人的高度赞扬。

后　序

王一民最终与柳淑清结为伉俪，并肩战斗在敌人的心脏里，并成功策反了军统张振环。至抗战胜利前夕，王一民已成为我中共青岛地下党最高负责人。

1946 年 7 月 14 日，王一民外出，在北京路上不幸被昔日的兄弟、军统特务杜鼎铭认出被捕，在被捕的前一刻，王一民迅速将手中写有重要情报的纸条吞进肚子里，使得敌人未能得逞。敌人把他押到青岛市金口三路5 号监狱，并对他施行了惨无人道的酷刑。王一民宁死不屈，同敌人展开了针锋相对的斗争。他的供词一直是：'祖上经商，本人是个商人，以做买卖为生，名为王福寿，为治病初次来到青岛，走在北京路上被捕，在青岛无亲无故……'这份供词，不仅保护了党的机密，也保护了跟随他来青岛的 21 名我地下党员。王一民身在狱中艰苦的环境中还不忘党的工作，经常充满信心地鼓励暗示狱友要站稳立场，继续工作，胜利一定是属于我们共产党的！由于王一民是夏天最热时节被捕，身上穿的是短袖薄褂。这年冬天，在滴水成冰的水牢内，度过了人生最后的一段时光。狱友葛敏同志见他手脚被冻烂，悄悄脱下身上的棉衣让他穿，为了不牵连战友，王一民坚决拒绝。

最终，王一民还是没能逃脱敌人邪恶的魔爪。于 1947 年 4 月 22 日深夜，被敌特秘密杀害，年仅 28 岁。

军统特务率部把王一民押到青岛市太平角三路一树林中，逼他说出我青岛地下党的其他同志，否则就地活埋。

王一民却耻笑特务们的幼稚和愚蠢。死，对于别人来说也许是件最恐怖的事情，而对于王一民，却被他视为灵魂的归宿。在他的思想里，从来没有为了活命而出卖战友兄弟这回事。

"伙计，你们这些招数太老套了，还有新鲜点的吗？"王一民冷笑着看着这群猥琐的特务，声之沉稳，笑之泰然，令特务们不寒而栗。

"不跟你们废话了，我要上路了，但请你们记住，胜利一定是属于正义的人民！"

据当时监狱守卫员李树森回忆：王一民临刑时，不仅面不改色、视死如归，还一边高呼'共产党万岁''毛主席万岁'，一边用工具自己动手掘坑，令国民党特务、刽子手、警卫等人员也称道'王一民是共产党的一条硬汉子！

青岛解放后，朱德总司令获悉王一民烈士的牺牲经过，极为悲痛和震怒，亲自督办下令在全国各地抓捕出卖和杀害王一民的叛徒。涉案逃亡在新疆的杜鼎铭等12人被捕后被就地枪毙。

念夫之痛，流亡之艰，使柳淑清身心遭受了巨大的摧残，梦中常常呼唤着丈夫的名字哭醒。终因积忧成疾，精神失常，于1957年病逝，年仅38岁。这一对共和国最忠诚的战士，走完了他们光辉壮烈的一生。

注：真实历史中王一民妻子实名为柳淑琴。

党和人民的忠诚战士——回忆王一民同志

孙学纬　王达　杨学陶

王一民，原名王福寿，山东省招远县徐家疃人。招远中学毕业。1936年参加革命。1937年入党。生前是胶东军区联络部干部。1945年上半年被派入敌占区青岛市主持开展地下工作，团级干部。1946年7月14日被国民党反动派逮捕。1947年4月22日被秘密杀害，壮烈牺牲，年仅28岁。他为党为人民，为无产阶级革命事业作出了重大贡献。他那高大的英雄形象，一生在激励着我们的斗志，鞭策着我们前进。他坚贞不屈的大无畏精神，为共产主义而奋斗的光辉业绩，将永远铭刻在我们子孙后代的心中。

王一民原是一位智勇兼备的年轻军事指挥员，早在抗战初期，他就在本县积极发动群众，组织革命武装，从无到有，从小到大，很快地就拉起一支革命队伍。曾任县大队队长、青年营营长和县委情报部部长等职。多年来，在与敌、伪、顽进行革命斗争中，屡建奇功，在家乡一带威望很高，美名到处流传。

随着形势的发展，革命的需要，王一民同志于1943年前后，被调到胶东军区联络部搞敌工工作，从此，由公开的轰轰烈烈的武装斗争转入秘密的白色恐怖地下斗争。斗争环境和斗争方式的转变，对一个革命者来说，确实是一次严峻的考验，而王一民同志却毅然决然的服从革命的需要和组织的安排，积极地转入了地下战场，在敌人严密控制的艰苦环境中，与敌人展开了长期而复杂的尖锐斗争，显示了一个无产阶级革命战士的英雄气概。

起初，王一民经常进出胶东地区敌伪占领的城镇，对伪军的分化瓦解，作了大量的工作，收效显著。由于他有丰富的对敌斗争经验，当胶东地区的敌人全部解决后，紧接着组织又交给他一个更加艰巨的任务，经过乔装打扮，他秘密的进入了敌占城市青岛。王一民进入青岛市的时间大约在 1945 年的 4、5 月间，此时，日军战败的迹象已经很明显，日伪的反动统治摇摇欲坠，社会上一片混乱。这正是我们党进行地下活动的有利时机，但时隔不久，日寇投降，美军登陆，国民党反动派凭借美军的扶持接管了青岛，反动的党政军特到处横行，就连过去从解放区逃亡的那些专政对象，也相继打起了某某县"流亡县政府"的旗号，继续为非作歹，从此，刚从日寇铁蹄下解脱出来的人民群众，又被笼罩在国民党的白色恐怖统治之中。

王一民进城后，在青岛北京路"国民饭店"住了一段时间。住在这里，既不便于工作，又不利于安全。后来，与王达同志建立了工作关系，就住在观城路 21 号院内王达的单身宿舍。王达与王一民是同村同族关系，失业小商人。为人稳健持重，有正义感，了解王一民的政治身份。当王一民发展他参加革命工作时，一谈即成。

37 年后的今天，我们怀着崇敬的心情，回忆和王一民同志相处的情景，还历历如在眼前。我们和王一民第一次见面虽有先后，却都觉得他谈吐文雅，热情诚恳，态度和蔼可亲，接触中一点也不感到陌生和拘束，都能畅所欲言，有与旧友重逢的感觉。

王一民进入青岛之后，就把发展地下革命力量的组织活动放到了第一位。首先通过他亲戚柳耀南的关系为桥梁，先和杨学陶建立了工作关系，然后又通过杨学陶的关系逐步发展了刘万坤、孙学纬和孙宝书，通过王达的关系，发展了王环祥同志。从此，我们就在王一民的教育、培养和直接领导下走上了革命道路，并在 1946 年 4 月，吸收了王达、杨学陶加入中国共产党。

王一民给我们布置任务时，是根据同志们的不同特点提出不同要求，并善于抓住有利时机在斗争实践中不断启发提高我们的阶级觉悟。如柳耀南、杨学陶、孙学纬都是福顺德银行的青年职员，身强力壮，都具备一定的阶级觉悟和职业能力，在 1945 年 7、8 月间，因物价暴涨，适逢福顺德银行经理扣压职工的工资引起全体职工的义愤，正酝酿罢工。王一民为提高我们的阶级觉悟，就抓住时机通过杨学陶将职工组织起来，由孙学纬公开出面领导向资本家进行斗争。刘万坤同志则以襄理的身份暗中给与支持，取得了斗争的胜利，使我们在阶级斗争的实践中初步经受了锻炼和考验。日军投降后就布置我们向国民党军事系统打入，而对刘万坤同志，因他年龄大，是福顺德银行的襄理，有一定的社会地位，就要求他在现有基础上进一步提高社会地位，利用一切机会，广泛开展社会活动，向敌人党政军中上层人物进攻。

王一民高度的政治理论水平和深入细致的思想工作方法，使人敬佩。他对我们这些深受帝国主义、资产阶级压迫剥削，对现实不满，有向往解放区，靠拢共产党的思想倾向，但对革命还缺乏真正了解的青年，一上来就结合当时的革命形势、任务、前途，进行革命人生观教育，使我们在艰苦的斗争环境中，奠定了坚实的思想基础。并经常给我们一些革命书籍看，如毛主席的《目前形势和我们的任务》、《新民主主义论》、《论联合政府》和整风文献等，要求我们把学到的理论，正确地运用到工作的实践当中去。

王一民对工作抓得很紧，对我们这些同志是边教育、边布置任务，对每一个发展阶段都进行具体指导，对我们的总体要求是：千方百计向敌人内部打入（重点是军事系统），长期潜伏下去，表面上要忠于职守，争取敌人的信任。要发挥主观能动性创造有利条件，逐步向敌人的要害部门转移，利用合法身份，收集、掌握敌人的机密，为我军提供有价值的军事情报。我们遵照王一民的布置，分头寻找门路，运用社会关系和自身条件，先后打进国民党"军政部胶济区特派员办公处"、"联勤总部青岛被服厂"、"青岛要塞司令部"、"第四兵站总监部"、"三十二军"、"第十一绥靖区青年教导总队"以及"文化服务社"等。同时王一民将他的交通员王梦痕同志也交给杨学陶带进去当了兵。打入军事系统的同志，分别担任了国民党军的校、尉、士、兵军职。

王一民善于抓住有利时机，揭露敌人的反动罪行。如1945年，当国民党反动派血腥镇压学生运动，"青保"枪杀爱国女学生费筱芝事件发生后，他及时的编写了几份揭露这一暴行的宣传材料，委托有关同志印成小册子，运用各种方式到处散发，起到了揭露敌人，唤醒群众的积极作用。

王一民同志是忠于革命忠于党的坚强战士，身处险境，从不考虑个人安危。始终保持着革命的乐观主义精神和旺盛的斗志。青岛是胶东地区逃亡的专政对象的集中地。招远县的那个所谓"流亡县政府"，收罗了不少残渣余孽，继续为非作歹。其中还有认识王一民的坏蛋。一旦被他们发现，就有生命危险。这个情况他是知道的。有一次，杨学陶在亲戚家吃晚饭时，听到一个同乡说："王一民又进来了，好样的，真是胆大！今天有人在马路上看到他了。"有几个同乡议论："如果碰到坏人那可危险了。好像在这之前还曾有人发现过他似的。"杨学陶把听到的议论反映给王一民，提醒他注意隐蔽，认为青岛这个地方不适合他长期呆下去，建议他报告组织，请组织考虑是否可以换人。但是，王一民听后泰然处之，说："我知道这里的环境是复杂的，但干革命就不能怕担风险，思想上也有所准备。这里工作需要，就不能畏首畏尾。一个革命者在任何情况下都不能动摇。"王一民这种不怕困难，不怕艰险，服从革命需要，把个人安危置之度外的忘我精神和崇高的品德，给我们留下了永远难忘的深刻印象。

天是那么黑，风是那么紧，不幸的事情发生了。王一民同志被捕了。1946年7月中旬的一天，王达急告杨学陶："王一民几天没有回来了，可能出事了。"面对这一异常情况，大家心急如焚。为王一民同志的安全焦急。又过了几天，王一民在狱中买通狱警送纸条出来，这才知道他真的被捕了。王一民落入敌人魔掌后，被送进金口三路5号特务监狱。

信是送到观城路义兴祥车行林掌柜转递的。林掌柜是一位忠诚朴实的小商人，和王达是近邻、朋友，关系比较密切，常来常往，因此王一民也认识他。到王一民牺牲为止，我们和狱中的信、钱、物的往返转递，都是通过这位林先生。我们没和狱警见过面，狱警也不是白跑腿，而是有代价的。王一民每次信上都注明给他几美元，一般是二至三元。这个狗腿子是贪得无厌，我们让他带给王一民的钱，他总是要扣下几美元。

知道王一民被捕了，我们立即派原来的交通员王梦痕回军区报告，组织上得悉后就指定杨学陶负责设法营救，必要时可以花钱运动，所需经费以后设法调拨。

王一民为了保全组织和战友们的安全，宁肯自己吃苦、牺牲，也不吐露半点真情。敌人为了挖出他的住址，对他施加好几次重刑。王一民狱中来信，开始主要告诉他被捕经过并叫我们报告组织，同时说明他没有暴露住址，不会牵连任何人，叫我们放心，并设法营救。后来的信就暗示我们要站稳立场，继续战斗……信中的原话记得起来的有这些内容：

第一封信："我在打官司，转告掌柜的。我把居住证吞到肚子里了……十四日在北京路遇见仇人王鼎铭，他把我告了。他是道头于家人，是我中学同学……。"（王鼎铭是招远县道头于家人。公开职业是青岛盐务所或者税务所的职员，是个特务，与招远流亡县政府有关系。）

信中还写了在警察局过堂的口供："你叫什么名字？王福寿。什么地方人？掖县人。刚才在路上你把什么东西吃了？我在吃口香糖。你是共产党员？不是。我是做买卖的。做什么买卖？过去在家打渔。现在有病。来青岛干什么？来看病。什么时候来的？今天刚来。刚来怎么这样干净？刚洗过澡。住在什么地方？还没住下。"

事后据柳耀南同志讲，听说敌人对王一民那样不慌不忙、面不改色、沉着冷静的态度很惊讶，说："这个人不简单，一定是个大干部。"

以后的几次来信，大体有这些内容：

1、告诉我们审理他这个案子的是叛徒林麻子，叫林则五，威海人，是警察局六科科长，过去互相认识。

2、以暗示的方式，鼓励我们站稳立场，坚定信心，继续战斗。如"我们这买卖做的是对的。将来一定会发大财的。希望大家好好干。"

3、说牢房里很潮湿，满身长了疥疮，要消治龙药膏和零用钱。为了携带、保藏方便，都是要美钞，每次不超过十美元。有一次要钱的信是左手写的。他怕我们认不出来，信上注明："我的右手刑伤，不能写字。信是左手写的，望照付。"

4、叫我们设法营救。告诉我们释放一个人的代价是二十两黄金。当我们间接和办案特务搭上关系后，王一民来信说："这次过堂他们态度缓和多了。通知我，你的朋友在给你办，你可以放心，不久就可以释放你。看来你们办的有效，希望抓紧。"

5、告诉我们在狱中发展了葛敏同志，叫杨学陶和葛敏取得联系。信中说"葛先生很好，做买卖有经验，愿意和我们合作，望接洽。"

葛敏是杨学陶物色的发展对象，政治思想基础比较好，认识不久即向王一民汇报了，只是因时间关系尚未突破。没想到王一民在狱中发展了他，扩大了组织力量。这说明王一民同志在任何险恶的环境下都不忘为党工作的顽强精神。

营救经过：为营救我们敬爱的领导和亲密的战友王一民，大家是全力以赴。虽然我们的社会地位比较低，想找个与警察局六科的那些特务能搭上关系的人比较困难，但大家都有不怕牺牲一切，尽最大努力把王一民救出来的决心。几经周折，终于由王环祥同志通过同乡的关系找到了一个国民党海军军官，打通了关系，经过多次的请客送礼才买通了六科的特务，释放的条件是 20 两黄金。结合狱中敌人和王一民打的招呼，我们认为王一民得救有望，于是把 20 两黄金一次给足。

在营救王一民期间，正值敌人向胶东解放区大举进犯，形势很紧张。我们和指挥机关一度中断了联系。全部的营救费用都是通过这时在义顺钱庄担任副经理的刘万坤同志设法筹借来的，先后用了大约 30 两黄金。

但由于招远"流亡县政府"那批坏蛋盯的比较紧，致使营救无效，我党我军的好干部，我们的好领导王一民同志惨遭敌特秘密杀害。葛敏从狱警那里获悉，敌人于 1947 年 4 月 22 日深夜，在太平角一带树林里使用了惨无人道的毒辣手段，把王一民同志活埋了。王一民同志就义前对敌人没有奴颜媚骨。他英勇不屈。当敌人叫他自己挖坑时，他面对杀气腾腾的狗特务，正义凛然，毫不畏惧，动手自己挖起来，挖好了高喊"共产党万岁"的口号，英勇悲壮。

王一民在残酷的白色恐怖的地下斗争中，自始至终表现了一个共产党员无私无畏的革命气概。被捕后，他严守党的机密，保存了党的组织，坚持了党的立场，保持了革命节操，显示了视死如归、从容就义的英雄气概，表现了共产党人顶天立地的伟大气节。

王一民的壮烈牺牲，保护了当时在青岛的 21 名地下党人，使我们的革命队伍中失去了一位坚强无畏的战士，使我们失去一位可敬可佩的领导和战友。我们在很长一个时期内悲痛不已，我们怀着对敌人无比仇恨和悲愤的心情继承烈士遗志，坚持斗争，更好地完成了党交给我们的任务，有力的打击了敌人，以实际行动悼念着这位可敬可爱的英雄。

　　王一民同志是中国无产阶级的忠诚战士，他献身革命到最后一息，他的一生是革命的一生，战斗的一生，他的无产阶级英雄气概和崇高的革命气节是永远值得我们学习和纪念的，他的高贵品质和毕生功绩将永远活在我们的心中。王一民同志永垂不朽。

1982 年 8 月 1 日

在伪治安军第八集团军从事敌军工作的回顾

干将（湛寿春）

我原是东北人，九一八事变日本侵占东北后，由黑龙江省立医院参加东北抗日联军，及东北民众救国军，在中东铁路扎兰屯被日军多门师团打散后，先后在黑龙江省军医院（齐齐哈尔市）任军医官、佳木斯伪陆军医院任外科主任、哈尔滨军医学院进修甲级研究生、华北军治安部总医院任外科主任。1941 年夏被任命为伪治安军第八集团军医院院长兼军医处处长（驻平度）。

我来平度时，伪司令是徐贯一少将，他的部下二十二团第二营抢劫市场被人民告发，北京治安总署当时司令官齐燮元来平度时将营长枪毙了，由当时司令部副官处长华培基充任营长。徐贯一因此事被撤职。1942 年夏，王铁相被任命为伪第八集团军中将司令。王铁相原来是张学良部下的一名高级军官，在伪冀东自治政府殷汝耕时被日本利用当上了中将，曾一度免过职。此人是旧军阀、大烟鬼，体弱多病，经常不断地找我去治病。我当时有一定医疗技术，又是同乡，因此我与他混上很好的关系。

这年的春夏之交，我相识的一位镶牙馆的医生来找我，说他的表弟是西关小学的教员，被我们军队认为是通匪给抓起来了，是司令部孙秘书主持抓的，并要一千元现大洋，请我帮助，向司令秘书说说情营救营救，我答应了他的要求。找到李副官（我外甥）了解情况，说是孙秘书派人抓的，他是想敲诈要钱。我听后很生气，去找孙秘书叫他把人放了。我说："他是小学教员，为什么抓他？"孙不但不放人，还要我少管闲事。我当时气极了，拔出手枪，要毙他。他跑到王铁相房中告我的状。王铁相命副官叫我去，问我为什么要枪毙孙秘书。我说："孙秘书派人抓了西关的一位小学教员，向人家要一千元现大洋，请司令调查。"王铁相听了大为恼火，他将孙秘书臭骂了一顿，立即撤了他的职，并命令释放了那位小学教员。

本来我干伪职工作是不得已的，由于民族气节观念支配着，思想上是想找共产党，做点救国救民的事情。后来我还是经常晚上到王铁相家去，给他打针。又同他谈起对时局的看法。我有意说："我赞成西安事变的张学良、杨虎城的做法，停止内战，一致对外。"王铁相吸一口烟，叹了一口气："是啊。咱们同鬼子打八路，结果怎样呢？八路越打越多。该是怎么个结局呢？"我见此情况，试探着说："我看目前的情况，不如联系八路军先保住我们的地盘为上策。"他思索一会儿，说："咱们都不认识八路军啊，怎能联系上呢？"我灵机一动，想起那位小学教员，他家在乡下，一定与八路认识。就说："我问问那位小学教员，您看怎样？"王铁相说："这事可不是闹着玩的，让日本教官知道了可担当不起。"那时在司令部里有三、四个日本教官。他思索很久，最后说："可以是可以，但这事一定要保密，只有你知我知，否则我就铲除你。"我说："司令这样信任我，我就去干了；我会见机行事的，请您放心，我一定保密。"

第二天，我就让我的勤务员王学铭去请那位小学教员。那位教员当晚就来了。他首先向我致谢，并说"我打算最近到您的府上来谢您相救之恩，不想您叫人让我来，有什么事情吗？"我说："请你来谈谈玩玩。"我首先说："我是医生，是青年，是中国人，不是情愿当亡国奴的。不欺骗你，我还是有良心的，否则不会救你出来。我从前也在东北当过人民救国军，被打散后才回城当医生的……日本侵占东北，我是在北满参加民众救国军的。我说的这些情况主要是让你相信我是不甘心做亡国奴的，我还是有民族气节的。"他见我态度诚恳，就对我说："我本人不是八路军、共产党，但家乡在解放区，家中有亲戚参加了共产党，等回家去看看，再来告诉你是否可行，我一定设法帮助联系。"

大约在 1942 年的秋冬季节，党派王振环同志（这是代名，后来他告诉我他叫王一民）前来，他年青、英俊、文质彬彬，是个学者的派头；与我年岁差不多，左眉角上有个伤疤，说话很有礼貌，我和他情投意合。我把我的思想暴露给他，他看重了我。他说了他的意见和想法，我相信他，他也相信我。几日之中我们相处得很好，较为亲热。这时我才将王一民来联系的情况报告了王铁相，王铁相沉默了一会，对我说："你先与他挂上钩，看他的行动再说。"我对王铁相讲了共产党怎样以诚待人，派来的人也是有学问的。王铁相说："如果真实，请他们派一名高级干部来我这，在你家密谈，你看如何？"我回家将这情况告诉了王一民，他说可以。

几日后，胶东军区派来一名高干（听王一民说是军区参谋长）来与王铁相密谈；谈话地点在我家，不准第三者参加。王铁相秘密来到我家，未带随从人员，我站在院外为他们放哨，没有任何人到家里来。他二人谈了三个多小时，结束后王铁相先走的，那位参谋长是后来走的，未留下吃饭就回去了。后来王一民说："谈的很好，对双方都有利。以后互通情况，各不相侵；打仗时，表面上还是打，但是给日本人看的，并在打仗之前互相通知。"在这种情况下我们开展了工作，在工作中收到了一定的成绩和效果。

1943年冬季，经王一民介绍，我被吸收为中国共产党候补党员，候补期一年。我以后到济南任伪军医院院长，仍作地下工作。1945年春，王一民到济南告诉我："你已转为正式党员，是许司令（许世友）亲批，这件事不能叫他人知道。"当时张扬在场（张扬是济南地下党书记，现在济南市委）。王一民在平度工作时给我的印象不愧为英杰突出者，不怕牺牲，是英勇突出的共产党员。他表面上沉默，可是他是英雄虎胆的人才。因他有能力有办法，在工作上未出差错事故，工作成效优异，使我敬重他，爱戴他。他是一位临危不惧、鞠躬尽瘁的革命战士。我的工作在他的指导下进行。当时我们做了以下有效的工作：

（1）王一民首先将王铁相的关系进一步搞好，一切为了争取他。在某种程度上我们也可做些让步。只要他不派部队下乡抢粮就可以。我军想买弹药，我们婉转地向王铁相提出："你卖，我们给钱。"王铁相说可以想办法。他还说："如果打仗时先通报八路军，可以假打，八路抛掉几条破枪，算我们打胜仗，我们就可以报销弹药了。"因此，王铁相将司令部弹药库搬到城内他的公馆内，让军械处长（姓郝）也搬到他的公馆住。他卖给我们一些弹药，由郝处长处理。我们给他一些钱，具体情况我不知道，如何运输的我也不知道。而对军械处郝处长我们先争取他，后交上了朋友

（此人后来到解放区找到了我，给他安排了工作，以后他在天津油田管理库房工作，前几年来看过我一次）。

（2）我与王一民去青岛，借买医药的名义，运往平度一些军用物资，十几大捆包。有人晚上送往旅馆，都用封条封好，写上运往平度第八集团军军医院药品。后来我又带王一民去青岛争取了青岛大队长杨锦堂上校。我给他介绍说："王一民是我的好朋友！"之后，王一民与杨锦堂交上了朋友，他们的关系比较密切。因为杨锦堂的部队都在青岛市内外，所以在青岛搞物资就方便多了。联系上后，他们之间的交往情况我就不能再过问了。

（3）协助王一民在西关某处设立了一个联络站。当时王一民只告诉我，成立了西关联络站，但具体地点未告诉我，他只说一切物资都由联络站去办，有了联络站一切事情比较好办，工作便利多了。

（4）争取王铁相的参谋长于静波上校（代号于雷）。经我介绍王一民与他做了好朋友，促使他们经常来往，这之后王一民单独到于静波住处往来。做些什么工作，我就不得而知了。我与于静波早已经是比较好的朋友，所以才介绍给王一民相处，知他不是坏人，才加以介绍。这事王铁相不知道。

（5）争取了王铁相的随从副官李林家。李林家是东北高等师范毕业的，精通日语、英语，他是由我介绍给王铁相当上了中尉副官的，他当时得到王铁相的重用和信任。他是我的亲外甥，我把我搞敌工的意向对他讲了，他同情我，王铁相的一行一动他都告诉我，并告诉我他本人的立场和行动。李林家在解放之前，到解放区找我，我介绍他上了白求恩医大，毕业后任北京军区中医院五官科大夫，后调中苏友谊医院任五官科主任，前几年患肺癌去世。他也做了很多有益于党的工作。

（6）争取了王铁相的阻击队长张文卿（即卫队长）。他侦察出我军一些行动情况都事先告诉我，并将伪军行动也告诉我军。如我军西海区有一名干部带枪投了伪军，这人是总务人员，我得知后告诉了王一民，王一民让我设法处理他。我将此情况与王铁相做了商量，他说叫我相应处理。然后我又找到侦探队长，他说这事好办。他将那人带出城，说侦察八路军有情况，带入城北林中，由西海区派人接应，将这个叛徒处理了。张文卿为我们做了许多有益的工作，如打仗保卫我军人员，释放我军人员，给我军送情报、送弹药，都是他秘密干的。我经他同意，介绍王一民与他联系，王一民同他谈了话。后来平度解放，他到北京，又与北京地区联系，由华培基领导做情报工作，后由王苏领导他工作。北平解放后，王苏任前门区区长，张文卿任区科长，后由任崇文区科长；他在平度解放时，带领他的部队守西门，将敌二十二团团长打死，开了城门，这些情况都是张文卿后来告诉我的。张文卿是党员，几年前患癌症去世了。

（7）争取平度监狱长吴焕文。有一次王一民告诉我，监狱里关了几个平度部队的同志，让我设法救出。我当时去找了吴焕文，说王铁相叫我告诉你，将那几个人放出，他知道我与王铁相关系密切，并且王铁相批了条子。他带我到狱里与那几位同志见了面，当晚就放出来了。我将吴焕文介绍给王一民，他们谈了话，吴焕文表示愿意为我们办事，并说将来有事时，请与他联系。

（8）将二十二团第三营长，介绍给王一民。这营长原是王铁相副官充任的，他的爱人患肺结核死了。我为了工作，将我的亲侄女嫁给他，他是掌管兵力的内线，驻防大田，后由第三营华培基（后代名杨群）去驻防大田。我军想拔掉这个据点，派参谋长于雷去与华营长联系。当时华培基去北平治病，该营由二十二团副去代理，由于我军内外夹击而解放了大田。华培基后在北平又搞了一个团长当，就是第三集团军的第一团团长，驻唐山。后来八一五日本投降时，该团又调到了济南，在这个情况下我做了些工作。

（9）争取耿诚。耿诚原是第八集团军参谋处长，通过我的介绍，他与王一民谈了话，交上了朋友。后来他当团长时，我就去了济南，他们之间的工作情况我就不清楚了。

……

做以上这些工作在当时那种环境下是艰苦的。我认为敌伪工作是王一民的伟大业绩，这是他对党对人民的伟大贡献！人民是永远忘不了的。我将永远以他为榜样，永远向他学习。王一民在青岛被国民党逮捕活埋，但王一民同志是永生的。

（选自中共平度县委党史资料征集委员会编《平度党史资料》第九期。收入本书时有删节。）

干将：又名湛寿春，1943年加入中国共产党，长期从事敌军工作。九一八日本侵占东北后，由黑龙江省立医院参加东北抗日联军，先后任黑龙江省军医院医官、佳木斯伪陆军医院外科主任、伪华北军治安部总医院外科主任。1941年夏被任命为伪治安军第八集团军医院院长兼军医处处长。1945年初任伪济南陆军医院院长，不久到晋察冀从事国际和平工作，1955年授中校军衔。后曾任北京天坛医院院长。

党和人民的忠诚战士——忆王一民同志

王利民　孙赞文　修岩

胶东招远县，提起王一民，谁都深深怀念和崇敬。他是胶东人民的优秀儿子，是我党我军的忠诚战士，是我们的亲密战友，是修岩的入党介绍人。我们在一起相处时间虽然很短，但他那种为党的事业坚定勇敢、不怕困难的革命意志，艰苦奋斗、勇于献身的忘我精神，以及亲密联系群众、平易近人的工作作风，都给我们留下了难以磨灭的印象。现在40多年过去了，每当想起王一民同志当年革命战斗的情景，我们的心情很长时间不能平静。

王一民同志，1938年加入中国共产党，当年在招远的"福天寺"组织抗日游击队。曾任北招县大队队长、副政委、政委及胶东青年二营营长、胶东军区大股伪军工作团团长、胶东军区联络部青岛地下工作特派员等职。1946年在青岛地下工作时，不幸被捕，于1947年惨遭敌人杀害。

竖起抗战旗帜　掀起救亡热潮

七七卢沟桥事变后，蒋介石卖国政府采取不抵抗政策，大批国土沦入敌手。国民党军扬言"攘外必先安内"，沿平津、京汉铁路节节败退。日寇铁蹄刚到禹城时，山东军阀韩复榘不放一枪，就弃济南逃跑。胶东大小城市的军阀官僚，同样弃甲曳兵，一起跑光，所剩的人民群众惨遭灾殃。在国难当头的关键时刻，王一民同志就在招远西北乡二区的福天寺，组织起抗日队伍，保家卫国，名为"招远抗日独立大队"。当时声势浩大，工农兵学商都踊跃参加，几个月的时间，就发展了100多人。掖招边区的教师们、学生们络绎不绝的前往参观访问。我们从那时起，就结识了王一民同志。战争岁月里，由于工作配合，增加了接触时间，有时一个屋就寝。他的伟大理想，高尚情操，对党对人民的赤胆忠心，时刻鼓舞着我们，激励着我们。

遭地主武装袭击　群众奋起声援

1937 年秋，胶东地主恶霸，假借抗日名义，纷纷各拉势力，成立武装，他们拉帮结派，形成帮派体系，各自为政。离福天寺不到八里地的焦家村，地主焦广义的大少爷焦慎卿，接受国民党杂牌体系张金铭的委任，也拉起了地主武装。他纠合当地的地痞流氓大烟鬼一起，也打着抗日的幌子，自命为四支队司令，排斥异己，为非作歹，欺压百姓。他深感王一民的队伍发展壮大对他不利，便派人到福天寺找到王一民，威逼利诱，封官许愿，企图合编以达到吞并的目的。王一民一眼看穿了他的伎俩，当即对来人义正词严地表示，我们是抗日的革命组织，我们欢迎联合抗日，反对倾轧合编，请你们转告焦司令。焦部使者无言可答，向焦慎卿汇报了实况。这个地主魔王，一听王一民不听拉拢，更谈不上合编由他统领，于是派他的地主爪牙武装包围袭击了福天寺。刚刚萌芽的新生力量，枪弹缺乏，战斗力薄弱。在寡众悬殊的条件下，被焦部强行绑走了王一民，解散了革命队伍。当地群众对地主武装的暴行，无不义愤填膺，声讨焦部的吼声，顿时传遍了全县。掖招边区的人民、学界的老师学生，自发的组织了游行队伍，爱国志士、工农兵学商都不约而同的喊出：抗日无罪！组织革命队伍有理！不释放王一民誓不罢休！声讨队伍越来越壮大，吼声越来越猛烈。焦慎卿在广大群众同声声讨压力下，不得不偷偷地释放了王一民。

虎口脱险后，王一民带领县大队对敌开展游击战。帝国主义，尤其是德、美、日帝国主义，对出产黄金的招远县垂涎三尺。从 1900 年到 1939 年，从未间断掠夺，只不过掠夺的方式不同而已。自 1939 年日寇侵入招远县后，不仅派重兵占领盘踞，而且在北招所有的集镇及所有的交通要道都修建了据点。1940 年"6.1 大扫荡"后，在烟潍路（招远段）增设西凉院、侯家、黄山馆 3 个据点；在龙招路增设洼子、槐树庄、张星 3 个据点；在老玲珑金矿，除原设的据点外，又在欧家夼、台上、九曲增设了 3 个据点；在蚕庄灵山金矿，建了一个蚕庄大据点。这个点仅大型碉堡就修筑了 8 个。当时的招北县，五里一个据点，三里一个碉堡，真是碉堡林立，铁丝网遍地。日军据点对我开展武装活动带来很大威胁，加上鬼子轮番"扫荡"，不少村庄被拆除，房屋被烧光，村里村外一片荒凉，我对敌斗争的环境十分恶劣。王一民领导的县武装不畏艰苦，不怕牺牲，出敌不意，活跃在敌人的封锁线上，像利剑一样，插进敌人的心窝。1942年伏天，王一民领导的县武装一夜之间铲除敌人3个区的伪政权（三区、二区、四区），消灭敌人九个乡的伪办事处。除扫清敌人的伪政权，铲除敌人的耳目外，王一民还率领县武装，配合军区主力部队，打埋伏，搞袭击，在烟潍路渠马沟伏击鬼子，击毙山本小队长，打死打伤伪军数十人，烧毁敌汽车6辆。又配合主力十四团伏击玲珑金矿的鬼子。一次，一股200余人的敌伪"扫荡"队伍，在"扫荡"招掖边区回归的路上，离台上据点不到3里的山谷陡崖，进了王一民领导的县大队和八路军主力部队的伏击圈。他们抢来老百姓的牲畜、粮食、财物，大摇大摆行进着。他们以为快到据点了，可以安然无恙了。万万没有想到，八路军会在这里埋伏。他们刚一进伏击圈，顿时枪声大作，手榴弹、迫击炮、地雷一起轰鸣，日伪军被打得晕头转向，一个营的伪军，除20余人死伤之外，余下的100多人束手就擒，抢来的东西全部被分给了村庄受灾的老百姓。小胜积大胜，经常不断的胜利消息，极大地鼓舞了边区的老百姓，老百姓参军参战的热情高涨。而机智灵活的战术，也使敌人胆颤心惊。王一民也在招北声名远播。

建立敌工站 在敌人的心脏里战斗

1941年秋，我胶东军区为了争取瓦解敌伪，在敌人占领设有据点的地方，配备干部，建立敌工站，进行分化瓦解工作。当时组织上调修岩去蚕庄，设敌工站并兼任西凉院、黄山馆、侯家4个据点的工作。由于对当地的情况不熟，开展工作有一定的困难。为此，修岩偕同孙梯青（西海军分区敌工科长），到北招找县委研究对策。县委介绍，王一民同志是蚕庄附近的徐家村人，对这一带熟悉。他和敌人有着不共戴天的仇恨。自敌人占据蚕庄、西凉院，修建据点后，他一家惨遭灾祸，房屋被烧毁，两个妹妹被绑架，全家流离失所，幸亏他的一个朋友与汉奸王世春认识，花了很多钱才将两个妹妹赎回。如此，我们前往县大队临时驻地——洼孙家，找到王一民，说明来意。王一民对我们前来的心愿目的，十分支持，看他的心情甚至比我们还急几十倍。在研究对策时，王一民详细介绍了4个据点敌伪军的兵力部署，敌伪军的来历，据点建立后对老百姓实行的"三光"政策。还特别介绍了蚕庄据点驻有伪军280人，另有新民会、特务组织、伪乡区公所办事处共计150余人，这部分人是便衣特务，是当地的地痞流氓。其他3个据点则没有这么复杂。他语重意长地说："建站的同时必须建立一部分精干武装，镇压敌特，保卫站的安全。"孙梯青对他说："有武装比没有武装好，但发展武装有困难。人员、武器、食宿、供应，这些难题如何解决？"王一民同志说："有办法。"他当即派人将二区区长孙赞文找来，对孙区长说："军区敌工站要设在你区蚕庄，必须建立一定的武装力量，这个任务必须孙区长大力支援。具体说就是兵源、粮食、宿地。"孙区长说我一百个一千个支持。王一民又说："武器问题从两个方面解决，县大队现有手榴弹，有旧式大枪，可以搞十条八条。再就是趁主力部队伏击胜利后，趁机要枪。这个武装的发展比较可行。"王一民同志的那种镇定幽默，深思熟虑，预料成败厉害，非常周到。他再三的说，对敌斗争必须有打有拉，对敌特汉奸绝不客气。还有就是建立站的问题，设在谁家，可靠程度、化装打入，合法身份等，面面俱到地仔细作了研究分析。深夜临睡时，躺在床上的孙梯青高兴地说："有这样的靠山，无往而不胜。"王一民同志富有对敌斗争经验，他的预见和措施，对敌工站的建立和成立武装帮助很大。后来对伪大队长林香圃的打拉教育，对敌特汉奸伪政权的镇压，都充分证明了王一民工作的前瞻性和正确性。

半年多的斗争，敌工站建站顺利，发展了一个连的精干武装，并争取了部分伪军和伪大队长林香圃，这些成绩与王一民的支持是分不开的。

青年营发展壮大　在反"扫荡"中屡建奇功

太平洋战争爆发后，抗击日本帝国主义的国家有30多个，这一形势的变化，加剧了敌伪军的动摇厌战情绪，胶东军区敌工科对敌工站的工作布置步伐加快。孙梯青同志令修岩脱离连队工作，专负敌工站的工作，所属武装由专人负责。经与北招县委研究，从十四团抽调一个连与这一新连合编，充实力量，命名为胶东军区青年二营，王一民任营长。从此修岩专负敌工站的一切工作，与王一民同志互相配合，曾夜袭西凉院敌据点，伏击槐树庄的日伪军，生俘杨伪中队长。在反"扫荡"中，二营先后参加了王家战斗、于家战斗、陈家战斗、石嘴山战斗、后坡战斗以及小乡家、黄山郭家战斗，给敌人轮番"扫荡"以有力打击。1944 年，修岩调胶东党校学习，王一民调胶东军区联络部。一次党校在莱阳召开文娱晚会，晚上修岩同志见到了王一民，他低声告诉修岩，有机密任务要到敌区去，他们握手告别，不料这次见面竟成永诀。

王一民同志是我们学习的榜样。他的一生是革命的一生，是战斗的一生，他的光辉形象和不朽业绩将永远铭记在人民心中。

1982 年 10 月 15 日

注：修岩，抗战时期曾任胶东军区十二荣校教导员。

王利民，抗战时期曾任招远县二区区委书记。

孙赞文，抗战时期曾任招远县二区区长。

无私无畏的一生——回忆王一民同志

腾玉彬　王淑琴　王清溪　林欣

　　王一民同志离开我们已经 30 多年了。王一民是我党抗战时期在招、掖边区从事武装斗争的组织者和领导者之一。曾任招远抗日独立大队大队长，县大队大队长、政委，胶东青年二营营长，胶东区党委武装部副部长，胶东军区联络部青岛市地下工作特派员等职。他虽然只在人间度过了 28 个春秋，但他在短暂的一生中为党、为国、为民鞠躬尽瘁，尤其是对招掖边区的抗日武装斗争做出了杰出贡献。1945 年夏，他被胶东军区联络部派往青岛做地下工作，收集敌人的军事情报，准备接管青岛。在一次外出执行任务时，不幸被敌人认出，于 1946 年 7 月突然被捕，身陷囹圄，受尽了敌人的凌辱、折磨、拷打，在凶残的敌人面前，他始终坚贞不屈，顽强斗争，表现了共产党人的高尚情操和革命气节，于 1947 年 4 月 22 日英勇就义于青岛太平角。

　　王一民牺牲后，与他一起战斗、工作过的同志、领导无不痛惜，连家乡一带的老乡闻讯后都痛哭失声。记得有人曾书联敬挽"舍身救民，英明传万家；毁家赎国，浩气存千古。"这两句话是对王一民同志战斗的一生做出的正确评价和褒奖。我们作为他的老友和他的妹妹，作为在他的革命道路上的追随者，曾在较长的一段时间里与他一起生活、战斗，因而接触颇多，过从甚密，许多往事至今萦绕在我们的脑际，使我们深切地怀念并引以为骄傲的战友、哥哥、革命的引路人王一民同志。

　　王一民于 1919 年出生于招远县徐家疃的一个中农家庭里，家道小康，有兄弟姐妹 8 人。他 6 岁时，进徐家疃小学读书，勤奋刻苦，学业优异，曾由三年级直接升入五年级。在各门功课中，他最喜欢历史课，特别爱听岳飞、林则徐、文天祥等人的故事。他自己有一本自制的厚本子，上面抄满了他收集的这些民族英雄的事迹和诗词。床头贴的是自己手书的岳飞的《满江红》词中"莫等闲，白了少年头，空悲切"。教兄妹背的是"人生自古谁无死，留取丹心照汗青"。还经常可以听到他在学校、家里给小伙伴们、兄妹甚至乡亲们讲虎门禁烟、岳飞抗金的故事。他从这些民族英雄的身上汲取了爱国、爱民的养分，并把它化为自己的世界观。记得有一次老师给他出了一道题"立志"，年仅12岁的王一民奋笔疾书："……苟安于家庭小康，乃是庸人之趣；效于国家社稷，才是丈夫之志……。"老师们看了后都交口称赞："这孩子有志向！"

1933年，王一民以优异的成绩考入了招远县中学。在学校期间，他结识了一批进步同学，并从进步书籍中吸取革命思想。每逢假期回家，他总是给我们这个闭塞的小村带回一些新鲜的东西。他对前来探望他的乡亲们大讲提倡妇女放足，大讲抵制外货，等等。他常说："中国要强盛，中国也一定能强盛起来。但必须要有大无畏的气概，摆脱帝国主义的侵略，铲除封建主义。"有人劝他安心读书，不要去管这些身外之事，他正言道："国家兴亡，匹夫有责。怎能说是身外之事呢？这是每个中国人份内的事。"他常和村里的年轻人一起谈论国家大事。记得他说过，当今社会黑暗，军阀混战，倭人侵我中华，民不聊生，民怨沸腾，我们青年人要寻求救国救民的生路。村里有个老学究看不惯他这种激烈的言谈举动，背后指责他太不务实际，成不了气候。王一民听说后跟伙伴们说："到时候让他们看吧，看我们怎样干出一番大事业的。"说着，还引用了《大同书》中的一段话："乳虎啸谷，百兽震惶；鹰隼试翼，风尘吸张；奇花初胎，矞矞皇皇；干将发硎，有作其芒。"

当时，村里有些人认为这不过是少年狂言，过过嘴巴瘾而已。可没过多久，他们就发现对王一民的估计又错了。1936年放暑假时，王一民带上几个同学一起到山东寿光找到共产党员马保三领导的抗日队伍，参加了革命。第二年，日寇侵华，蒋介石采取不抵抗政策，顽固地实行"攘外必先安内"的反动国策，沿平津向南节节败退，使大好河山迅速落入敌手。日寇的铁蹄刚刚踏进禹城，山东军阀韩复榘不发一枪，弃甲南逃，把几千万手无寸铁的百姓扔在日寇的铁蹄之下。国难当头，王一民受马保三委托，回到家乡，扛起抗日救国的旗帜，组织抗日队伍保家卫国。记得他回家时一改过去的装束，脱下学生衫，穿起了农民的服装，一进门就说服动员父亲和大哥帮他拉队伍。随后他又写信给当时在奉天（沈阳）做店员的二哥、三哥，叫他们回来参加工作。为了建立抗日队伍，王一民全力以赴，奔走于周围的村庄，利用赶集庙会等一切时机进行抗日宣传。他的演讲很有说服力和号召力，他给群众讲述东北同胞在日寇的铁蹄下生存的悲惨遭遇，说奉天的百姓只要吃大米就是经济犯，要蹲大狱；被车碾死的人胃里发现有大米还要追查。如果我们不武装起来抗击侵略，那就只能去过这种猪狗不如的亡国奴日子。他还针对群众中存在的"只要自家平安"的糊涂观念进行教育，他说：如果我们每个人都只想保住自己的家，那国家谁来保？国家不保我们还能保住自己的家吗？要想保家必须保国。国破家何在？他还用实际行动做出榜样。他先后动员全家出来做抗日工作。他的父亲王腾武和他的小脚母亲都做了大量的扩军、做军鞋、组织担架、送情报等抗日工作。记得当时本村有个叫王尚义的寡妇，虽有抗日热情，但又怕出来当副乡长招流言蜚语。王一民就动员父亲给她当副乡长，给她撑腰，支持她出来工作。每逢她出去开会、做工作，无论白天黑夜，60多岁的老父亲都陪着她。这一举动对当时的妇女解放、参加抗日工作给予了极大的推动。他兄妹8人都出来参加了抗日工作。王一民不但动员了全家的人，而且还倾全家之财抗日。队伍缺少枪支弹药，他就动员老父亲拿出多年积蓄去购买。他的"有人出人，有力出力，有钱拿钱"的表率行动极大地推动了当地的抗日热潮。群众纷纷报名参军，捐款捐枪。在短短的几个月时间内，就拉起了一支100多人的队伍，在福天寺打出了"招远县抗日独立大队"的旗帜。1937年初，胶东武装地主纷纷各拉势力成立帮派，各自为政。离福天寺不到八里的焦家村地主焦广义的大少爷焦慎卿，也纠集了一些地痞流氓、烟鬼，拉起一支地主武装，他接受了国民党杂牌军张金铭的委托，打着抗日的幌子，自命为四支队司令。其实根本不抗日，专门排斥异己，为非作歹，收刮地皮，欺压百姓。他深感王一民的队伍的发展壮大对他不利，于是派人到福天寺找王一民，许愿说，倘若王一民能把队伍带过去，可委任他为副司令。王一民义正词严地回答："这是民众的武装，不是我一个人的。这是抗日的组织，不是进行私人交易的筹码。我们欢迎联合抗日，但对吞并异己的倾轧合编，我们坚决反对。"焦慎卿见软的不行来硬的，派兵突然包围袭击了福天寺，想抓王一民，未能得逞，但封住了他家的门，又抓走了王一民的父亲，并威胁王一民：如果不和他焦慎卿一块干，就杀死王父。紧急情况下，王一民让其三哥王松山将父亲被捕的消息告诉了马保三司令员，马司令当即派马明娥同志带着队伍连夜赶到新城镇，向敌人喊话，限令他们当夜12点放人，否则就消灭他们。焦部慑于八路军的压力，只好乖乖地把王一民的父亲放了，并在第二天早晨匆匆忙忙地逃进了招远城。自此群众不给敌人交粮纳税了，并纷纷送子参军，扩大了抗日队伍。王一民在这一带威名大振，人们纷纷传说着"王一民吓走焦阎王"的故事。

王一民在对敌斗争上十分勇猛、果敢，是一个优秀的指挥员。1939年日寇进占招远城，气焰十分嚣张。运军火的汽车在烟潍公路上大摇大摆的开，而我们当时唯一的办法是破坏公路。王一民说："光破坏公路不行，这样只延长了敌人的时间，还是让他把武器运走了，抚皮蹭痒，不解决问题。要打，要把他打痛，打老实！"他提出在公路上打汽车、夺武器、切断敌人在烟潍路上的运输线。有些人不同意，说汽车都是日本人押送，有机枪，这是拿鸡蛋碰石头，是找死。王一民当即指出，敌人并不可怕，可怕的是我们内部的"恐日病"，只要我们敢打，有准备的打，就能打胜。在勘察了地形后，王一民决定在新城以北关道村的东西公路上设伏，用闪电战法，截击敌人的车队。几天后，战斗打响了，敌汽车刚进入伏击圈，头一辆车就压响了地雷。埋伏在公路两旁的战士在王一民的率领下闪电般扑上去，敌人还没来得及抵抗，战斗就胜利结束了。打毁敌人汽车三辆，活捉日伪军十几名，缴获两挺机枪和一些其他武器。这一仗，打掉了我们一些同志的"恐日病"，狠狠地打击了敌人嚣张的气焰。从此敌人除有重兵押车外，再不敢轻举妄动了，更不敢晚上运输了。1942年，鬼子进行轮番"扫荡"，推行"强化治安"后，根据地缩小了，情况也日益险恶。有同志提出，在强敌面前要隐蔽起来，不要自取灭亡。王一民坚决不同意这种看法。他说："越是艰苦的时候，人民越需要我们。我们不能消极等待时局的好转，要主动出击打出一个新局面来。"他带领武工队，像一把锋利的宝剑，时而穿插在敌人的封锁线上，时而直捣敌人的心脏。这年夏季，他曾率领武工队长途奔袭，像一阵风暴一样，席卷敌人的强化治安区。一夜之间，铲除了三个区的伪政权，消灭了九个乡的伪办事处。敌人闻风丧胆。伪政权的人常说："可不能办缺德事，小心碰上王一民。"他还率领县大队配合主力部队袭击渠马沟，打了许多漂亮仗。至今，当地还流传着他"火烧汽车、击毙山本"、"夜袭西凉院、伏击槐树庄、生俘伪中队长"的故事。王一民在整个抗战时期，曾先后指挥过王家、于家、陈家、石老嘴、后坡以及小乡家、黄山郭家等战斗。他的足迹踏遍了胶东半岛，是一名使敌人闻风丧胆的虎将。

王一民在对敌斗争中十分坚定，策略上又是很灵活的。1942年王一民带队伍袭击敌人采石场，破坏敌人修烟潍公路计划。敌人恼羞成怒，把他两个妹妹抓去当人质，提出条件，如不再破坏公路就放人，否则就把人交到县城处理。消息传来后，同志们十分气愤。有人提出还他石头坑，等人放出再说；也有人提出立即进攻炮楼抢人。王一民冷静分析后说："还他石头坑等于投降。这是原则问题，不能让步；攻打炮楼伤亡太大，也不可取。我们要以其人之道还治其人之身。"他派人把炮楼里伪军头目的家属监护起来，并通知敌人，如果敢动我们的人一根毫毛，我们就以血还血，以命抵命。果然，敌人害怕了，提出花钱赎人。当时组织上决定花钱赎人，王一民为给组织上节约经费，把自家的一亩二分地卖掉赎出了两个妹妹。1942年根据地缩小后，一部分伪乡长以为八路军快完蛋了，纷纷投靠日伪。当时王一民是武工队队长兼政委，主要任务是攻打伪政权。他除了对那些死心塌地的卖国贼实行坚决镇压外，对那些摇摆不定的敌伪人员做了大量的瓦解工作。他曾把各村的伪乡长全部抓到朱宋村集训，对其进行抗战前途教育，耐心启发他们的爱国心和民族自尊感。当敌人发现这批伪乡长被赤化后就不用了，另易人换马。王一民利用这个机会，把自己的同志派进去当乡长，在敌占区建立了一大批白皮红心的伪政权。

王一民还善于做统战工作。1937年他发现焦部的手枪队队长李春成是自己的同乡，是个有理想有抱负的青年，他就利用各种条件启发他的觉悟，鼓励他调转枪口。结果不久，李春成就带着武器投奔了抗日队伍，后来还担任过八路军三支队副队长。再如，山后村有个叫铁勺子家的地主，开始怕八路军整他，一分钱也不肯出。王一民就主动登门拜访，向他晓以我党政策、民族大义、家国厉害，使这位财主思想发生了很大变化，捐献了很多钱和枪，有力支持了抗日工作。王一民常说："凡一切有爱国之心的人都要团结，能拉过来的决不推过去。"在他的指导下，我们利用各界爱国之士的关系在青岛、大连、沈阳、哈尔滨、安东、天津、北京等大中城市建立了若干秘密联络点，做了大量情报、交通工作，并为抗日武装提供了许多经费、药品和枪支弹药。

王一民是个革命意志十分坚定的人。无论什么样的打击都动摇不了他对革命的一片忠心。他有一个大家庭，全家 30 多口人。自他参加革命后，这个家庭就遭受了敌人的疯狂迫害。1939 年首战烟潍公路后，第二天，就来了大批敌人进行报复，没抓到人，他们就把王一民家的 8 间房子全部烧毁，把全家赖以生活的用品全部砸坏。1941 年，王一民率部队在渠马沟伏击敌人车队后，敌人又将他场院的房子全部烧毁，全家人无处可归，到处漂泊。有人劝他，为保住这个家应两面应付（即家里有人去当二鬼子），王一民当即回答："两面应付等于向敌人妥协。我们全家已有准备。佘太君尚能舍家保国！就是情况再恶化，我们也要抗日保国。国尚不安，我们自家朝不保夕，所以只有国安才能家泰。"一些熟人看他生活太清苦，就给他一些吃的、穿的，但他总是先给急需的同志和伤员。1942 年他卖地救妹后，有人说他傻，组织上已决定花钱赎人，你干嘛还要卖地呢？王一民一笑答之："我全家都参加了革命，要那几分地干啥。为组织上节省经费有什么不好？"1945 年抗战胜利前夕，组织上派他去青岛做地下工作。当时，青岛在国民党统治之下，很多县的逃亡地主都龟缩在那里，其中有人是认识王一民的，环境十分险恶。一天，腾玉彬同志在街上碰到王一民，大吃一惊，说："你不该来。流亡政权的人都在这里，太危险了。"王一民坦然地说："没有再合适的人选了。这次来我是有准备的，要革命就不怕赴汤蹈火。"几天后，他在北京路不幸被捕，被送进了金口三路 5 号的特务监狱。在敌人的软硬兼施、严刑拷打面前，他始终坚贞不屈，并在狱中用生命的代价发展了葛敏同志。1947 年 4 月，敌人将王一民带到太平角一带的树林里活埋了。活埋时，他高喊"共产党万岁"的口号，连行刑的特务都慨叹"真不愧是共产党的一条好汉。"

王一民牺牲时年仅 28 岁。他短暂的一生光照人间。他的一生是无私无畏的一生，是为国家的存亡、人民的幸福英勇奋战的一生。他光明磊落，肝胆照人，他的英灵将永远活在人民的心中。

王家第三代孙追忆王一民烈士

王国良

青岛的姑姑，王一民烈士的女儿王令君，已经70多岁了，人年纪大了却越发想起老家来，近几年，每逢清明节，她都要在女儿的陪伴下，拖着病体颤抖着回老家给父母上坟，其实哪里还有她父母的坟？父亲死在青岛，死不见尸，母亲的坟头好多年前早已被平了。老人回来也只是象征性的在曾经埋过母亲的土地上烧烧纸，回村看看曾经是他们的家，如今已是破败不堪的别人家的老房子。前日姑姑来电话说，要把父母的事迹整理成书，以示怀念！我很是赞同，索要初稿以先睹为快！书稿中收录了很多王一民烈士生前的同志战友缅怀他的英雄事迹，很是感人，尤感很有必要编写出来，激励后人。但所收录的烈士事迹材料中，王一民的家庭出身都说是出身于一个普通的农民家里或是中农小康家庭，这和我了解的情况有所不同，另外书稿中对其家庭情况介绍不多，我认为是一个很大的遗憾。因为在王一民烈士为革命付出年仅28岁生命的同时，其父母、兄妹、妻子、儿女也都做出了巨大的牺牲，可谓是为革命家破人亡，妻离子散，甚至是几代人都遭受了巨大的痛苦，命运的改变。我认为只有真实、完整、客观记录烈士的生前身后事，才能更充分体现烈士的伟大，不负烈士一家的付出，才能更好的缅怀先人，激励后人，使我们更加珍惜现在的美好生活，努力为党、为人民做好自己的本职工作。王一民烈士已经逝去60多年，知道他们家以前事情的人几乎没有了，只能把自己听说的王一民烈士以及其家里的事情整理出来，期望对烈士事迹材料做个补充。

老烧锅的辉煌

在招远临近渤海边的地方，有一个300多户叫徐家疃的村庄，村庄以王姓人居多。据王氏家谱记载，王氏人才辈出，在明朝初国有一个叫王言的人，官封二品监察御史，在清代还出过武状元，有过一门三进士等等。就是现在到村里还可看到许多百年以上的老房子，有王氏家庙，虽然已经陈旧破败，但从其精细的工料依稀可以看出当初主人的发达和富庶。清末明初的时候，王氏的20代孙王腾武为人敦厚，善于经营，家业逐渐壮大，虽然算不上商贾巨富，但在方圆几十里也算是小有名气。家里田产颇多，具体数字已无从考证，只听说家里有长工、马车，村外有自己的场院，占据两条胡同的青砖大瓦房供3排30多间。从现存的房屋门楼的用料考究和墙壁上的多个拴马桩，仍可依稀感知其富庶阔绰。每次四爷爷回来，都把他心爱的枣红色战马拴在离门最近的那个拴马桩上。除种地以外，家里还经营做买卖，尤其以烧酒出名，是远近有名的老烧锅。其烧酒销往莱州、龙口、蓬莱、烟台等周边几个县。几十年后的80年代，作为重孙的我还能听到莱州一代老人在讲老烧锅家的事情。据说王家老烧锅的酒特别好喝，非常出名，生意很好。可令我现在也不明白的是，他们家用来做酒的那口井，井水却是不好喝的，老百姓叫是懒水。不好喝不说，水打上来是清的，放一段时间就会变红。这样的水怎能做酒呢？现在他们家当时用作帐房的老房子还在，其做工和用料很是讲究。墙体上面是青砖，下面都是用整块规整花岗岩砌成，石缝间连张纸都插不进去。我奶奶去世的时候，我整理老屋，竟然发现一本当时线装的账本，虽然已经残破，但账本做工精良，上面毛笔字体俊秀工整。

王一民和他的兄弟姐妹

王腾武有儿女8人，4男4女，我爷爷排行老三，王一民排行老四。由于家境殷实，老爷子思想开明，8个子女都读过书，接受过良好的教育，这也为以后能很快接受先进思想，同时走上革命道路打下了基础。儿女们男的精神，女的漂亮，可谓是人中龙凤。听老人们说，兄妹们关系很好，兄弟们出出进进长袄马褂并肩成双，令村里人很是羡慕。家境殷实，门风正派，人丁兴旺，兄妹们的婚姻自是美满姻缘，联姻的都是大户人家或是心意中人。我奶奶也是周边富庶人家里的大小姐，却要给我爷爷续弦，可见王家势力不一般。

还听村里老人们讲起过一个有趣的故事，家里雇了一个外地长工，心术不正，见雇主家里富裕殷实遂起歹心，但摄于老烧锅家龙睛虎眼的儿女们，一直不敢造次。有年临近春节，蓄谋已久的计划终于实施，这个长工鼓动其他外地雇工搞起了叛乱，先是把村北烧锅家的草垛点着，心想这家人势必混乱出去救火，家里空虚趁乱实施抢劫，然后逃之夭夭。计划很高明，可没想到烧锅家的儿女也不是白给的，他们早有防备，待火着起来后，弟兄们不但一个都没有去救火，反而都拎着枪跳上了家里的墙头，密切注视家里动向。那些人一看这阵势，哪个还敢轻举妄动？

据说老烧锅当时全家30多口人，可说是人丁兴旺，家道繁荣。老爷子在家坚守着老本行做酒，老大王子耀在招远县蚕庄镇创办金矿，据村里人讲现今的（国营）蚕庄镇金矿就是老大开办的。老二、老三在奉天做生意，老四王一民在省城读书，四个姐妹也都出阁嫁人，过着稳定富裕的生活。

全家抗日救国干革命

皮之不存毛将焉附？小家的命运历来都是和国家的命运紧密联系在一起的，30年代的中国正处于风雨飘摇、动荡不安之中。在省城读书的老四王一民从小立志报国，最先接受革命先进思想，1937年参加革命，1938年加入中国共产党。其后，他根据上级指示只身回乡拉队伍抗日干革命，在很短的时间内拉起近百人的队伍，这和家里人的大力支持是分不开的。王一民的父亲是开明人士，明白没有大家就没有小家的道理，对小儿子的事情全力支持，拿出多年家产给儿子买枪建队伍。就连王一民的小脚母亲也加入进来，在外做生意的哥哥们和已经出嫁的姐们都回来了，有的带着丈夫从娘家回来，有的干脆和不愿干革命的丈夫离了婚再回来，父母兄弟都在王一民的动员下加入革命队伍。个人到家庭，家庭到亲戚朋友，再到社会，"老烧锅"成为了一个真正的革命家庭，这对当时的抗日救亡运动起到了相当大的推动作用。许多人在王一民的抗日救亡宣传下，有钱的出钱，有枪的出枪，有人的出人，纷纷加入到革命队伍中来，很快王一民就在招远西北的福天寺拉起了抗日队伍。他们宣传发动抗日救国，打恶霸除汉奸，拔据点搞伏击，转战掖县、招远、黄县3个地区，威名赫赫，令敌人闻风丧胆。

2011年我和招远市委书记到北京拜访17岁就从我们村走出去参加革

命，现早已赋闲在家的原中央军委委员、总政治部副主任王瑞林上将，80多岁的上将回忆起王一民还是记忆清晰。老人指着我对市委书记讲："他们家是革命的家庭，王一民是他四爷爷，很厉害，参加革命早，影响力大。我们家和他家是前后屋，我们家穷，他们家富，我们两家关系很好，我经常到他们家玩。"然后，就滔滔讲起王一民如何抗日，什么时间做什么工作以及如何牺牲等等的一些事情，话语间流露出对王一民及其一家人的怀念和敬佩。这么多年过去了，我诧异老人对这些事情竟然还是记忆的那么清晰。

人亡家破　妻离子散

王一民的对敌斗争故事很多，招远县志以及许多报纸刊物都有记载，和我知道的大体一致，不再赘述。想告诉大家的是，这一家人为革命的付出和经历的磨难。因为革命，使原本富庶的大家庭人亡家破，妻离子散。先是散尽家财组建队伍，老父被抓遭受惊吓，兄妹舍家撇业，多次入狱折磨，房屋被烧，一片废墟，30多人的大家庭四散零落。听我奶奶讲，爷爷很少回家，就是回来也是半夜进门，天不亮就走。留下奶奶一个人拉扯三四个孩子，还要照顾田里的农活，很是不易。有时敌人半夜找上门来，爷爷就从地道逃走。他们家的地道我还见过，是从正院西厢房的地下通往另一院子的一口水井中。井口伪装很好，外人根本找不到，真不知这地道救了他们家多少次命。前几年到奶奶住了一辈子的南屋（北屋被敌人烧毁了）搬动柜子，竟然发现在房子的一角也有一个好像砌起来的洞口，可不知通向哪里。房子还有夹层，青砖铺成的地面下也有地方是空的，用沙填起，不知当初是用来储藏枪支还是埋藏金条用的？王一民牺牲后，妻子柳淑琴经受打击，精神失常。听村里人讲，经常看到她衣衫褴褛在街头神情恍惚，不久病逝，留下可怜的两个孩子，女儿16岁，儿子才11岁，姐弟俩在母亲去世的第三天就被王一民的大哥王子耀带到青岛上学参军长大成人。

写在后面的话

回到家里，我总喜欢围着老屋转上一圈，思绪万千。看到那老屋规整的青砖房室，仿佛能够见到老烧锅家的兴盛繁荣；站在那被烧毁的房子的地基之上，仿佛见到当年先辈们斗争的血雨腥风；再看那现今残存破败的房屋院落，仿佛又见到了先人们所经受的苦难。一个大家庭就这样败落了，家破人散了。有时再想，这何尝不是一个民族，一个国家苦难的缩影？在中国这样的家庭又有多少？正是有着许许多多像王一民一样的革命志士抛头颅、洒热血、毁家、赎国，才换来了新中国的成立，才换来今天的幸福生活，才换来祖国的繁荣强盛。个人命运、家族命运是跟国家民族的命运紧密联系在一起的，国强才能民安！

老烧锅家没有了，可他的家族却并没有败落，他们的后代在祖国的大地上到处生根发芽，茁壮成长。王一民烈士的一双儿女经过党和国家的培养在青岛参加了工作，女儿还走上了领导岗位，如今已退休在家颐养天年，他们的儿女也都在单位工作出色并担任了重要职责。王一民的大哥王子耀解放后在青岛工作，文革后期去世。王一民二哥王万寿解放后在家务农，土改时被划成富农，经常被批斗，文革期间去世。王一民三哥也就是我的爷爷，生前在山东省纺织厅任厅长，文革被批斗，1976年去世。王一民的大姐王梅松在青岛。王一民的二妹王振溪。王一民的三妹王清溪在大连工作，曾任大连市轻工局党委书记。王一民的四妹2011年刚刚过世，享年86岁，曾任国家海洋局纪委书记，属于我们党的高级干部。

如今老烧锅的后代遍布五湖四海，工、农、商、学、兵无所不有，估计已有几百人之多，其中不乏成功人士，优秀人才。无论他们身在何处，相信他们会感到是老烧锅的后代而骄傲，烈士的精神会永远激励他们热爱祖国，珍惜生活，努力工作，永往向前。

2013 年 6 月 24 日

我的爸爸王松山

王进军

我是王松山的女儿，是一个出生在新中国，长在红旗下的革命者的后代。从小受到正统的革命传统教育，会唱的第一首歌是妈妈教我的《东方红》，没上学时就会唱爸爸教给我的《跟着共产党走》："你是灯塔，照耀着黎明的黑暗。你是舵手，掌握航行的方向。年轻的中国共产党，你就是核心，你就是方向，我们永远跟着你走，人类一定解放，我们永远跟着你走，人类一定解放。"（其中"年轻的中国共产党"是我爸爸教我的歌词，现在看到的词是"伟大的中国共产党"。我觉得爸爸那个时候确实是唱"年轻的共产党"，也应该是"年轻的共产党"。）随着年龄的增长深刻地懂得了歌词中的含意和理解爸爸坚定的信念及教育子女跟着党走的用意。作为胶东革命老前辈的后代，尤其当老一辈的人离我们而去以后，才开始想他们这一生，读他们的过去，每每想来，如万箭穿心，泪如雨下。写下这行字，也是双眼模糊……

我的老家是山东省招远县徐家疃村（现属辛庄镇徐家疃村），爷爷王腾武有8个孩子，4男（得寿、万寿、永寿、福寿）4女（梅松、振溪、清溪、玉溪），家里世代务农。老三永寿就是我的爸爸，后改名王松山。

1937年七七事变，日本帝国主义侵略中国，毛主席共产党发动了全国人民站起来抗日救国。全家老少于1937年前后都参加了抗日救国工作。爷爷王腾武参加农救会，奶奶、大姑王梅松、二姑王振溪、三姑王清溪、四姑林欣参加妇女救国会，1946年三姑王清溪、四姑林欣经胶东区党委调往东北准备解放东北，大伯王得寿早年加入共产党，我二伯王万寿以种田和酿酒为掩护，经常出入在八路军的后方及前线，把粮食用铁轱辘的马车运送到部队驻地，为八路军提供粮食和后勤保障。爸爸王松山参加青年抗日先锋队做青年工作,四叔王一民发动地方武装,成立过区中队、县大队、独立营、青年营,1941 年在烟淮烟东公路上打下日伪汽车 6 辆。为此西良院日伪据点敌人对我家实行了"三光"政策,在我家抢过 3 次东西,最后一次不但抢光了东西,还把住房 9 间全部放火烧掉了。我的爷爷王腾武是一位具有爱国思想的开明人士,1938 年曾被焦家村国民党杂牌军张金铭委任为 4 支队司令的焦慎卿抓走,扬言将其杀头示众,爸爸王松山找到革命军第八路军鲁东游击队第八支队司令员马保三汇报了情况,马保三司令员当即命令马明娥率领一支部队赶赴部队招远救人。部队日夜兼程赶到招、掖边界新城驻扎,当天给焦慎卿送去限令其 12 点交人的通牒。焦慎卿慑于八路军的威力,只好乖乖地放了当时 60 多岁的爷爷。另据我爸爸身边的工作人员孙清淑回忆:我的一个姑姑当年是一个小学老师,做地下工作,日本鬼子进村了,她为了保护老百姓,让老百姓先跑,鬼子抓到她,把膛都打开了。幸亏党组织派人来把她救了,送到青岛山大医院,由党组织安排专门的大夫、护士进行了救治,挽救了生命。爷爷的家中是共产党的地下交通联络站,曾经在招远远近闻名的百年酿酒"老烧锅",生意兴隆,繁荣昌盛,为我党地下活动联络站在我家的建立增加了保护色彩。家中经常有共产党和地下革命者出入、聚集、开会,为了党组织和地下革命者的安全和紧急疏散,在炕下挖了通往房间外边的地下通道。八路军和地下党来到家中的时候,女人们一起上阵为八路军做饭,也为八路军在前线打仗提供后勤保证。四叔王一民 1943 年任胶东军区政治部政委,1946 年中共胶东区党委派去青岛搞地下工作,不幸被国民党蒋匪军捕去,将他关押在青岛金口三路 5 号军统特务监狱。敌人接连不断的提审,使王一民受尽了严刑拷打,他以惊人的毅力,忍受了肉体上和精神上的巨大疼痛和折磨。在狱中组织地下党的活动,对敌进行斗争,为了让党组织了解狱中情况和取得组织上的营救,多次通过内线将狱中情况传递出来,1947 年 4 月中旬最后一张写有狱中情况和越狱方案的巴掌大的纸条通过监狱对面的修车小铺传递出来,党组织根据王一民提供的情况,了解了狱中与敌斗争情况,并根据当时的时局拟定了营救方案,不幸的是敌人提前行动,王一民被活埋在青岛太平角打靶场,而壮烈牺牲。在抗日战争和解放战争中,整个家庭都为革命活动贡献了力量，我家的前辈们为新中国建立付出了鲜血和献出了生命。我为生在这样的革命家庭而自豪。

我的爸爸王松山（原名王永寿，1909.10.3–1976.7.21）1917 年上小学，1921 年 13 岁时因生活困难回家种地。1925 年只有 16 岁的王松山被我爷爷王腾武托本村王庆馀带到哈尔滨永和盛油坊给资本家曲明三做"幼年工"。长年累月地起早贪黑，风里来雨里去，没白没黑地干活，看孩子、洗衣服、做家务，不但分文不给，到头来却吃不饱，穿不暖，还经常挨打挨骂，在永和盛油坊 3 年的时间身体每况愈下，终于抵挡不住风寒，1928 年得了一场当时足以致命的伤寒病，卧床不起，没有人管，最终被逐出门，欠下路费 15 个银元回家养病。3 个月后，爸爸的病稍有好转，因家中拮据，爷爷又一次托王庆馀把爸爸带到哈尔滨，找到一个百货店当卖货员，劳动条件极其恶劣，每天劳动 12 小时以上，受尽了资本家的剥削和压迫，资本家不劳作，肩不挑，手不提，他们成天花天酒地，过着腐化的生活。这个资本家学了一套西方资产阶级的剥削方法，一个月只给 2 个银元工资，在 7 年的店员生活中，工资最多每月给到 13 个银元，工资收入难以维持生计。这个资本家还规定了一些侮辱人的制度，出入门时进行搜身，对外出的时间及办理的事项进行查证，将自己的物品统一交到保管处管理，不定期的进行搜身，为了从雇工身上榨取更多的剩余价值，每天将半生不熟的高粱米用冷水泡了后给店员吃，许多店员吃出了胃病，每年都有几个店员因胃病而死亡。当时爸爸王松山就参加了店员们为了自身生存，自发地组织起来的团体，同剥削压迫他们的资本家进行斗争。1936 年爸爸因常年吃冷水泡高粱米而患有严重的胃病，不能坚持劳动，被资本家再一次赶出，返回家乡山东招远徐家疃，此时的家境已大有好转。

旧时的哈尔滨是中国马克思主义思想传播较早、工人和学生运动比较活跃的城市。爸爸王松山在 1925 年到 1936 年在哈尔滨资本家干活的 10 年间，看到半殖民地半封建的官僚买办时代的旧中国，国家分裂，军阀割据，民不聊生，列强入侵，割地赔款，哈尔滨人民积极进行抗击帝国主义侵略的斗争。1931 年"九一八"事变，南京国民政府坚持不抵抗政策，东北三省沦陷，在此刺激下，东北人民掀起空前规模的抗日救国高潮。爸爸王松山看到在抗日战争中中国共产党进行了艰苦卓绝的斗争，只有共产党才是民族的希望。

爸爸回到家乡就参加党的地下活动。1938 年初，四叔王一民接受党组织和马保三司令交给的任务，在家乡招远组建抗日武装队伍。在爷爷王腾武的支持下，爸爸帮助四弟王一民经过 3 个月的时间，便在福天寺拉起了一支近百人的抗日队伍，建立了有名的"招远县抗日独立大队"。

当时的地下工作就是宣传抗日救国的道理，组织发动群众，发展武装力量，做交通联络工作。爸爸王松山常以各种身份奔走于蓬黄掖招之间传递党的文件和情报。他曾巧妙地将情报隐藏在柴禾中和容器中，躲过了日军和伪军的搜查，安全地完成了任务，受到党组织和同志们的赞扬。

1938 年 8 月，中共招远县在九曲村成立，刘儒英任书记，隶属胶东特委（后改胶东区党委）。县委对外称"招远县抗日民众总动员会"，中心任务是发展组织，建立武装，夺取政权，建立革命根据地。10 月，设立秘书处及组织、宣传、军事、民运、青年、妇女 6 个部。1939 年 1 月设立社会部，2 月设立统战部，5 月设立敌工部（10 月撤销）。6 月，贯彻中央《关于大量发展党员的决议》。8 月，在芝下村召开首次党员代表会议，重点研究了组织发展问题。年底，全县建立了 8 个分区委。在党的领导下，各抗日救国团体纷纷成立。此时（1939 年 8 月）王松山加入共产党。同年正式脱产参加工作，并担任北招远县三年青年救国会（简称"青救会"）任主任。青救会是抗日战争时期中国共产党领导的广大青年群众的爱国组织。它以抗战救国为宗旨，以党的路线、方针、政策为指导思想。青救会的成员既是教育者，又是受教育者。正像大多数人一样，爸爸王松山不仅自己是学习模范，而且在民校、识字班、小学时都起着骨干带头作用。在抗日根据地青救会是一个以抗日救国为目标的统一战线性质的青年团体，不论出身，只要是愿意抗日的青年都可以参加青救会。

1940 年 11 月，党组织调王松山任北招远县各救会任秘书。1940 年 2 月，县委民运部改称群众工作委员会，对外称各救会，领导工、农、青、妇等抗日救国团体。同年，在县领导下，建立起招远县抗日民主政府。10 月，召开县委划归中共西海地委领导，撤销县委军事部。年底，西海地委党员发展至 1144 人。

1941 年 1 月 1 日招远县为便于开展对敌斗争，分为招远、招北两个县，分设县委会，均归西海地委领导。招远县委设秘书处、组织部、宣传部、群众工作委员会、社会部及 6 个分区委。王松山被派在招远县东庄子村、城后刘家村进行抗日动员和党的地下活动，发展党员和与敌斗争。有一天，王松山在东庄子村进行抗日动员和党的地下活动，傍晚时分完成了任务正要出村，迎面碰到日本鬼子队伍突然进村，进行搜查，他腰中别着盒子枪，口袋里装着党员缴纳的党费和交党费人员名单。正在危急时刻，从身后院子走出一妇女，怀中抱着一婴儿，冲着王松山说："你上哪去了？还不快回家！"并顺手把孩子塞到他怀里，他顺势抱着孩子走进了这个妇女家的院子和房间，机警的将手枪、钱和交党费人员名单塞进院子的柴火垛里。鬼子进屋后在房间和院子里搜查了一圈，用枪挑开门帘看看，柴火垛上捅了几下，没看出什么破绽，在这个妇女的周旋下离开了，巧妙的躲过日本鬼子的搜查。在革命战争期间，中共在隐蔽战线能取得那么辉煌的成就，根本原因是靠正义的信仰争取和打动人心，靠组织力量凝聚广大群众作为掩护。掩护了党的干部，保护了党的组织。在当时我地下党、游击队在胶东老区一带的活动，紧紧依靠当地人民，当地人民像爱护自己的亲人一样，支援他们，掩护他们。爸爸终生没有忘记救过他的那个妇女。

40 年代初，抗日战争正处于相持阶段时，敌人对我抗日根据地一方面频繁地进行残酷"扫荡"，另一方面更加紧了经济封锁，致使整个抗日根据地财政经济发生极大困难，军队供给濒于断绝，陷入没粮吃、没衣穿、没被盖、没经费的困境。妄图从军事和经济两方面制服我抗日军民。根据地广大军民针锋相对，在党的领导下，一方面坚决勇敢地开展反"扫荡"，粉碎敌人的进攻，另方面则发扬自力更生、艰苦创业的革命精神，自己动手解决经济上的困难。

1943 年 4 月胶东区党委西海地委决定，让王松山任北掖县机关生产经理。机关生产是组织开展了以自给为目标的生产自救运动。主要以农业生产为主，兼办工业、手工业、运输业、畜牧业和商业。逐步达到粮食和经费自给、半自给或部分自给。除机关口粮自给外，为前方的部队提供运送了粮食、经费。

1946 年 8 月胶东区党委把王松山等一批干部和积极分子送到胶东党校去学习。1947 年 3 月学习结束被派往威海工商局公司经理。1948 年 6 月到胶州进出口局总公司当副总经理。

解放战争后期和建国初期，随着政治军事形势发展，在人民解放军解放全中国的滚滚洪流中，为了接管、巩固我党新建立的政权，支援南方广大新解放区建设。1948 年 4 月，山东省根据党中央决议，从胶东北海、东海、西海、南海四个地委纷纷抽调大批党政干部岁人民解放军南下。1949 年 6 月，中央中共和华东局再次下达给山东解放区 1200 名南下大西南的干部指标，王松山和数以万计的党政干部、共青团员一样，冒着没有散尽的硝烟，别妻离子，远离家乡，准备远赴长江以南的新解放区支援政权巩固与建设工作。后来中共中央考虑到山东已经多次大规模的干部外调，各方面的干部都比较缺乏，便减少了这次外调干部的名额，这次南下干部实际为 350 人。1949 年 6 月 2 日随着青岛获得解放，我省急需接管青岛各方面管理工作的人才，组织决定让王松山留下接管青岛，王松山因此没有跟随大军南下，而被留在山东派去担任青岛进出口公司经理，作接管青岛市的工作，进行剿匪反霸、发展经济等保卫革命政权，维护社会稳定。接管工作高效而稳健，社会稳定，人心安定，商店照常营业，平稳过度到了新政权管理。

在青岛接管工作的队伍中，王松山相识了与他共度后半生的革命战友王钦，在组织的安排和撮合下结为夫妻。他们是战友，革命伴侣，是患难夫妻，恩爱夫妻。他们在生死与共革命战斗中建立的爱情，质朴而坚定，经得起任何风雨的考验。然而，爸爸的业绩，也有妈妈的一半。在几十年的日子里，妈妈不但完成自己的革命工作，而且还要关照爸爸旧时在资本家劳动时落下的病弱的身体，操持家务，抚养着五个儿女。尤其是文化大革命期间，是她顽强顶起了家里的一片天，与王松山同舟共济。

中华人民共和国成立后，王松山在 1949 年 12 月任青岛百货公司经理，从资本家手中接管了中山路 51 号青岛市中山路上最高的一幢 6 层的德士古大楼，当时是亚当斯大厦，亚当斯是美国商人，曾为美国商会会长。这栋楼德士古大楼，是青岛早期的一座写字楼，有电梯。解放后改为第一百货商店，正门改在了中山路，这是青岛的第一家国营大型百货商店，隶属于青岛百货公司。现今是青岛市百货大楼。进城后实行的是供给制，免费供给生活必需品。供给范围包括个人的衣、食（分大、中、小灶）、住、行、学习等必需用品和一些零食津贴，还包括在革命队伍中结婚所生育的子女的生活费、保育费等。1952 年 7 月，王松山由于工作业绩突出由青岛市提升到省里做领导工作，定位高级干部，行政 3 年，任中国花纱布公司山东省公司经理。

此后王松山历任山东省纺织品公司经理，山东省商业厅（局）日用品处处长、纺织品处处长、山东省纺织品公司经理等职，直至 1975 年 12 月在山东省纺织品公司任经理岗位上离职修养。

参加革命十几年来，爸爸始终怀念 1962 年在北京参加过的一次国庆典礼。直到至今，家人还保留着他国庆观礼的全套资料。为他幸运地成为商业战线上的先进代表，到北京天安门前西 6 台 228 号观礼台上观礼而骄傲。天安门前金水桥畔的观礼台能容纳两万人。应邀观礼的主要是专程来华的外国朋友，各国驻华使节以及全国各兄弟民族、各条战线上的代表。

记得爸爸讲述的：那天早上，天没亮就起床，穿上妈妈给他准备的新衣"毛哔叽中山装"，在胸前佩戴上大红熊条，上面印有金色的国徽"1962 观礼"的字样。8 点前来到天安门，在观礼台前与劳模会和。登上观礼台走到自己的位置。天安门东的长安街上，大游行的仪仗队整齐待发，后边是不同的方阵簇拥着彩车，一眼望不到头。

上午 10 点《东方红》乐曲响起，毛泽东主席、刘少奇主席等党和国家领导人出现在天安门检阅台。全场欢腾，毛主席向在天安门城楼上观礼的代表致意。观礼台上的人群也都翘首仰望天安门，毛主席等领导人走到城楼东段又走到西段，频频向人群招手致意，还专门向观礼台上的人鼓掌，他又脱下帽子不停地挥着。这时，礼炮齐放，天安门上下欢声雷动……。见到毛主席和国家领导人的激动场面，天安门天安门广场上，工农商学兵各界形成了自己的游行方阵和彩车，场面壮观而热泪。这么多年过去了，回想着想象着当时爸爸参加的国庆观礼情景和每当看到他参加观礼的全套资料，全家每个人的心中至今都为他老人家参加国庆观礼感到有一股由衷的自豪之情。

1966 年文化大革命开始了，王松山这位老革命，曾亲历了白色恐怖的军阀统治，身经了抗日战争的艰苦岁月，走过了硝烟弥漫的解放战争，没有牺牲在敌人的枪口和暗杀之下，却在"文化大革命"期间，遭受"四人帮"的残酷迫害。"文革"的 1966 年后期到 1967 年初期的"夺权"阶段，可以说省部级以下的党政部门几乎全部瘫痪或者半瘫痪。人们忙于夺权、批判和斗争。在大动乱中，从中央到地方，几乎所有的党政负责同志都受到批斗、游街、戴高帽子、坐"喷气式"，受尽了折磨和凌辱。我的爸爸也受到了同样的侮辱，1967 年在全国一片夺权风暴中，最重要的环节，是夺取省市委这一级的权利。这是自下而上和自上而下的最主要结合部。这是中央文革势力能够直接控制、策划的层次。有了对这个层次的控制，也便有了对全国的控制，因为各地、县的夺权完全可以纳入夺权之后的省市领导机构革命委员会的领导下。在中央文革派势力的直接策划下，1967 年 1 月，接连几个省份实行了夺权。1 月 14 日，山西省实行了夺权。1 月 25 日，贵州省实行了夺权。1 月 31 日，黑龙江省实行了夺权。2 月 3 日，山东省又实行了夺权。这四个省份的夺权，都得到了党中央的正式批准，也得到了《人民日报》、《红旗》杂志等党的舆论工具的大规模支持和高度评价。在此期间，《人民日报》发表了一系列社论文章，对全国的夺权斗争发出路线性、政策性的指导。

1967 年 1 月，山东省商业厅及其所属单位都进行了夺权，山东省纺织品公司当年的造反派头子彭吉祥为首的一伙人，对山东省纺织品公司对当时的"当权派"王松山进行了批斗和夺权，革命老干部工资高些，这也成了资产阶级生活方式的罪行，仇恨、斗争、发泄是那时社会氛围的主旋律。批斗会上那些手指戳戳点点、吐沫星子乱喷，让他低着头，斗人者大骂等使爸爸王松山受尽了人身和心灵上的侮辱。并从那时起我爸爸就开始了无休无止、日复一日、年复一年的挨批斗、写交代的挨整生涯。爸爸一下子就变苍老了。当时我看着爸爸那痛苦的样子，我永远也忘不了他那悲伤和无助的眼神，最怕他自杀，他一出门去，我们就担心他回不来了，每天都在一种恐惧中度日。这年 2 月 7 日晚上挨完批斗回来的爸爸带回来了一堆造反派批斗他的大字报，并让他自己贴到住宅楼前的墙壁上，看到此情景，我们坚决反对，那时的处境可以想象没有谁再敢给爸爸招惹任何一点麻烦，妈妈考虑衡量了以下，为了不给爸爸带来更多的灾难，我们只有言听计从，她熬好浆糊，让我们姊妹几个把那些造谣生事、无中生有的大字报贴上，第二天便是 1967 年春节，在我们心目中留下的是今生无法抚平的心灵创伤。从此后爸爸的身体状况越来越差，是妈妈一个娇小的女人支撑着这个家，照顾着身体虚弱的爸爸和对爸爸精神上支持。让我最难忘的是，爸爸怎么也想不通当年出生入死、走南闯北、忠心耿耿为党的事业奔波，竟被说成是资产阶级走资派，和叠加上"反革命份子"、"赫鲁晓夫式的人物"、"封建地主阶级的孝子贤孙"等莫须有的罪名。他对党忠诚，立场坚定，谦虚谨慎，光明磊落，宁死不屈。1976 年 7 月 21 日 17 点 23 分在济南含恨与世长辞。终年 68 岁。

我从小接受了一些优秀传统教育，爸爸给我讲许多精忠报国的历史故事，很受启发。爸爸以严格的标准要求自己、教诲我们，句句纯朴，情真意切，对国家经济困难时期给他发保健和物资食品专供等照顾的感激之情溢于言表。我特别谨记爸爸的教诲，新中国来之不易，是父辈流血牺牲换来的，要珍惜现在的幸福生活。长大后，通过不懈努力，勤奋学习，我明白了是谁让中国人民站起来，是谁让中国富起来，是谁让中国人民当家做主人，这就是伟大的中国共产党，没有共产党，就没有新中国。在爸爸淳淳教诲的影响下，在党组织的培养下，我加入了中国共产党，并于 1993 年称谓山东省广播电视厅（局）一名处级领导干部，我们姐弟 5 个在不同的岗位上建功立业，为党争光，努力工作。爸爸离开我们已有 30 多年了，可他的英容笑貌，他对我的教诲与影响永远映在我的脑海里，跟着共产党，我们的未来一片光明。永远跟着共产党，永远不会迷失方向。

过去已成为历史，当年战争的硝烟早已散尽，生活在和平年代的我们，或许很难理解领悟过去那个年代的悲惨，也永远难以感受侵略战争的灾难。但今天的我们必须永远记住，在脚下的这块土地上，曾经发生过最残酷壮烈的战争，发生过侵略者惨绝人寰的血腥屠杀，有过先烈们浴血抗战的惊天壮举。他们在战场上不怕牺牲，冲锋在前，英勇杀敌，抛头颅、洒热血，舍身赴死的革命精神；在监狱里、刑场上，宁死不屈，视死如归，杀身成仁的崇高气节；在抗战中不怕艰苦，不畏强暴，威武不屈，英勇顽强的民族意志，永远值得我们学习。

王松山之女：王进军

2013 年 7 月

《外公》献给我的外公王一民烈士

张辉

外公　外公　我的好外公
您是我敬仰的英雄
您从小心中有一盏明灯
照亮了您辉煌的一生

外公　外公　我的好外公
十七岁您投笔从戎
为了民族独立奋起抗争
动员民众您舍家为公

您驰骋战场指挥若定
您智勇双全威震胶东
您锄奸安民壮我军威
您报效祖国无尚光荣

您辗转岛城筹措给养
您潜伏侦查屡建奇功
您联络策反发展武装
您宁死不屈无尚光荣

二十八年韶华青春多珍贵
二十八年春秋时光太匆匆

您立党为公无私无畏
我们为您骄傲自豪
我的外公　我的好外公

《担当》

作词：张辉

少年时　你就非同寻常
萌发的思想点燃一方力量
改变在下定决心以后
偶尔难免有些轻狂

少年时　你就特立独往
文字的激昂　感染一方土壤
忘我在开始行动以后
你却饱经雨雪风霜

谁不珍惜家道小康
慷慨解囊拿起枪
大任比肩泰山重
跨马征战生死放一旁　生死放一旁

谁不珍爱儿女情长
投笔从戎上战场
忠孝两难为中华
危急关头你勇敢担当　勇敢担当　担当

追忆我的舅舅王一民

刘哲生

我叫刘哲生，1933年7月出生，1947年1月入伍，1950年入党，先后任排长、连政治领导员，部队转业后任黑龙江省虎林县虎头区副区长，1978年举家迁回青岛，后来担任青岛明胶厂保卫科长等职。我从小生长在一个革命家庭。当时最先参加革命的就是我的四舅舅王一民，是他把革命引到我们家乡，我们这个大家庭的。从他开始参加革命以后，我们这个家应当说是全家都动起来，全都参加了革命工作。但分工有所不同，有的人在前方，有的人在前方后方的中间，有的人是在家庭里。为什么说在家庭里呢？比如后方供应以及部队吃住等，还有就是一些情报的往来、传递，这些都是靠家里的大人和孩子。

我四舅舅王一民，原名王福寿，化名王振寰，毕业于益都师范学校，1938年参加革命，同年9月底到八路军抗日游击队胶东5支队军政干部学校政治班学习，期间加入中国共产党。后任招远县县大队政委、胶东军区青年营营长、胶东军区大股伪军工作团团长。1945年5月到青岛做地下工作，1946年7月14日被捕，1947年4月22日被国民党特务杀害，

王一民家里一共是弟兄4个：老大王子耀，老二王万寿，老三王松山，王一民在男孩里排行老四，总的排行老六。女孩子里，王一民的大姐王梅松，也就是我的母亲，二姐王振溪，老三王清溪，老四王玉溪，又名林欣。这是家里的主要成员。

王一民舅舅的革命事迹

王一民舅舅从他上中学期间就接触到了革命思想，他先是把革命思想带到家里面来，以后他就完全投入到革命队伍中去，武装队伍、打击日本鬼子和做党的地下工作，最后他在青岛太平角牺牲了。

他参加革命以后，主要任务是成立革命组织，招远县有一个区中队、县大队。当时因为对付土匪伪政权、日本鬼子这些坏人，非有革命组织不可。革命组织是得到了共产党和上一级领导的允许和同意的。在我幼小的时候我就知道，和他一起工作的都是八路军，其中有些是上级派来的，住在我姥姥家里。开始都不熟悉、不认识，后来熟悉了，我们都开过玩笑，那时候我比较小，我就明白这是我舅舅的上级派来的八路军。

整个抗日战争时期，王一民组织、领导的部队就在这个地区活动，打了不少胜仗，也镇压了不少汉奸、特务。如果没有这样一个部队在这个地区，那日本鬼子更是骑在我们头上了，老百姓更是被欺压的喘不过气来，是他们挽救了老百姓，保了一方土地的平安。老百姓在逃跑撤退躲避日本鬼子的时候，他们都在组织、掩护老百姓。战争是极其残酷的，从我四舅前后共有4名警卫员就不难看出，其中前3名都已经牺牲了，最后一名警卫员叫马溪波，只有他幸运地活下来了，后来他任海军北海站舰队航空兵司令员、海军航空兵副参谋长。马司令经常回忆他最后一次见到王一民舅舅是在白色恐怖时期的青岛，当时他见到我四舅时吓了一跳，他说："首长，您怎么敢在青岛？"因为王一民长期在一线部队打日本鬼子、除汉奸，名气太大。四舅只是简短的叮嘱他"一定保密，多加保重"就快速离开了。据马司令描述，当时四舅身着大褂，戴着墨镜，还戴着个礼帽，

王一民的部队一直在招远、掖县等地区活动，而且他的部队向招远县、掖县等地区以及北海军区、西海军区输送了不少干部，他有个战友叫张子远，也是我的老师，同时还是我的校长。在徐家疃村王一民的家乡附近有一个学校，当时学校的校长就是张子远，后来这个区的区委书记也是张子远。抗日战争时期，有一次，在一个村的一片辣椒地里，张子远等和日本鬼子作战，最后打的就剩张子远一个人，他牺牲时就躺在辣椒地里面。我听说后心里非常难过。张子远同志我很熟悉，我的名字是他给我取的，我原名叫刘凤山，后来他给我改名叫刘哲生，这是老师对我的关爱和希望，意味着让我长大后参加革命，为解放全中国而奋斗。

在王一民的领导下，像张子远这样一些进步人士到学校，到各村子里，到各个城镇里的人有很多，他们都在宣传抗战，宣传革命，挽救中国。老

百姓当时很拥护这支部队，提起八路军来都不敢讲，因为怕汉奸听到就打手势，都怎么讲呢？说汉奸鬼子伸两个手指头："二鬼子来了！"真日本人和"二鬼子"这是两种人，一般称呼"二鬼子"就是两个手指头。一伸两个手指头，有些胆小的女同志，吓得脸的颜色都变了。"二鬼子"和鬼子一样，到了村里对待群众那都是无恶不作，所以群众相当害怕他们。

王一民除了在社会上组织抗战，挽救中国，他每次回家都是向全家和全村进行革命宣传教育。我最有记忆的是他经常在各个村里宣传抗战，宣传革命，宣传我们国家当时的形势，如果大家再不起来抗战，我们国家就要亡国了，不停地宣传这些革命道理。他讲话的时候一般都是"老乡们、小朋友们、父老乡亲们"。由于他经常召开会议、宣讲，我们也经常跟他去，听他宣传教育。我的哥哥刘哲民，他后来在兖州战役中牺牲了。我们两个当时年纪比较小，我们就是学八路军首长和王一民舅舅的讲话。"朋友们，老乡们，父老们，大爷大娘们，最后是各位小朋友们"，讲抗战。我们两个经常开玩笑，我和我哥哥模仿我舅舅王一民，因为不是一次看他宣传革命，是经常的。记得他中学回来以后，走上了革命道路，组织起了革命队伍，后来逐渐发展壮大起来。

我的家庭已经成为抗日革命的群体，我年迈的姥爷、姥姥和舅母们，都为抗日做出了很大的贡献。他们每天轮流站岗放哨，一旦鬼子来了，一方面通知全村的老少赶快逃离和躲避，保证乡亲们的安全。另一方面通知八路军，让他们及时了解、掌握鬼子的行动，以便适时消灭那些鬼子和汉奸。

王万寿舅舅的革命事迹

在"文化大革命"中受到一些迫害的是我二舅舅王万寿。他没有正式参加革命，在家种地。生产的粮食，除家人食用外，大部分都送给了部队，以便让前方的战士吃饱喝足，勇敢杀敌。就是这样一个忠诚老实的农民，受到了不白之冤，令人痛心。

抗战时期，王万寿舅舅经常晚上趁着夜色把我家的粮食和洼孙家村我四舅母娘家的粮食，用马车拉着，送给八路军，八路军派几名战士持枪押运。我母亲按照舅舅的要求，带着我和哥哥住在掖县朱桥镇第五区的一个共产党的秘密联络站，五区的区委书记带着他的家属还有一个孩子，也住在那，大家都各有任务。我的母亲在那里主要是继续做情报和抗战工作，有时我们这个联络站的粮食就是王万寿舅舅赶着马车送来的，他专门做后勤工作。

王子耀舅舅的革命事迹

我的大舅王子耀，抗战一开始就参加了革命。在抗战时期，有一些上级安排的具体任务，不能公开，只能悄悄地去做。王子耀舅舅做的就是这一类的工作。比如王子耀舅舅有段时间负责在招远金矿工作。待金锭淘洗出来以后，组织上命令以他个人的名义经营，因为当时没办法公开成立公司。然后，秘密将金子分别给北海军区、西海军区送去。随着形势的发展，他后来又在石虎嘴等地成立了一个鸿昌号（公司名）。那时的情报有的是口信，有的是写了几个字的信，很多是我送去的。当时地里经常招蚂蚱，都要派劳工去打，这是区人民政府安排的，他们的人怕暴露，秘密捎信叫我去。我平时经常到那去，捎一些口信。有时我就住在那里，他在石虎嘴名义上是做生意，回收粮食、豆饼等，实际是秘密到东北买枪支，秘密保存在那里，然后再从水上送给西海军区。

那是1944年，有一次，又买来两支撸子牌的手枪，这种枪我很清楚，我既会安装，也会拆卸，因为我曾经拿我舅舅们的枪练习过。后来他们和掖县后坡区干部发生了矛盾，发现他们私藏枪支，有人告发了他们，结果枪被拿走了。我为什么知道呢？这个枪我见过，秘密筹措武器的人拿着这个枪去找过我。这是我亲眼看见的事情。

王子耀舅舅一直从事地下革命工作。他在石虎嘴成立鸿昌号，是为了掩护共产党的生意。他是共产党员，最后上级组织派他到另外一些地方工作，金矿上和石虎嘴成立商业点。暗中给八路军输送粮食或者需要的枪支弹药等。这个我都参与过，所以我最清楚。因为石虎嘴隔着我家只有6里路，隔着徐家疃村也就十几里路。那里靠海，用船就可以到东北也可以到西海，而且安全。

王子耀舅舅经营海上渔业的生意，打上来的鱼送给八路军。组织上安排他，叫他以个人的名义为抗战的部队服务，他也是这么做的。但是这引起了村里面一些人的怀疑，怀疑他是资本家，搞的我大舅舅很为难。为了完成革命任务，他还是坚持做，就是挨斗、挨打，日本鬼子折腾他，他都毫不动摇，继续坚持工作。在他那里工作的一些同志，除了他以外有个叫孙锡山的，还有一个叫郭集军的，一共有七八个人，记不清楚了。大部分是招远一带的。这些人经常到东北去，每次买回武器来就送给八路军的部队。

我大舅一直在秘密为八路军经商。后来组织上派他到青岛工作，遭到一些不知内情人的误会。组织安排他做地下革命工作的时候，要求他隐藏党员身份，主要出于安全考虑。既不能说自己是党员，又不能过组织生活。当时鸿昌号里就有党组织，孙锡山同志就是党支部副书记。开始时有一位八路军同志，代表组织给他们几个人分了工，分完工这位八路军就回部队了。然后王子耀就请示组织，他怎么对待党和个人的关系？一直到革命胜利以后，那时我已经参军了，听王子耀的女儿王建军说，她爸爸回来了，也进了城，进了青岛，并且已经参加了工作。那会经过组织审查，发现他不是党员，他说我是党员啊。为什么现在不是呢？这是当时组织上的安排。谁安排的？把人找出来，有证据才行。组织上对他的这一段，和当地农村的一些反映，说王子耀舅舅属于搞个人资本主义，搞商业，对他本人还存在一些误解，因为大家本来就不了解当时的内情。最后王子耀在莱阳找到了当时那位八路军领导，解决了党籍问题。这个人的名字我记不住了，这是我参军回来听说的。一直以来我很关心这个事情，因为当时我虽然小，十几岁，我也不愿意有一个单纯为了做生意挣钱的舅舅，在我印象中他是一个革命的舅舅。我最后核实这个事情，最终证明我是对的。解放后，孙锡山同志担任青岛华昌木器厂厂长，王子耀舅舅被派到畜牧厂当厂长，虽然当时个别人对他还是有一些看法，但尽管这样，王子耀舅舅一直坚持工作，直到有一次出去开会，突然犯病回不来了，最后瘫痪了，被抬回来，很快就去世了。我大舅就是这样一个为了革命和工作不要命的人。

王松山舅舅的革命活动

我的三舅王松山，在王一民舅舅的影响下，早年就参加了革命。他一直是从事八路军的后勤和商业的工作。抗战期间，我记得他为八路军的武装工商队搞粮食，搞枪支。他本身也带着手枪，因为那个时候我还没有参军，十几岁就喜欢他这支枪。深夜，他经常从我家墙上偷偷地进来，把我们吓一跳，以为鬼子来了，最后一看是他。我记得有一次他带了一支大镜面驳壳枪，枪身很亮，把我高兴的要命。

王松山具体做什么样的工作，当时是保密的。解放以后单位还有保密制度。他有时候出来工作，经过我们家乡，或者需要找我们的时候，偶尔就到我们家里来。我所接触的王松山三舅，都是一直在做革命工作。胜利以后他先是在青岛工作，后来调到济南省政府工作。

王瑞林将军

再就是王一民舅舅了，他从上学回来以后，就一直在领导和反动群众参加革命工作。我们所看到的就是他对群众宣传抗战。到处宣传，到处宣讲。然后就是组织队伍，成立武装部队。经常看到他领导的部队早晨出操。我姥姥是徐家疃村，上面有一个村叫东庄子村，部队就驻在那里。早晨出操，一定要从徐家疃村跑一圈。经常看到徐家疃村的村长王元利的儿子王瑞林。他那时候大概15岁左右，在王一民部队的区中队当文书。当时，我们看见他就叫他，他在部队里面朝着我们笑，我和我哥哥刘哲民在外面笑，我们还鼓掌为他加油，我们当时都很羡慕他。以后他和我的三姨到东北四野工作去了。后来听说他调到国务院，邓小平同志复出以后，王瑞林还在江西一个农场劳动改造。那时候，王瑞林一直给邓小平同志当秘书，小平打倒了，他也被下放劳动。我从电视片上看到，邓小平同志找到他说"你换套衣服，跟着我走。你以后要跟着我出去工作了，不要在这儿了。"紧接着他就跟着小平同志走了，当时我看了很高兴。由于王瑞林同志对党一贯忠诚，得到了邓小平等党和国家领导人的信任，最后王瑞林同志担任中央军委委员、总政治部副主任，上将军衔。他是我们招远徐家疃、全山东、乃至全军的骄傲。

最后一次见王一民舅舅的情景

我们这个家庭发展到革命家庭，当时是很秘密的，有些秘密情况根本不告诉孩子们。我那时还小，才十几岁。我母亲告诉我走，我就跟着走，告诉我干什么，我就干什么。当时我母亲被我四舅舅安排在村子里的一个八路军工作点工作，有一次母亲让我准备花生和两只羊。我问母亲："到哪儿去？"我母亲就说："你跟着走就行了。"到那儿一看全是正规的八路军，都穿着黄色军服，后来跟我们讲话的是胶东军区副司令吴克华同志（曾任济南军区第一副司令员，人民解放军炮兵司令员、铁道兵司令员，成都军区、新疆军区、广州军区司令员）。当时有个两个营的部队，其中一个营，就是我四舅舅任营长的胶东军区青年营。我们带领整个村子的群众在那参观部队。那时候老百姓看到自己的部队，比看到自己的亲人还高兴，笑的简直合不拢嘴，提出让部队给我们操练一下的要求。吴副司令马上就同意了，二营营长做指挥员。其中步兵操练完了，接着操练骑兵，战士带着枪，向右转、向右看齐、齐步走、跑步走等都非常整齐。然后，又对战马进行了训练。看到部队把战马都训练成这个样子了，老百姓全都叫好，有很多群众感动得哭了起来，因为他们看到我们有这样高素质的部队，我们国家就有希望了，日本鬼子再也不敢欺负我们了。

那天晚上，王一民舅舅安排了一顿饭，我记得全家吃的是面条，他也已经换上了便衣。他的警卫员背着一支驳壳手枪，看样是他和家人交代什么任务，好像要离开青年营。没有人和我讲是什么事情，但是我看那个意思就是把青年营交给吴副司令了。而他现在领导的这个部队是穿着便衣，背着枪。从对话里知道，这个部队改编到武装工作部队去了，就是舅舅后来任团长的胶东军区大股伪军工作团，当时属于保密部队。从那时起，我再也没见过我一民舅舅，后来我才全明白了。我也曾问过我母亲，我母亲说我："你不要多嘴，你知道这么多干什么？这是保密的。"四舅大约离开了一年多的时间。有一天，四舅派人给我们送来几只羊，告诉我母亲让孩子看着，这几只羊全是奶羊，是专门用来给伤病员喝奶的。这几只羊在我参军以后，全都送到我二舅家去了。

回忆一些细节

1944年，四舅王一民到平度做地下工作，我四舅母柳淑琴一同去掩护他。有一次我四舅化妆成商人，在我四舅母的陪同下去执行任务，途中被民兵发现，怀疑我四舅、四舅母可能是特务或是汉奸，就把他俩给抓起来了，抓到民兵执勤的一个房子里，把我四舅和四舅母捆绑起来，边打边审讯。后来我四舅看到民兵是执行任务，就告诉他们说我是八路军。他们一听我四舅说是八路军，打得就更厉害了。"你还敢冒充八路？你既然是八路，为什么不穿八路军的衣服？"正在这时，王一民的部队正焦急地到处找他，听到民兵在训斥和打骂人。进去一看，发现是我四舅和四舅母，当民兵们得知，他们抓的人竟是赫赫有名的王一民后，非常害怕。部队决定让民兵做检查，但王一民说："不但不能让他们做检查，而且要表扬他们认真负责"。可见当时我四舅的境界和水平就是不一般，这个故事在当地一直流传为佳话。

像类似这样的故事还很多。王一民的一些革命事迹深受家乡人民的拥护和爱戴，熟悉的人见了我都竖大拇指，说"你舅好样的！是抗日英雄"。至于他领着部队打了多少仗，怎么打的，一些具体情节当时都属于保密的。只知道打了许多的胜仗。

革命的大家庭

我的母亲王梅松，是我姥爷王腾武的大女儿。当我母亲知道弟弟王一民出来带部队闹革命时，她就很积极响应，坚决要求参加革命。王一民说："大姐，你是小脚妇女，脚还没有放，没有条件参加部队。"我母亲听了非常伤心，坚持要放脚，但是因为她的脚布裹的时间太长了，已经放不开了。后来她入了党，参加了革命工作，王一民就让她送信、传递情报，她这样更便于隐蔽，也是小脚女人的优势。就是在抗日战争时期，她发动群众、带领群众，群众给她起了个绰号叫"王小脚"。

根据革命工作的需要，我和我母亲被组织安排在腾家村的一个工作点为党工作。我们的主要任务是给八路军传递情报。当时我和我哥哥刘哲民都在那里上学。我母亲根据形势的需要，在日本鬼子快投降的时候，带着我和哥哥又从腾家村回到冷家庄。我们的主要任务是抗战和扩军。我母亲上门发动男孩子参军，工作做到了每家、每户，全村一共动员了20多人。为了扩军，在我们镇上当时有个万家村，在大的庙会上召开扩军、参军大会，我母亲就让我报名，我就上了讲台。我先报了名，在台上讲了话，坚决要参军、参战，然后大家给我鼓了掌。最后我们村二十七、八个青年都上去报了名。那时候我母亲想尽一切办法动员大家参军。我母亲在我们家乡，除了抗战期间搞情报活动以外，特别是王一民部队在附近的时候，为他做了不少的工作。平常就在村子里按照我舅舅的指示工作，组织上没有给她安排职务，她既不是村长也不是副村长，有的人说她是妇女会长，实际上也不是，但她的确做了一些妇女工作。当时村党支部开会一直在我们家，开始时有些老太太说我母亲的闲话，因为是我父亲早年去世了，那些老太太就说"留些男人在家里干什么"，实际上都是些共产党员在我家开会，其中就有张寿辰同志，他是我们村的村长，中共党员。他们是在开会部署、安排日本鬼子撤退后，我们村的一些据点的管理工作和传达上级指示精神。

我母亲在抗战期间，大部分时间住在冷家村庄，有一段时间住在我姥姥家，主要是做抗战工作，到后来做扩军工作，争取把解放战争打胜。我三姨王清溪当时在四野的大连部队工作，她每次回到家乡，有一项重要的任务就是往部队带兵。如果有愿意参军的她就带过去。其中就有我二舅的儿子王建民，我哥哥刘哲民，我二姨家的儿子叫徐永伦（音），都是十五六岁的孩子，都被我三姨带到部队去了。

我们全家的革命工作都有分工，我二姨的主要任务是在我姥姥家给八路军做饭。那时候，经常有八路军的文工队、宣传团等部队的同志在我家，有时候几十个人要吃饭，就在我们家吃。我二舅他主要是运粮食，除了自己吃之外，八路军指战员的粮食由他保障。有时衣服都由他负责，衣服全由他统一安排，就连我姥姥、姥爷自己的衣服也都派上了用场。那时候没有统一的军装，全靠自己丰衣足食。当时我们还没有成立政府，政府还在日本鬼子的手里。姥姥的 4 个儿媳妇的主要任务就是做军鞋，然后给伤员做饭，以及缝补衣服和后勤工作等。她们积极参与支援部队后勤保障，从而保证了前方部队打胜仗，她们都一心一意地为革命做贡献。作为一个家庭全部参与革命工作的，在全国还是为数不多的。

我的大舅母叫刘桂甫。1941 年的一天，招远县的县长董华民同志，他是中共党员，在一次执行任务时，遇上了日本鬼子。他逃脱后，跑到我大舅母家，将自己的身份火速告诉了我大舅母。在这千钧一发之际，我大舅母急中生智，让董县长躺在她家炕上，假扮她的丈夫，盖上被子。这时鬼子进家门了，先是全家搜了一遍，然后就问躺在炕上的是谁？什么人？我大舅母说，"这是我丈夫，他得了伤寒病。"鬼子一听，吓了一跳，怕被传染，个个抱头逃窜，这样巧妙地救了董华民同志一命。董华民同志后来在国家交通部担任外事局局长、副部长等职。

还有丛振东同志在逃避敌人的追捕中，是我母亲救了他，当年在我家住了好长时间。"文化大革命"时期，丛振东同志被关押了4年，后来担任山东省工业厅厅长，以后又从省工业厅到山东省地质学院担任党书记。我在广西当兵时偶然在报纸上知道了他的消息。我能够从北大荒调回青岛，就是他帮的忙。他跟青岛的有关部门讲，王梅松同志两个儿子，大儿子刘哲民在部队抗日牺牲了，二儿子刘哲生在外地当兵，距离又那么远（我后来在北大荒工作），王梅松同志年纪大了，身边没有孩子照顾她，她是老革命，你们赶快把刘哲生同志调到她的身边。这样我们一家就顺利地调回了青岛。

我姥爷家是一个大家庭，房屋很多，为救治八路军伤病员，专门腾出不被人注意的一个大院子，在村东北边离公路较近的地方。我记忆中住了六、七个伤病员，舅母们悉心护理他们。家里养了3只奶羊，专用于给伤病员喝羊奶。当时条件很差，没有医院，又无营养食品供给。为了让伤员早日康复，舅母们千方百计给伤员们增加营养，想尽一切办法护理他们，让他们早日康复，重返前线，杀敌立功。

有一次学校的老师安排我们学生演话剧，剧名就是"反对日本鬼子扫荡中国"，让我们通过演戏的形式，发动学生起来抗战。先是动员学生找剧本，我就急忙找到了我的三姨和四姨，她们一听非常高兴，很快给我找来两本书，一本是《回到光明之路》，一本是《西安事变》。这两本书的内容都是教育群众起来和敌人作斗争的，主要内容就是让我们明白当前的形势。我在第二出戏里演杨虎城，在演出期间有的同学就站起来喊口号："打倒日本鬼子！打倒侵略者！打倒卖国贼！把日本鬼子从中国的土地上赶出去！"村里的老百姓看了这两场戏非常振奋，在村干部的组织下，一部分青年踊跃地报名上前线，有的报名抬担架，有的给部队送生活用品。在全村掀起了以个拥军高潮。

我喜欢这两个剧本，因为它的内容是教育人的，我天天装在衣服口袋里。有一天我和王建民一起到新城镇去，路上碰到了日本鬼子大队"扫荡"，一下子把新城镇给戒严了，差点把我口袋里的两本书给搜出来。如果被鬼子搜查出来，我们这两个孩子就活不了了。幸亏来了一个汉奸，喝多酒的样子，抽着烟，手里拿着手枪，把哨兵撵走了，我们俩顺着小道跑了。那个时候大家都是按照共产党指引的方向前进，受王一民部队的影响，县政府向群众宣传抗战，宣传抗日，当时工作做得都很好，不管是群众也好，学校也好，都是枪口一致对外，打日本鬼子，抗战到底！我三姨和四姨两个人，当时一个12岁，一个14岁，都按照王一民舅舅指引的革命道路，先后参军入伍，她俩经常带着八路军宣传队的人员到各村张贴标语，教唱革命歌曲。

在我记忆中我三姨王清溪负过一次伤，是在招远县一个山区，那是日本鬼子有意识地组织对招远县政府以及地方部队的围剿行动，当时我们的力量还很薄弱，我三姨跟随着王一民舅舅的部队往西撤，部队要分散开来，不能集中在一块。她和同村的一个叫王少华的一起，当时王少华是部队的政工科科长。那次我三姨负伤了，胳膊和手都被子弹打伤了，打伤以后躺在地上。王少华把我三姨扶起来，背到一个大沟里，弄了一些草挡住。然后对我三姨说："我先撤了，你在这儿等一等。"他刚走，我三姨眼看着他就倒下了，被敌人的子弹打到脑袋上，牺牲了。打扫战场的同志最后找到了王清溪。这时王一民舅舅也知道了，立即命令我母亲赶快去看护我三姨。因为野地里没法儿救治，又没有医院，就安排了一个用牛拉的车，在上面盖上薄被，再盖上一些草掩护，由我母亲跟着进了朱桥镇的一个医院，把受伤的三姨放在病房里治疗。当时我们缺医少药，有不少战士负伤后，就是因为没有条件治疗，最后有许多战士白白牺牲了。由于当时没有药治不了，三姨的胳膊化脓了。就在最关键的时刻，王一民的部队把"日本鬼子"的一个军官抓住了，逮捕了他全家，问他："你是要你自己还是要你全家？"日本鬼子说："我要我全家。我一定给她治好伤。"他乖乖就答应给我三姨治伤。因为他们不是真的日本人，准确地说就是"二鬼子"，他们也具有两面性。随后，来了一个"鬼子军医"装着是找八路军的样子，一脚把门踢开，就问："有八路吗？"这是做给别人听的。因为他是为日本鬼子办事。装着找了半天然后把门关上，然后他很快就把我三姨的伤口治疗完了。当天晚上把我三姨和我母亲一起送回来，又转到别的村子，找个较为安全的地方隐蔽疗伤。后来又派我姥姥一直照顾我三姨。因为三姨留着短发，日本鬼子就说她是八路，原因是当地老百姓都留辫子，像她这样的，一看便知是八路军。

三姨和我母亲很亲，经常捎信或到家里看看，最后三姨到了东北。我们村的男女青年到了十三、四岁都参军了，这些革命观念谁带来的？主要是王一民舅舅。王一民每次回来给他的父母、哥哥嫂子、姐姐妹妹宣传抗日，给村子里的老百姓讲革命道理。

我母亲回到我们村庄，当时的区委书记李建东同志做组织群众、发动群众的工作。解放后，他被组织调到青岛工作，后来担任青岛市经济委员会主任。在抗战的时候，他也很危险，汉奸、鬼子一直盯着他，他经常打扮得像个农民，秘密地跑到我们家讨论抗战工作。我们家是八路军的一个工作联络点，都是王一民舅舅安排的。

再就是我四姨王玉溪，以后叫林欣（她不敢说她叫王林欣，因为怕敌人知道她是王一民的妹妹，不安全）。她和我三姨参军初期在招远工作。以后组织上为了她们的安全，调她们离开家乡到东北工作。林欣到了沈阳，王清溪在大连，那个时候国家号召要北上，东北解放以后都去那里了。那时日本鬼子"扫荡"的时候，我们就隐蔽起来；他们撤退了，我们就出来进行反击。这就是毛主席的游击战术。

有一次王一民部队一个文书姓徐的，被抓住了，结果他向"二鬼子"交代王一民有两个妹妹。"二鬼子"就押着姓徐的到了徐家疃村，找到了我两个姨，她们就同时被"二鬼子"抓起来了。在招远县西凉镇押着。那里是鬼子的一个据点，"二鬼子"的队长姓王，绰号叫"王瞎子"。这个人了解八路军，王一民也曾经整治过他，治得他口服心服。他之前也抓过王一民的两个妹妹。刚抓了以后有些伪军就和"王瞎子"说，要严厉对待这两个女孩。最后"王瞎子"把伪军赶走，说："滚！不要你们管。这个事不准你们出去乱说，谁也不准通知他人。"二个姨一直被关押的西凉苑，我和我哥哥也跑不了不少的路，当时托了各方面的关系，一个是八路军里能说上话的，再就是村子里一些能够和"王瞎子"说上话的。王一民放话给他们，我的两个妹妹如果你们敢动一根毫毛，我马上把你们的据点拔掉！

"王瞎子"听了非常害怕,左右为难。把她俩放了,招远城鬼子那里交代不了,不放,对王一民交代不了,对八路更交代不了。交给伪军就更坏事了,这两个女人也就给弄死了。因此"王瞎子"非常慎重的亲自安排关押事项,不敢有一点造次。当时我和我母亲回到掖县去了,就听有人说组织上很关心,在想办法营救。有些群众帮忙出点子、想办法,动硬的不行,两个姨也就活不了了。最后还是让群众出面说这两个女人是好人,是日本鬼子专用术语说的"良民",绝不是八路。经过多方面的努力,最后才保出来了。她俩出来以后先被送到在烟潍路旁边的我们村冷家庄,村子不大,比较闭塞的一个小村子,日本鬼子不大注意。以后逐渐又换了一些比较安全的地方,这样才把我的二个姨转危为安。

为什么我们徐家疃村和附近的村庄屡次遭到日本鬼子的侵略?因为我们是水陆交通比较方便的地方,所以日本鬼子侵略胶东地区比较方便。王一民的文化程度在家里是最高的,他把革命道理搬回了家,带领他们姊妹8个全抗战,除了做全家的工作,还做我们整个地区的工作。我听我母亲讲,在王一民组织消灭日本鬼子的时候,他动员他的老岳父卖了40多亩地,给八路军买枪支弹药。

王一民的牺牲,当初我们就知道了,内线秘密的告诉了我们。1983年给他开悼念会的时候,参加的人员有100多人,其中有两个年纪比较大的,都将近80岁了。我认出他们是我舅的战友。他们还在会上讲了话,痛苦地追念了我舅舅革命时期动人的事迹。我四舅在监狱的情况,烈士纪念馆里都有记载。他被关押在金口三路5号监狱的水牢里吊起来,长时间地在泡在水里。敌人的刑罚是非常残酷的,一般人受不了。他们用枪托砸、棒子打、脚踢、拳打、坐水牢、皮带抽、灌辣椒水等残忍的手段,这些事情都是听同狱的葛敏同志讲的,我舅舅当时身上多处都化脓了,但他仍然坚贞不屈。我们全家听到他在监狱受难的情况,心都碎了。他虽然是受了苦,但是为革命做了巨大的贡献,是我们学习的榜样。

四舅牺牲后,我们全家及亲朋好友遭到了沉重的打击,他的老岳父天天眼泪不断,不吃、不喝、不睡,天天躺在床上两眼直勾勾地看着天花板,就这样,老人家很快含恨去世了。我四舅母精神失常,为了不让我姥爷、姥姥难过，被我妈妈她们送到我三姨家去了。我的姥爷、姥姥两位老人到去世的时候还不知道我四舅王一民已经牺牲，去世时还喊我四舅的名字，那时候我们家真是就没办法再活下去了。当时四舅的儿子王成军不满周岁，不懂事；女儿王令君不满 7 岁。那时表妹王令君有点懂事了，天天哭喊要找她爸爸。

一民舅舅以坚定的信念和与敌人斗争到底的决心，用生命实现了他的诺言。他的伟大理想和死而后已的精神，永远铭刻在我们全家每个人的心上。他是为祖国、为人民而捐躯的，因此家乡的人民也永远怀念他。村委的东南角给烈士立了碑，碑文上写着"革命烈士永垂不朽"金光闪闪的 8 个大字，上面镌刻着解放战争和抗日战争 16 名牺牲的烈士英名，当地老百姓经常用不同的方式在那里纪念烈士们，这是我们徐家疃村的光荣和自豪。

小时候我听我姥姥说，日本鬼子在徐家疃"扫荡"时，实行"三光"政策。他们无恶不作，烧民房、抢夺财物、在水井投毒、宰杀家禽、破坏农田、强奸妇女等罪恶行为，百姓对日本鬼子恨之入骨，与他们不共戴天。1945年日军投降后，我们村的村名就改为"徐家疃"，这个"疃"字非常有寓意，"疃"即是被禽兽践踏的地方。我们疃的"禽兽"就是指日本鬼子和国民党反动派，是为了更好的教育和鞭策后人。

我到了部队以后，我的一个上级民营科长姓张，有一次我突然说了个"王一民"，他就问我："你怎么认识王一民的？"我说："那是我舅舅。"他抱着我好一个高兴。他又问我："王一民现在在哪里？"我告诉他："我舅舅牺牲了。"张科长听了非常难过。

"文化大革命"期间，我们家乡徐家疃村硬说我二舅是新式富农。我二舅在抗日战争时期，我母亲把我二姨的金镯子拿去给二舅买了匹马，换了个车，为八路送军粮、拉伤员和运送枪支弹药，做了那么多的革命工作，"文化大革命"我二舅在村里挨斗，有的家乡人说他是反革命。我很想不通，如果像这样的人都是反革命，那么再上哪儿去找像他这样真革命的？那时候因为是群众运动，群众不明真相，坏人一发动，群众就上当了。

我二舅家也没有那么多的房子，没有那么多的地。按照当时土地改革的政策，根本算不上地主富农。村里个别人坚持要给我二舅扣上富农的帽子，这是非常不公道的。他们姊妹 8 个，6 个人都是共产党员，日本鬼子来了以后把他们家的房子烧了，被炸了，东西被抢了，四舅牺牲了，怎么能说他们家不革命呢？为了抗战，他们一家付出的太多了。

后来，这一家遭到了非常多的报复，日本鬼子的报复、村干部的报复，都是因为全家一心一意为革命事业做贡献而遭受的。

王一民曾在青岛做地下工作——发传单揭敌人暴行

来源：半岛都市报

"革命人永远年轻，他好比松树冬夏常青，他不怕风吹雨打，也不怕天寒地冻，他不摇也不动，永远挺立在山巅……"9 月 30 日，在庆祝中华人民共和国成立 65 周年之际，中国迎来首个"烈士纪念日"。无数革命先烈为了人民利益牺牲生命，其中包括岛城市民王成军的父亲王一民。1945 年，王一民来到青岛做地下工作，1946 年，不幸被捕，次年被国民党特务秘密杀害。据介绍，1983 年 6 月份，王一民同志牺牲三十六周年的时候，岛城还举行了王一民烈士悼念会。9 月 30 日，记者跟随市南区民政局的工作人员一起慰问了王成军，听他讲述父亲的英勇事迹。

"我的父亲牺牲那年 28 岁，当时我才 1 岁，对于父亲一点印象都没有，但是在成长的道路上，从父亲的战友、领导，以及亲人口中了解到了很多关于父亲王一民的英雄事迹，这些事迹也一直激励着我积极进取。"如今，已 68 岁的王成军积极组织支部党员开展活动，无论是创城清理市容市貌，还是迎接建党九十周年唱响红歌，他都不遗余力。

他告诉记者，1945 年，日寇投降前夕，王一民奉命以胶东军区特派联络员的身份，前往青岛负责地下党的工作。"我父亲一直在招远地区进行抗日活动，当时得罪了不少恶霸地主，很多人都认识他。"王成军说，但是父亲不顾个人安危，在组织的充分信任下，来到青岛做地下工作。当时王一民在青岛收集一些敌方情报，并且发展了很多地下共产党员。"当时的一些秘密活动都是在书店、小卖铺等隐蔽的地方进行传递，我父亲根据当时的形势亲自编写宣传材料，秘密散发，揭露敌人的血腥暴行。"

据介绍，1946 年，王一民外出途经北京路时，被国民党特务王鼎铭认出，然后被十几个特务包围，王一民立即将传递信息的纸条吃到肚子里。

面对敌人的审讯，王一民从容不迫，不露丝毫破绽，这使得敌人更加确定他就是共产党的重要干部。

记者了解到，初审后，敌人将王一民押送至金口三路 5 号军统特务监狱。敌人接连不断地提审，并严刑拷打王一民，几次被打得昏死过去。但他均以惊人的毅力，忍受了肉体上和精神上的巨大疼痛和折磨，始终咬定自己不是共产党，是来青岛做买卖的。

"当时得知我父亲被捕之后，在青岛的共产党人全部转移，没有 1 个人受到敌人的追捕。"王成军告诉记者，他父亲的努力为日后解放青岛奠定了基础。

采访中，王成军坦言，父亲家之前非常有钱，"我爷爷可以说是一位非常具有爱国思想的开明人士，父亲加入抗日队伍后，将兄弟姐妹们都拉了进去"。

据介绍，1939 年，日寇侵占掖县、招远、黄县城后，气焰十分嚣张。运军火的汽车经常肆无忌惮地行驶在烟潍公路上，王一民经过几天的勘察研究，决定在公路两侧设埋伏截击敌人的汽车，共炸毁敌人数辆运输车，击毙敌人数名，活捉日伪军十二名，缴获长短枪、机枪等军火物资一大宗。

王成军告诉记者，他长大成人后被父亲的老领导送到黄继光部队当兵，一直没忘记自己烈士后代的身份。"等到后来转业到地方，我也一直努力工作。"王成军说，在少年时代，父亲的一篇作文中就曾写道："苟安于家室小康，乃是庸人之道，报效于国家社稷，方为大丈夫之志。"这句话，是父亲短暂一生的真实写照。

"青岛市政府非常重视和关心我们这些烈士家属，市南区民政部门连续五年，每年都来看望慰问，李群书记还在 2011 年清明节前夕亲自来我家看望，我们非常感谢政府的关怀"王成军说，在有生之年，他还要继续发挥余热，继续努力做好党组织交给的各项工作，以父亲为榜样，做一个合格的共产党员。"

抗战故事：青年抗战英雄王一民骑马挎枪打鬼子

来源：青岛日报/青报网

1947 年，王一民在青岛牺牲。他是胶东军区政治部联络部派遣在青岛的地下情报组织负责人，也是解放战争时期牺牲在青岛的级别最高的中共地下党员。这位牺牲时年仅 28 岁的年轻人，仅有短短 10 年的革命生涯和 9 年党龄，却创造了属于他的抗战传奇。

在近一个月的时间里，记者沿着王一民曾经战斗过的地方，辗转于招远的张星、辛庄、蚕庄、玲珑、宋家，莱州的朱桥，以及龙口（黄县）南部等近十个乡镇的几十个村庄，拜访了数十位耄耋老人，从这些昔日峥嵘老兵只言片语中的琐碎记忆中，一位英勇无畏、智勇双全的年少军官形象依稀仿佛就在眼前。

他在战士记忆中定格为传奇

张星镇馆前姜家村的姜天真老人，虽已是年近九旬的高龄，身子骨却很硬朗，思维清晰。他清晰记得，1944 年秋天，与王一民在槐树庄的最后一面。

姜天真那时是渤海武工队的队员，主要活动战场在招远的西北乡一带。1944 年的秋天，他所在的武工队与敌军在槐树庄一带打了一场遭遇战……"那天我们接到了一个任务，说是在槐树庄一带发现了鬼子的小队骑兵，让我们前去侦察。我与营里的十几个战士到了指定地点后，发现只有两个伪军牵着三匹战马，每匹战马上都驮着一挺轻机枪。我们直接发动了进攻，战斗很快就结束了。但当我们牵着战利品往回走的时候却碰上了鬼子的便衣队，他们大概有 30 多个人。我们立刻交上了火，战斗很激烈。碰巧当时王一民正带着队伍在附近执行任务，听到枪声后就赶过来支援。我们两只队伍采取前后夹击的战术，很快把便衣队击溃了。"

尽管已过去了 70 年，姜天真描述起那日相见的情形依然恍如昨日般生动："他是个大高个儿，腿有点瘸，挎着匣子枪，骑着大白马，可威风了！我们简单地聊了几句。王一民当时是青年独立营的营长，我们问他腿怎么瘸了，他说前段时间打仗负了伤，一直没好利索。因为都有任务，所以没聊几句就分开了。"

其实王一民的个子并不高，只算是中等身材，而在姜天真 70 余年抗战记忆的累积沉淀中，这个骑马挎枪的年轻人已然定格成为传奇。

姜天真告诉记者，那天王一民和他的部队是在执行任务，"他的任务可有意思了，就是领着全营的战士围着鬼子在蚕庄的炮楼转圈。就是为了迷惑敌人，让他们摸不清我们的真实军力。另外也可以吓一吓鬼子，使他们不敢轻举妄动。具体做法是这样的，王一民带领队伍大摇大摆地从鬼子炮楼前经过，等走远了后，他们变换一下队形，绕一个大圈回来，再接着走。"

他在当时的西北乡名气很大

据说，王一民当时在招远的西北乡名气已经很大，经常有战士谈论他，谈论最多的一件事是，他曾多次进招远城刺杀杜祖光。当时杜祖光是招远的伪县长，出了名的残暴，杀人不凑到一定人数他不杀。虽然王一民的几次刺杀行动都没有成功，但却早已名声在外。

1938 年初，王一民按照组织指示，回到家乡招远组建抗日武装。他不仅动员自己的兄弟姐妹参加抗日，还动员老父亲拿出多年积蓄为抗日队伍购买枪支弹药。在短短几个月时间内，就拉起了一支 100 多人的队伍，在福天寺打出了"招远县抗日独立大队"的旗帜。这时的他只有 19 岁。

"我们都很佩服他。"姜天真说。和姜天真一样，兰同志也记住了王一民骑在白马上的英姿。那是在西北战场上，"我们在狼牙山一带驻训，他骑着大白马来了，背着大匣子枪……就见了那一面。那时他就是营长，独立营。"70 年后才闻听曾经一面之缘的同乡战友牺牲的消息，兰同志依旧难掩眼中的泪水："可惜了。"

他回忆那次仅有的谋面："那次他来了，说我干得不错，他要给师部打报告，要提拔我当连长。"说到这儿，他笑了，"我当时就说，快拉倒吧，我这排长都当不好，还当啥连长啊！兰同志没让王一民打报告，说"你有文化，有能耐，我现在连上级文件都看不过来，怪遭罪的。"

他是发小眼中有天分的"孩子王"

90岁高龄的李峰山，解放战争时期在青岛一家照相馆打工。这期间，他与杨学涛、王汝昌两位同乡有交往，而直到很久之后，他才知道，原来这两位同乡都是地下党，并且都是王一民的亲密战友。

李峰山提起同乡王一民并不陌生，"王一民的小学是在福田祠上的，地址在村子西南一里地的地方。王一民小时候个子很高，据说上学时很调皮，是个孩子王。但因为天分好，学习又刻苦，所以老师们都非常喜欢他。他曾从3年级直接跳到5年级。"

1919年，王一民出生在招远徐家疃村的一个亦商亦农的农民家庭，兄弟姐妹8人，王一民读书最多，学历最高，为益都师范学校肄业。他特别钟爱国文和历史，对历史上的民族英雄和爱国将领如岳飞、文天祥、林则徐等崇拜有加。小学6年级时，12岁的王一民曾在一篇"立志"的作文中奋笔写下："苟安于家庭小康，饱食终日，无所作为，乃是庸人之趣；而效于国家社稷，解民倒悬，方为男儿之志……"1937年，王一民参加了寿光县共产党人马保三领导的"八路军鲁东抗日游击队第八支队"，从此走上武装抗日的道路。

李峰山在青岛时，有一次去找杨学涛，家里没人，而他的邻居一直向他使眼色，让他快走。后来才得知，那天正是王一民被捕的时候。"我当时就很替杨学涛担心，劝他暂时离开青岛。但杨学涛没有听从我的建议。他说他相信王一民的人格，无论受到什么样的折磨，他都不会屈服。"

1949年的五月端午，青岛解放那天，李峰山在马路上遇见了本村的王汝昌。这才得知，他也是地下党。那时王一民虽然已经牺牲两年，但王汝昌提及这位本乡加战友的死依然悲愤难当。王汝昌后来担任了青岛水清沟纺织机械厂的军代表，至今健在。

后 记

中共青岛市委党史研究室经过二十多年的收集、研究，于 2014 年清明节前夕出版了关于我姥爷的《王一民烈士专集》，该专集真实记录了我姥爷原胶东军区大股伪军工作团团长、胶东军区政治部联络部特派员、青岛地下党组织情报工作负责人、解放战争时期在青岛牺牲级别最高的我党领导干部王一民可歌可泣、辉煌短暂的一生。在该专集出版之时，时任中共青岛市委党史研究室主任张绍麟同志对我说"根据你姥爷王一民烈士精彩、传奇的一生完全可以拍一部电视剧"。

在全国迎接抗战胜利七十周年的大背景下，我便再次踏上宣传英雄，寻访专业编剧之路。后来有幸结识了全国政协委员、中国作协全委会委员、茅盾文学奖获得者、解放军艺术学院文学系主任徐贵祥大校，在他边听我介绍边翻看《王一民烈士专集》之后，很快就被我姥爷王一民及兄妹八人毁家抒难的家国情怀所感动，当即决定由他亲自创作该剧剧本暂定名为《家国天下》，并于 2014 年六月与青岛金兰影视文化有限公司签约。

青岛金兰影视几名八零后，在配合电视剧创作期间，在挖掘、整理我姥爷王一民烈士事迹的过程当中，被一个个真实故事所震撼、所感动，他们学习英雄、宣传英雄，自觉肩负起使命担当，秉承打造文化精品的思路和理念，以李佳蓉为代表的几个八零后历时一年时间艰辛创作以我姥爷王一民的真实故事改编小说《谜金》。本书借助青岛的栈桥、天主教堂、信号山、八大关等与英雄王一民在青岛领导地下工作时相关的特殊地理座标，在揭秘一段尘封历史的同时，告诫人们、尤其是青少年们：一个不崇尚英雄的民族是危险的民族，同时指出，中华民族最大的敌人往往是我们自己民族的败类 —— 汉奸卖国贼！锄奸永远是我们这个民族取得胜利的法宝之一，本书尤其是针对我党反腐败斗争具有很强的现实意义。

在今年的七月三十一日，中共中央总书记习近平主持第二十五次集体学习中强调，必须坚持正确的历史观，加强史料收集和整理，让历史说话，用史实发言。要让全国各族人民牢记由鲜血和生命铸就的中国人民抗日战争的伟大历史，牢记中国人民为维护民族独立和自由、捍卫祖国主权和尊严建立的伟大功勋，牢记中国人民为世界反法西斯战争胜利作出的伟大贡献。

在中共青岛市委宣传部和中共青岛市委党史研究室的关心指导下，在金兰影视这几名八零后的感召下，我们荣幸的邀请到解放军总政治部原副主任袁守芳上将为本书亲笔题写书名《谜金》。《家国天下》（暂定名）电视剧编剧徐贵祥大校百忙之中抽出时间为本书作序"让英雄照亮时代"。同时，本书还受到了各界领导和精英的关注和倾力推荐，著名军旅作家、茅盾文学奖获得者徐贵祥大校，国际著名小提琴演奏家吕思清先生，中央电视台著名主持人倪萍女士，中央电视台财经频道著名主持人陈伟鸿先生，海军"崇武以东海战"战斗英雄葛毅大校，《铁道游击队》作者刘知侠夫人、中国老年人形象大使刘真骅女士。在此，我代表王一民烈士亲属表示衷心地感谢！

本书在重点做好迎接抗战胜利七十周年收录创作十二万字小说《谜金》的同时，还收录了五万字的《王一民烈士专集》部分内容作为向九月三十日即第二个烈士纪念日的献礼作 。另外，还收录了我本人在不同时期创作的两首歌词《外公》和《担当》一并献上，以寄托我们后代们对亲人的哀思。并且，本书的收益将全部用于创建慈善红基金，资助于需要帮助的革命烈士家庭。

张辉

2015 年 8 月